魔法使いと副店長

越谷オサム

徳間書店

「どっこいしょっと」

立ち上がる拍子に口をついて出た声は、くたびれ具合といい無駄な大きさといい、どう聞いても酒に酔った中年男のそれだった。

向かいのシートで携帯電話の画面に指を走らせていた若い男が、怪訝《けげん》そうな顔でこちらを見上げる。

無意識に胴間声を発していたことにうろたえ、藤沢太郎《ふじさわたろう》は扉が開くや否や逃げるように電車から降りた。首筋を、生ぬるい夜風に撫《な》でられる。

足元が定まらず、思うようには歩けない。少し休もうと、太郎はホームのベンチに座り込んだ。飲みすぎてしまったようだ。

酔眼の先で扉が閉まり、深緑とクリームの二色に塗り分けられた路面電車がのっそりと走りだす。尾灯の赤い光が線路を舐《な》めながら遠ざかると、あたりからささやかな虫の音が立ち上ってきた。

停留所を多少拡げた程度の狭い無人駅に降り立った客はわずかで、四輌《りょう》分の長さのホームからはすぐに人影が消えた。

湿った夜気を鼻から吸い込み、口から吐く。酒の匂《にお》いとともに、虎《とら》のいびきのような声が喉《のど》の奥から漏れた。やはりこの音は、酒に酔った中年男が発するそれだ。

おじさんになっちゃったなあ。

低いホームからいやに青みがかった住宅街を眺めながら、そんなことを思った。

結婚したのは十年も前のことで、小学一年生の息子を持つ、大手スーパーマーケットチェーン「ホリデー」藤沢店の副店長という肩書きもある、満四十一歳のいわゆる本厄。

客観的に見れば正真正銘の「おじさん」だが、今夜ほどそれを強く意識させられたことはなかった。

「しっかし、藤沢太郎が藤沢市在住になるなんてなあ。お前、役所の申請書の見本みたいだな」

顔を合わせるたびに口にするつまらない冗談を繰り返し、奥村《おくむら》はこちらのぐい呑《の》みに何度も日本酒を注《つ》いだ。おかげでこうしてベンチにへたり込む羽目になったのだが、この古い友人ばかりが悪いわけでもない。子供がいる家独特の雑多な温かさがなつかしく、太郎もつい長居を決め込んでしまったのだ。

遅くとも八時には奥村の家を出ようと思っていたものの、大学時代の昔話やお互いの職場のこぼれ話、そして子供の学校の話など話題が尽きることはなく、リビングを出たのは九時を大きく回ってのことだった。奥村夫妻の一人娘の言葉がきっかけだった。

「あのおじさん、いつ帰るの？」

小学三年生が母親に尋ねる声が廊下から聞こえてきたとたん、太郎は飛び跳ねるようにソファから立ち上がった。「まだいいじゃん」と引き止める奥村を振り切るようにして靴を履き、挨拶《あいさつ》もそこそこに玄関を出た。これ以上相手に迷惑をかけまいと思ってのことだったが、かえって嫌味っぽかったかもしれない。

小田急江ノ島線の沿線にある奥村の家からこの江ノ島電鉄の柳小路《やなぎこうじ》駅まで戻ってくる間、頭にあったのは自分が子供だった頃の光景だ。あれはきっと会社の同僚や部下だったのだろう、父は年に何度か親しい「おじさん」たちを自宅に招き、遅くまで酒を飲みながら大きな声で笑い合っていたものだ。それが太郎には迷惑この上なかった。煙草《たばこ》くさいし、酒くさいし、リビングのテレビが見られなくなるし、うるさい。

ああいうわずらわしい中年にはなるまいと、十代の頃は固く心に誓っていたのだ。それが、気づけば自分も似たようなことをしている。

「おじさんに、なっちゃったなあ」

自分の声にはっとして、あたりを見回す。夜のホームに人の姿はない。

思っていることがそのまま声になるのも、以前はなかったことだ。若いつもりでいたけれど、脳も体も年齢相応に衰えが始まっているらしい。

喉が渇いた。このおもちゃのような無人駅の周りに、コンビニエンスストアの類《たぐい》はない。

虎のいびきのような音を漏らさぬように気遣いながら深呼吸し、声を出さぬように意識しながらベンチから立ち上がる。ＩＣ定期券を読み取る簡易改札機の電子音が、虫の音の中で冷たく響いた。

短い踏切を渡り、太郎は土曜の夜の住宅街をのっそりと歩きだした。家々の窓から漏れる明かりを目にすると、親友と会ったばかりだというのに人恋しさがこみ上げてくる。久美子《くみこ》と拓弥《たくや》の顔が見たい。しかし、妻と息子は江の島にほど近いこの住宅地からはるか北、埼玉の栗橋《くりはし》に住んでいる。鉄道でも車でも優に二時間以上かかる距離だ。単身赴任を始めて一年半ちかくになるが、ここまで強いホームシックは転勤直後以来かもしれない。

関東でも指折りの観光地・江の島を抱える藤沢市と、関東平野の只中《ただなか》にある久喜《くき》市栗橋。知名度や利便性を比べれば藤沢市がはるか上に位置するだろう。しかし太郎個人にとっては、このかつての高級別荘地もただ潮くさいだけのベッドタウンに過ぎない。文字どおりの、寝るためだけにある土地だ。

殺風景なアパートの部屋を思い出すと、公休日だというのに疲れが肩にのしかかってくる。部屋に戻ったらまず水を飲んで、シャワーは早めに切り上げて歯を磨いて寝よう。明日も朝から仕事だ。地下を含めて五層あるフロアから寄せられる売り上げデータに一喜一憂し、生鮮食料品の在庫とインターネット宅配の配送状況に神経を尖《とが》らせ、言いがかりに近いクレームを丁重に聞き、ときにはレジ打ちの補助に入り、万引きや立体駐車場での接触事故の対応にまで引っぱり出される毎日が、また始まる。おじさんにもなるわけだ。

角を曲がり、アパートのそばで立ち止まる。わずかな敷地に建てられた、二階建て四部屋の小ぢんまりとした物件。その二階の西側にあるのが、太郎の部屋だ。隣室との間には回り階段があるので物音に悩まされることはないが、その静けさが単身赴任者にはかえってこたえる。

明かりの灯《とも》っていない窓の陰気さにげんなりしつつ建物を回り込み、北面の中央に設《しつら》えられた回り階段を上りきったところで、ジーンズのポケットで携帯電話が振動した。

店でトラブルでも起きたのかと暗澹《あんたん》たる思いに囚《とら》われたが、おそるおそる取り出した端末の液晶画面には〈ママ〉と表示されている。久美子だ。つい、「びっくりさせんなよ」と安堵《あんど》の声が漏れる。この場合のひとり言は許容範囲内だろう。画面上の通話ボタンを押し、スピーカーを耳に当てる。

「はいはい」

『はーい』

声が弾んでしまった。

五つ年下の妻が、回線の向こうでいつもどおりののんびりした声を発する。

「どうした?」

『べつに、ただの業務連絡。たっくんが寝たから』

結婚前は「声が聞きたくて」というようなくすぐったくなる台詞《せりふ》をたびたび口にしたものだが、今ではそういうやりとりもきれいになくなった。しかも、なくなったことに気づいてすらいなかった。今夜の感傷的な気分が、ずいぶん昔の甘い日々を思い出させたのかもしれない。

「それで？」

尋ねながら鍵《かぎ》をドアノブに差し込み、薄い玄関扉を開ける。

『「それで？」じゃなくて、友達の家に遊びに行ってきたんでしょ？　何があったの？

「栗橋に帰りたいー」なんてメッセージ送ってくるからびっくりしたんだけど』

文面は、藤沢駅で江ノ電の出発を待っている間に送ったものだ。読み上げられると恥ずかしい。

「ああ、何があったってわけじゃないけど、幸せな家庭っていうのをたっぷり見せつけられてきた。単身赴任者には毒だわ」

後ろ手でドアを閉め、照明を点《つ》ける。半日閉め切りにしていた部屋は少々蒸すが、人気《ひとけ》がないせいかひどく寒々しく見える。

部屋の光景とは正反対の明るさで、久美子が笑った。

『夏休みにたっくんと二人でそっちに行ったでしょ。もう燃料切れ？』

「奥村家に三時間いただけでタンクが空《から》になった。燃費の悪い家だな」

コップに水道水を汲《く》み、呷《あお》る。ぬるい。背中にじわりと汗が滲《にじ》む。

『県警のお巡りさんなんでしょ、奥村さんて』

「刑事って呼んでやって。藤沢署の生活安全課の刑事。うちの結婚式に来たときは、たしかにまだ交番勤務だったけど」

『かっこいいね、刑事なんて』

「まあ、若い頃《ころ》は剣道部の主力でそれなりにモテてたけど、今はもう固太りで目つきの悪い四十過ぎのおじさんだよ。しかも最近、前髪の後退ぶりが著しい」

『やだ。パパはまだ禿《は》げないでよ？』

「自信ない。外食多いし、肉ばっか食ってるし」

手料理が食べたい。ついては来週の日曜にでもこっちに来ないか、という意味のことをほのめかしたつもりだったが、呑気《のんき》な妻は気づかないらしい。

『あ、そうだ、月見た？』

「は？」

『今日、満月だよ。そっちも晴れてると思うけど』

調理台にコップを置き、太郎は奥の寝室のカーテンを開けた。向かいの民家の瓦《かわら》が濡《ぬ》れたように光っている。駅のホームからの眺めが青みがかって見えたのは、月明かりのせいだったらしい。

サンダルをつっかけてベランダに出てみると、紺色の夜空に白い月が浮かんでいた。

「おー。まん丸だなあ」

　至極当然の感想を口にしながら、ふと考えてみる。ゆっくり空を見上げるなんて、何週間ぶりだろう。

『おととい拓弥ね、お砂糖まぶしたお月見団子、パクパク食べてたよ。私が手を出せないくらいの勢いで』

「そうか。もう一年生だもんなあ。『アーン』して食べさせてたの、ついこの前なのにな」

『速いよー、成長するの。そういえばおとといも「なんで十五夜なのに満月じゃないの？」って聞かれたんだけど、パパ、七歳児にわかるように説明できる？　新月から数えて十五日目とかだったっけ、たしか』

「ああ、なんか、むかーし教わった記憶がある。陰暦がどうとか。でも、理屈も何も忘れちゃったよ」

　一人息子が丸い団子を頬張《ほおば》るかわいらしいイメージは、頭の中にカレンダーを思い浮かべたとたんに地下の食料品売り場の光景に切り替わった。加工食品担当の伊東《いとう》は、明日の特売品の陳列を抜かりなく終えただろうか。あえて大人扱いして念押しはしなかったけれど、抜けたところがある男なので気がかりだ。

『……どうしたの？』

久美子がいぶかしげな声を出す。

「いや、なんでもない」

『また仕事のこと考えてたでしょ』なかなか察しがいい。十年連れ添ってきただけのことはある。『休みの日くらいのんびりしたら？　来年の春の本部復帰はほとんど決まりなんでしょ？』

「まあ、売り上げ金の横領と各納品業者からの収賄が発覚しないかぎりは」

『ばか』

妻の含み笑いを耳にしながら、部屋に蚊が入らぬようガラスサッシを後ろ手で閉める。それからもう一度、満月を見上げる。

「たしかに、ちょっと働きすぎなのかもな。早番でも遅番でも帰りはいつも夜になるのに、月の満ち欠けなんてまったく意識してなかった。店の特売品の在庫のことしか頭になかったわ。そうだよなあ、満月って、こんなに明るくてきれいなものなんだよなあ」

『ちょっと、心配になるようなこと言わないで。パパに死なれたりしたら家のローン払いきれないじゃない。建ててまだ二年も経《た》ってないのに。あ、保険金で充当されるから大丈夫か』

冗談の中にも一抹の本音が含まれているように聞こえ、太郎は薄く笑った。自分には責任がある。二十年ちかく先の定年退職の日まで、妻と息子を食べさせていかなければならない。それも、可能なかぎり安定した経済状態で。そのためにはこの藤沢での残りの半年を大過なく過ごさなければ。

白く輝く月に、小さな点が映っている。黒点か、と考えかけて、それは太陽にあるものだと思い出した。月に黒点はないはずだ。

まばたきを繰り返している間にも、黒点はみるみる大きくなってきた。どうやら月面に打たれた点などではなく、何かの物体のようだ。飛行機？　それとも、ロケットだろうか。

「なんだありゃ」

『どうしたの？』

「いや、なんでも――」

「ひぃーーーーーーやぁーーーーーーーっ」

甲高《かんだか》い叫び声が、月の方向からものすごい勢いで迫ってきた。人だ。女の子だ。大きな箒《ほうき》に跨《またが》っている。

デコレーションケーキのように派手な色づかいの服に身を包んだ少女は恐怖に目と口を大きく開き、月光を背に自分が落下する先を凝視していた。つまり、この部屋だ。

とっさに屈《かが》み込んだ頭の上を突風が吹き抜けたかと思うと、直後にガラスサッシが派手に砕け散った。尖った音が耳の奥に突き刺さる。

首をすくめたまましばらく固まっていた太郎の耳に最初に聞こえたのは、妻の狼狽《ろうばい》した声だった。

『なんか今すごい音したけど、大丈夫?』

「ああ、あー、大丈夫……かな?」

言葉を濁し、割れた窓ガラス越しにおそるおそる室内を覗《のぞ》き込む。十歳そこそこの年恰好《としかっこう》の少女が一人、カーペットにぺたんと座って放心していた。こちらに背中を向けているので、顔は見えない。

携帯電話を耳から離すと、太郎は小さな背中にそっと声をかけてみた。

「あの、大丈夫、ですか?」

声に気づいた少女が、こちらを振り向いた。額から鮮血が流れている。ガラスで切ってしまったらしい。

「ちょっ、うわっ、ち、血……」

『ねえ、どうしたの？　いま『血』って聞こえたけど、事故？　喧嘩《けんか》？　怪我《けが》してない？』

手の中で久美子がわめいている。が、説明している時間はない。

「悪い、ちょっと電話切る。ええと、まあ、事故、みたいだけど、俺は怪我してない。あとでまた連絡する」

『ちょっと、ほんとに大丈――』

妻が言い終わらぬうちに、太郎は通話を切ってしまった。ほとんど枠だけになったサッシを開け、ガラス片を踏まぬように注意しながら寝室に入る。

「なあ、君、大丈夫か？　血が出てるぞ」

太郎が自分の額に手を当ててみせると、少女は不思議そうな顔で同じ仕草を真似《まね》た。手のひらをべったりと濡らす血液を目にして「わあっ」と叫ぶ。激突の衝撃で朦朧《もうろう》としていた意識が呼び覚まされたらしい。

「いいい、痛い、痛いぃぃぃ」

少女が前屈みになると、鮮血がパタパタと音を立ててカーペットに滴《したた》り落ちた。月光に照らされた液体の濃い色合いに、背筋が戦慄《せんりつ》する。

「待ってろ、タオル取ってくる」

急ぎ足で少女のそばをすり抜けたところで、何か柔らかい物を蹴飛《けと》ばしてしまった。

「ぐっ」

本棚にぶつかった物が、呻《うめ》きのような音を発した。小動物だ。ネズミが出たのかとぎょっとしたが、体毛の明るさを見るとどうやらネズミとはちがう種類らしい。明かりの灯っていない寝室は薄暗く、形もはっきりとはわからないが、リスかハムスターほどの大きさの生き物のようだ。寝ているのか気絶しているのか、ぐったりと伸びている。気になるが、気にしていられない。

洗面所でタオルを絞った太郎は、素人《しろうと》の止血よりももっと効果的で確実な対策を思いついた。病院に連れて行こう。

「そうだ、救急車だ。もうちょっと頑張れ、いま救急車呼ぶから」

ポケットに突っ込んでいた携帯電話を取り出す。あわてているのか、床に取り落としてしまった。拾おうと屈んだところに、いやに落ち着いた声がかけられる。

「あー、救急車は呼ばなくていい。病院に行ったところでその子、保険証の類は持っていないしな」

自分と同じような、くたびれた男の声だった。

声のした方に目を向けてみたが、風に煽《あお》られるカーテンのそばで少女が座り込んでいるだけだ。とめどなく血を流す額とその下で光る二つのどんぐりまなこが、単身赴任世帯の八畳間を非日常の世界に引きずり込んでいた。

「いま、保険証がどうとか言った？」

太郎の言葉に少女は首を振り、部屋の中に視線をさまよわせながら言った。

「いい、痛い、痛い。血が出てる。まるるん、どこ？　どこ？」

「ここだ」

声の出所がはっきりした。本棚の手前でひっくり返っていた小動物が、短い後ろ肢《あし》を支えに立ち上がる。ダイニングキッチンから漏れる鈍い光の中で、モモンガのように黒く大きな目がこちらを捉《とら》えた。「救急車は呼ばなくていい」と言ったのは、どうやらこの手乗りサイズの哺乳類《ほにゅうるい》らしい。

奇妙な生物と視線を交えたまま、太郎はひと言も発せられずにいた。まるで、小動物と能力が逆転してしまったようだ。

「暗いな。ご主人、明かりを点けてくれ」

「え？」

かすれた声が、喉からかろうじて漏れ出た。

「傷口が見えなくては治しようがないだろう。ほら、これ以上絨毯《じゅうたん》に血をこぼされたくなかったら、早いところ明かりを点けなさい」

「あ、ああ」

言われるままに寝室に戻り、壁のスイッチを押す。蛍光灯が瞬き、ベッドとテレビと小さな本棚以外には目立った家具もない殺風景な部屋を照らした。

人工的な光の下で、華奢《きゃしゃ》な少女が膝《ひざ》をベージュのカーペットについている。顔面を流れた鮮血が顎先《あごさき》からポタリポタリと滴る様は、どう見ても事故現場だ。

「あーあー。ずいぶん派手にやったなあ」どこか愉快そうな声を発し、小動物が少女の前に歩み寄る。「アリス、ここからじゃ見づらい。手を出しなさい」

アリスと呼ばれた少女が手のひらを差し出すと、小動物は軽い身のこなしでその上に乗った。

「持ち上げて。顔の高さまで」

小動物の指示に従って少女が手を持ち上げるのを、太郎は壁際に突っ立ったまま呆《ぼう》然《ぜん》と見つめていた。いったい彼らは何者なのだ。それ以前に、自分の頭は大丈夫なのか。奥村の家で飲んだ酒に、何かの手違いでよからぬ押収物がまぎれ込んでいたのではないか。

「眩《まぶ》しいから、少し目を閉じていなさい」

氷砂糖ひと粒でいっぱいになってしまいそうな小さな口で少女に囁《ささや》きかけ、中年男の声を持つ生物は後ろ肢で立ち上がると前肢を傷口に向けて伸ばした。

「あ、おい――」

動物の肢が患部に触れるのはまずいと、半ば放心しつつも太郎が口を挟みかけたとたん、少女の額のあたりが午後の陽光のように眩《まばゆ》く輝いた。

光が消えるまで、ほんの一秒ほどのことだっただろうか。小動物がこともなげに少女に話しかける。

「はい、おしまい。目、開けていいぞ」

少女は目を開けるなり、赤く染まったままの丸い額をぴしゃぴしゃと叩《たた》いた。

「治った。ありがと！」

「そんなバカなことが――」

反射的に口走った言葉が、途中で止まった。出血が、たしかに止まっている。

少女の手のひらから肘《ひじ》まで伝い下りた小動物が、「ほっ」と掛け声を発してカーペットに飛び下りた。リスのように大きな尾を立て、カーペットに横になる。

「あー、くたびれた。くたびれ果てた」

軽い身のこなしとは正反対のしおれた声を発し、小動物は寝返りを打つと白く短い毛に覆われた腹をさらけ出した。中年男そのものの仕草だ。

「なあ、どうなってんだ。さっきから喋《しゃべ》ってるのはお前か？　なんで喋れるんだ？　これは夢か？　だとしたらどこからが夢なんだ？　部屋に帰ってきたところからか？　藤沢駅で乗り換えたところからか？　現実の俺はまだ江ノ電の車内で寝ていて、今ごろ由比《ゆい》ヶ浜《はま》とか長谷《はせ》のあたりまで運ばれてるんじゃないか？」

「夢かどうかを判断するのはあんた自身だが、この部屋にはたしかにあんたがいて、私がいて、アリスがいる。ご覧のとおりガラス窓は割れているし、あんたは酒くさいし、しばらく部屋の掃除もされていないようだが、破れ窓から仰ぎ見る月は美しい」

小動物が歌うように答えた。

「だから、なんで喋れるんだよ。お前リスかモモンガだろ？」

「リスやモモンガではない」

「じゃあ、なんだよ」

「『まるるん』だ」

「はあ？」

「ハムスターでもネズミでもないぞ。まるるんだ。ちなみにこの名はアリスが考えたものだ。名づけられたからには私の名はまるるんだ。以後よろしく」

「よろしくない。この一連の騒ぎがいったいなんなのか、ちゃんと説明しろ。答えによっては器物損壊と不法侵入で——」

チャイムの音が、玄関から聞こえた。酒でふやけた体が凍りつく。

時間帯を考えれば、宅配業者や新聞の勧誘とは考えられない。きっと、ガラスが割れた音を聞きつけた近所の人間だろう。

素早く部屋を見渡す。派手に割れた窓ガラスと、珍妙な衣装を身にまとった少女と、人語を発する齧歯類《げっしるい》らしき生命体。

目が合うと、少女が人なつこそうな笑みを浮かべて小首をかしげた。なかなか愛嬌《あいきょう》がある。が、その顔は血まみれだ。どう考えても、他人に見せるべき光景ではない。

もう一度、チャイムが鳴った。出るしかなさそうだ。

「いいか？　客が帰るまで物音を立てるな。この部屋から一歩も出るな」闖入者《ちんにゅうしゃ》たちに言い含めてから、玄関に向かって平静を装った声を発する。「はーい」

寝室の引き戸を閉めて目隠しし、靴脱ぎ場でサンダルをつっかけたところで、太郎は身に着けているポロシャツに視線を走らせた。血は浴びていない。

玄関扉をわずかに押し開けると、見覚えのある老女が不安げな面持《おもも》ちで廊下に立っているのが見えた。真下の部屋の住人だ。仕事の行き帰りに姿を見かければ挨拶くらいはするが、それ以上の交流はない。

「どうも。こんばんは」

会釈《えしゃく》しつつ、扉を全開にする。

「夜分遅くすみません。一階の水嶋《みずしま》です」古びたサンダルをつっかけた女性が、こちらの顔を窺《うかが》いながら白髪まじりの頭を下げた。苗字も知らぬ中年男との接触に、いくらか緊張しているようだ。「あの、おかしなことを伺いますけど、お宅でガラスか何かが割れませんでしたか？」

やはり、聞こえていたらしい。

「あ、ああ、すいません。ちょっと、ぶつけてしまいまして、……ゴルフの、えー、クラブを、素振りで、すっぽ抜けて」

ゴルフなど二十代の頃に上司に強制されて一、二度コースを駆け回ったことがあるだけで、実際にはクラブの一本も持っていない。しかし四十男の作り話に登場する小道具としては、それなりに説得力がありそうだ。

「ああ、そうなんですか。お怪我は？」

水嶋夫人が額の皺《しわ》を深くする。

「ええ、なんともないです。ご迷惑おかけしました」

小さな嘘に、年甲斐《としがい》もなく胸が痛む。相手の年恰好が自分の母親と近いせいだろうか。それとも、心から心配してくれている様子だからだろうか。

「いえいえ。とにかく、空き巣《あす》とか強盗なんかじゃなくてよかったです。ねえ、こわいでしょ？　うちは一人暮らしだし」

「それはそれは」

酔っているせいか動揺しているせいか、妙な受け答えになってしまった。

「ガラスの修理、当てはあるんですか？」

「え？　ああ、どうしましょうかね」

もう十時を過ぎている。連絡を入れたところですぐに駆けつけてくれる業者はないかもしれない。

「うちにチラシがあるはずだから、探してきましょうか。何日か前の新聞に挟んであったの。お役に立てるかわからないけど」

親切はありがたいが、このまま話が進めばなりゆきで部屋にまで入ってこられそうだ。そうならないよう、アルコールに浸された頭を懸命に働かせる。

「あー、いえ、とりあえず管理会社に電話してみますんで、大丈夫です。もしかしたらあっちの指定のメーカーなんかがあるかもしれないですし、引き払うときに揉《も》めるのも面倒ですので」

「あら、引っ越しちゃうんですか？」

寂しそうな顔は、意識して作ったものとも思えない。独居生活で話し相手に飢えているのかもしれない。

「まあ、予定では半年先ですし、不測の事態が起こらなければの話ですけど」

こちらもいくぶん饒舌《じょうぜつ》になっている。まともな人間の話し相手を得てほっとしたのだろうか。ただ、奥の寝室で息をひそめている「不測の事態」たちのことを思うと気が重い。

「半年じゃ、あんまり高いガラス入れるのももったいないわね」

「そうですね。割れた部分はとりあえず、ダンボールか何かで塞《ふさ》いでおきます。応急処置で」

「うん、それがいいかもしれないですね。それじゃどうも、夜分お邪魔しました」

「いえいえこちらこそ、ご迷惑をおかけしました」

「まあ、物音はお互い様ですから。じゃあ、おやすみなさい」

「あ、はい。おやすみなさい」

会釈をし、ドアをそっと閉める。このアパートに越してきてもうすぐ一年半になるが、住人とまともに言葉を交わしたのは今夜が初めてかもしれない。

危機がとりあえず去り、太郎は大きく息を吐いてからダイニングキッチンの奥へと向かった。引き戸を開ける間際、「いなくなってないかな」と淡い期待を抱《いだ》いたが、寝室にはアリスと呼ばれる少女と「まるるん」が当たり前のように座っていた。

少女と言葉を交わしていたまるるんが、こちらを振り返る。

「誰だった？」

「下の婆さん。ガラスの音が聞こえたらしい」床にどっかり腰をおろした太郎は、思い直してすぐさま立ち上がった。「待て。なに落ち着いてるんだよ。そうだ、説明だよ説明。いったいお前たち、何が目的……イッテエ！」

踏み出した左足が、何か尖ったものを踏んだ。ガラス片だ。ベッドに尻餅《しりもち》をついて両手で足首を摑《つか》む。グレーの靴下に、赤黒い染みが広がりだしていた。鋭い痛みが足の裏を繰り返し刺し続ける。

「どうした」

まるるんが尋ねる。

「ガラスでザックリ切った。明日仕事なのに。クソッ」

患部は指の付け根に近いあたりだろうか。直接見てはいないが、だいぶ深く大きな傷らしいことはわかる。痛みに痺《しび》れまで加わってきた。

「立ち仕事の人間が足の裏を怪我するのは具合が悪いな。どれ、私が治してやろう。居候先には不介入が原則だが、挨拶代わりの特別サービスだ」

聞き捨てならない言葉が一つ二つ聞こえた気がするが、痛みと酔いに思考力が押し潰《つぶ》されてしまう。

「治すって、さっきの光るやつか？」

「そうだ」

「それって大丈夫なのか？　あとで副作用が出たり後遺症が残ったりしないのか？」

怯《おび》える太郎に、少女がおずおずと話しかけた。

「大丈夫だよ。まるるんはすごいんだよ。私、ここまでほとんどまるるんの力で飛んできたんだもん。でも着地は私。だから失敗しちゃった」

励ましの言葉に、かえって混乱させられる。

「おい、迷っている時間はあまりないぞ」

まるるんが小さな指をこちらの足の裏に向ける。見ると、靴下の裏側全体が赤黒く染まっていた。タクシーで病院に行くにしても、これでは外階段を下りるだけでもひと苦労だ。

出血のせいかショックのせいか、考えているうちにめまいがしてきた。

「しょうがない。やってくれ」

「よし。靴下を脱ぎなさい」

言われたとおりに靴下を脱ぎ捨て、ズキズキと脈打つ足の裏を小動物に向ける。

すぐに、あの眩い光が灯った。手のひらを押し当てられるほどの温かみを足の裏に感じる。光が消えたときには、痛みはきれいに消え去っていた。

胡坐《あぐら》をかき、足の裏を目でたしかめる。血は付いたままだが、引っ掻《か》き傷ひとつ残っていない。塗り薬や絆創膏《ばんそうこう》では対処できないほどの傷が、たしかに治っている。すでに傷の正確な位置も思い出せないほどだ。

「まいったな」

感謝よりも先に、当惑の言葉が口をついて出た。

「ね、すごいでしょ」

少女がはにかみつつも得意げに微笑《ほほえ》む。が、いま体験した出来事に負けず劣らず、血まみれの顔もまた「すごい」。

「そうだ、聞きたいことはたくさんあるけど、その前にまずこの血をなんとかしよう。君、ゆっくり立って。ガラスを踏まないように。おじさんは風呂場《ふろば》で足を洗うから、君は洗面所で顔を洗いなさい。それが済んだら、ガラスを片付けよう」

頷《うなず》いた少女を手招きし、爪先立《つまさきだ》ちで浴室に移動する。石鹸《せっけん》で足を洗って振り返ると、洗面台の鏡を凝視している少女の姿が目に映った。アニメの登場人物のような派手派手しい衣装と真っ赤に染まった顔が、既製品の洗面台を前に強烈な違和感を発している。


大きなリボンが胸元に付いた、淡いピンクの半袖《はんそで》ワンピース。絞られたウエスト部分には金色のボタンが縦に二つ並んでおり、ギャザー入りの生地が三段重ねになったスカート部分の色はマゼンタ。上下とも、所々に真鍮《しんちゅう》細工を思わせる曲線的なラインが入っている。スカートの下から覗くのは白いタイツ。パフスリーブの袖から伸びた細い腕は、肘《ひじ》から手首まで白いアームカバーに包まれている。そして足元は、ワンピースと揃《そろ》いの真鍮細工模様のステッチが入ったブーツ。

「ブーッ！」太郎の叫び声に、少女が飛び上がった。「ブーツ。ブーツ脱ぎなさい。土足だったのか」

少女は腰を屈めてくるぶし側のファスナーを下ろし、両手を使って革製のブーツから足を引っこ抜いた。ありきたりな白い靴下と赤くぬらぬらと光る顔の対比がすさまじい。

「どこに置くの？」

脱いだばかりのブーツを手に、おどおどとあたりを見回す。背恰好は十一、二歳だが、言葉遣いや物腰はずいぶん幼い。もっとも、そうでなければこんな奇抜な衣装をおとなしく着てはいないだろう。

ブーツに目を落とす。ベランダから飛び込んできた以上はベランダに置くべきかとは思うが、子供を持つ身として子供に冷たく当たるのは気が引ける。

「とりあえず、玄関に置いときなさい。顔を洗ったら奥の部屋に来るように。そのアームカバーも、とりあえず水に浸けといて。掃除が済んだら三人で……、二人と一匹で話したいことがある」

頷いた少女を洗面所に残して寝室に戻ると、テレビの傍《かたわ》らに木製の箒が転がっているのが目に入った。空から落ちてきた際に少女が跨っていたものだろう。あの衝撃でよく折れなかったものだ。

箒を手に取り、まるるんに話しかける。

「なあ、鵺《ぬえ》」

「私のことか？」

「ほかに誰がいる」

あらためて、小動物の姿を観察してみる。モルモットのようにころころとした胴体にモモンガの目とリスの尻尾《しっぽ》をくっつけたような姿。背中側の体毛はチョコレートムースのような明るい茶色で、腹側の柔らかそうな毛の色は白。そしてへら形の小さな耳の内側と鼻先は桜色。かわいらしいといえばかわいらしいが、五歳児が思い描く「かわいい」を切り貼《ば》りしたようなその姿は、見方によっては不気味にも映る。やはり、鵺と呼ぶのが似つかわしい。

まるるんが、頬を器用に膨らませてみせた。

「鵺とはずいぶんだな。私は猿面でもないし蛇の尻尾も生やしていないぞ。これはこれでなかなか愛らしいだろうが」

「『愛らしいだろうが』という言葉遣いが愛らしくない」

俺、人語を発する小動物と会話してる。

太郎は自らの行為を振り返り、割れた窓から吹き込む生ぬるい風の中で身を総毛立たせた。こんなところを人に見られるわけにはいかない。そのためにはまず、部屋の状態を平常に戻さねば。

「まあお前の外見はともかく、この箒、掃除に使っていいか？」

少女の背丈よりも長い箒を手に取り、小動物に尋ねる。

「アリスに聞いてくれ」

「これ、あの子が跨って飛んできたやつだよな。どんな仕掛けなんだ？」

「ただの人間にとってはただの箒だよ。せいぜい掃除に使うくらいの役にしか立たない」

太郎は箒の柄を撫で回してみたり穂の先をつついてみたりしてみた。が、まるるんが言うとおり、ただの箒にしか見えない。

「あの衣装と、箒と、手乗りサイズの変な動物。まるで魔女っ子だな」

「だめ！　それ私の！」

金切り声を発し、洗面所から少女が駆け寄ってきた。黒い髪の先からしずくを滴らせ、太郎の手から箒をひったくる。

「なんだよ、いきなり」

当惑まじりの低い声に、アリスが視線をそらして箒を抱き寄せる。女の子にはこわかっただろうかと思い直し、太郎は店の若いアルバイトにかけるような角の取れた声を発した。

「あ、ごめんごめん。それ、大事な物なんだね。いや、ガラス掃くのに使えるかと思って」

家主は自分のはずだが、すっかり相手のペースに巻き込まれてしまっている。おかしな衣装とおかしな動物の発する言葉の悪影響にちがいない。

「アリス」当のおかしな動物が、少女に語りかける。「せっかく箒を持っているんだから、お前も掃除を手伝いなさい。しばらくこの部屋でご厄介になるからには、進んできれいにしないといけないぞ」

「うん、わかった」

太郎はあわてて口を挟んだ。

「いやいやいや、『ご厄介になる』ってなんだよ。さっきも居候がどうとか言ってたけど、そんな予定を勝手に組むな」

「まあ、話は掃除が終わってからだ。またガラスを踏んでも、今度は治してやらないぞ」

まるるんが落ち着いた調子で答えた。やはり、ペースを握られてしまっている。

部屋の片付けには、思いのほか時間がかかった。窓一枚分のガラス片は大量で、二重にしたポリ袋は箒で集めた破片でずしりと重くなった。散乱した細かな破片をガムテープで丹念に取り、音を耳にした水嶋夫人がまたやってくるのではないかとビクビクしながら、床のすみずみまで掃除機をかける。

　こちらの指示に従い、少女も慣れない手つきでベッドのシーツや枕《まくら》カバーを交換し、衣料用洗剤を染み込ませた布でカーペットに付いた血を叩いていた。なかなか素直な子じゃないかと思いかけ、太郎は即座に頭を振った。相手が正体不明の空飛ぶ少女である以上、子供とはいえ警戒を解いてはならない。

　口を縛ったポリ袋をベランダの隅に置き、割れたガラスサッシをありあわせのダンボールで塞いだ頃には、太郎はすっかり息が上がってしまっていた。体中に回りきったアルコールがさらにひと巡りし、鈍くなった思考をますます鈍磨させる。

「思いがけず、部屋がきれいになったな」

　小動物の皮肉に、鼻を鳴らして答える。

「整理がついたところで、話してもらおうか。あんたたち、何者なんだ。魔法少女とその相棒か」

　小動物が逡巡《しゅんじゅん》せずに頷く。

「お察しのとおり、見習い魔法使いと、それを補佐する相棒だ。お目付け役と言い換えてもいい」

　長い夜になりそうだ。

「たしかに、起きた出来事を振り返ってみれば、そう表現するのがいちばん収まりがいい。なにせその衣装で、箒に跨って飛んできて、人語を発するマスコットがいて、縫合が必要なレベルの傷を一瞬で治したんだからな。でも、その説明で信じられると思うか？」

まるるんが頷く。

「信じてもらうほかあるまい。かつての人類は崖や川辺から出土する巨大な化石を龍などの怪物の骸《むくろ》だと想像していたが、現代人はそれが中生代に栄えた恐竜の骨であることを知っているじゃないか。同じことだ。あんたがこれまで知らなかっただけで、我々も事実、ここにいるんだよ」

「あんた、恐竜学者だったのか」

「まるるんだ」

「そうだったな、ああそうだった。質問の相手を代える」太郎はまるるんからアリスに視線を移した。「なあ、正直に答えてくれ。君は誰なんだ？」

カーペットにぺたんと座って生あくびをしていた少女が、もじもじしながら呟《つぶや》くように答える。

「アリス」

粘り強く接しようと自分に言い聞かせ、太郎は質問を続けた。

「うん。そうだな。それはさっき聞いた。で、君、魔法が使えるの？」

瘦《や》せっぽち、という形容が似合う小柄な体をもぞもぞと動かし、少女がいくらか得意げに答える。

「ちょっとだけ」

「ああ、そう……」

ちょっとだけであれたっぷりであれ、十一、二歳ほどにもなって「魔法が使える」と主張するのはさすがに尋常ではない。これはやはり、しかるべき機関に保護してもらったほうがいいのではないか。しかし、まるるんのことはどう説明すればいいのだろう。下手《へた》をすればこちらが保護されかねない。

「質問はそれだけか？」

こちらに尋ねる小動物はたしかに、その小さな口で日本語を発している。ロボットではないようだし、手品の類でないことは自分の足の裏が知っている。

「待て。まだ質問はたくさんある。百歩譲って魔法使いとそのペットだとして――」

「ペットではない。相棒だ」

「なんでもいいんだよ、こっちにとっては。まあ、魔法使いと相棒だとして、さっき言ってた『居候』っていうのはどういうことだよ。まさか、ここに住む気じゃないだろうな」

「おお、そうだ」まるるんが、黒く大きな目をしばたたかせた。「それをまだ言ってなかった。ほら、アリス、家主さんにご挨拶しなさい。練習してきただろう」

「あ、うん」頷いてから、膝元の小動物に尋ねる。「どんなだっけ？」

「見習い魔法使いの――」

囁かれ、アリスが「あ、そうだ」と頷いた。それから大真面目《おおまじめ》な顔つきになり、カーペットに両手をついて頭を下げる。「ええと、見習い魔法使いのアリスです。しばらくご厄介になります。みじゅ、未熟者ですが、どうぞよろしくお願いします」

「あ、はあ。どうも」つられて頷いてから、太郎は顔をしかめた。「ちょっと待て。それは困る。女の子の居候なんて受け入れられるわけがないだろ」

「受け入れてもらえなければこっちが困る」

まるるんが悪びれもせずに言い放つ。

「そっちが困る分には俺は困らない」

太郎の反論をよそに、アリスが「ふわぁーぁあ」と大きなあくびをした。目じりに浮いた涙を指で払う。

「眠いのか？」

相棒の問いに「うん」と頷いた首が、そのまま元に戻らず舟を漕《こ》ぐ。

枕元にある目覚まし時計の数字は、すでに十一時ちかい。年端《としは》も行かぬ女の子を外に放り出すにはさすがに遅すぎるが、この部屋に泊めるわけにもいかない。

「まいったな」

足の怪我が一瞬で治ったときと同じ言葉を、太郎は口の中で繰り返した。

「アリス、寝る前にせめて箒は元に戻しなさい。大事な物だろう」

「あ、うん」

アリスは手を伸ばし、カーペットに横たえられた箒を引き寄せた。それから柄を両手で握って目をきつく閉じ、「んーっ」と声に出してなにやら念じ始める。

「今度は何が始まるんだ？」

「しっ」

問いかけをまるるんに制され、太郎は口ごもった。

副店長と小動物が見守る中、少女は大真面目な様子で何らかの努力らしきことをしている。箒が小刻みに震えているが、単に手のこわばりが伝わっているだけで色や形に変化はない。

「ぶはっ」顔を真っ赤にして念じ続けていたアリスが、せわしなく息をつきながら弱音を吐いた。「ダメだぁ。もーっ、なんで戻らないの」

まるるんが、毛並みの整った頭部を横に振る。

「肩に力が入りすぎだ。何度も言うように、形が変わったあとの大きさや手触りを物に伝えるだけでいいんだ」

「無理。できないよ。まるるんやって」

と、渋い顔で箒を差し出す。

「もう少し頑張りなさい。変形する兆《きざ》しはあった」

「ほんと？　じゃあ、頑張る」アリスは再び、箒を手に目を閉じた。気持ちの切り替えは速いらしい。「形、形、ブレスレットの形……。銀色で細くてかわいいブレスレットの形……」

「その儀式、今夜中に終わるのか？」

太郎が口の端を吊り上げるそばで、まるるんが体を小さく震わせた。

直後にくぐもった爆発音が部屋に響き、アリスの手元から白い煙が立った。

「なっ……、えっ？」

おもわず首をすくめた太郎が目をこらすと、アリスが掴んでいたはずの箒が消えていた。薄れゆく白煙の中で、少女が手の中のブレスレットを不思議そうに見つめている。

「おっ、できたじゃないか！」

まるるんが陽気な声を発すると、アリスは我に返った様子で細身のチェーンが連なるブレスレットを握りしめ、まるで捕まえた獲物を誇示するように振り回した。

「できた！　初めてできた！」

「すごいぞアリス。修行に出た成果がさっそく表れたな」

「うん！」

喜色満面のアリスを見上げ、まるるんも桜色の鼻をひくつかせて喜びを表す。

太郎は腰を浮かせ、消えた箒を見つけようと少女の背後を窺った。が、何もない。

「どうなってんだおい。箒はどこに隠したんだ」

まるるんが誇らしげに答える。

「隠してなどいない。箒を腕輪に変えたんだ。いや、戻したと言うべきかもな。普段は腕輪の形で身に着けさせているからな。いやいや、うまくいったなあ。眠気のおかげで余計なことを考えなかったのがよかったのかもしれないな」

「なあ、今のも、魔法？」

「そうだ。子供向けと侮るなよ。作りのしっかりした物だぞ」

「どこに隠してたんだ？　それ、手品グッズとかか？」

疑いを解こうとしないこちらの言葉が気に障ったのか、まるるんはむきになった様子で声を張った。

「では、手に取ってたしかめてみればいい。物の価値のわかる人間であれば、種も仕掛けもないことはわかるはずだ。それとも何か？　ろくろくたしかめもしないで頭ごなしに否定するのか？　なあ、おじさん」

小動物の挑発に酒くさい鼻息を荒くした太郎が、アリスに向かって手のひらを差しのべる。逡巡する少女に、齧歯類がおだやかな声で語りかけた。

「貸してやりなさい。なに、少しの間だ」

少女はなおも迷っていたが、まるるんに頷きかけられるとためらいがちにブレスレットを差し出してきた。

手渡されたそれは意外に持ち重りのする金属で、目を凝らしてみても、ブランド名や生産国は刻まれていない。何度も指でなぞってみたが、留め具の部分にも仕掛けらしき物はなかった。これがもしも手品の道具であるならば手の中に隠してあったと考えるのが自然だが、見るかぎり少女にそんなポーカーフェイスが作れるとも思えない。

「あの……」

　こわごわ声を発した少女に頷いてみせてから、太郎はブレスレットを片手でつまみ持った。目の高さにまで持ち上げ、もう片方の手の上に落とす。チャリリリリと、小さなチェーンは手のひらで金属の澄んだ音を立てた。

「どうだ、感想は」

　まるるんに問われ、太郎は低く答えた。

「まあ、これ自体には仕掛けはなさそうだな」

「あの……」アリスがもう一度、声をかけてきた。「あの、副店長、それ返して」

「うん？　ああ」ブレスレットを手渡してから、太郎は疑問に突き当たった。「なんで、俺の役職知ってるの？」

「まるるんに教えてもらったから。『スーパーマーケットのそこそこえらい人だから、ちゃんと敬語で話しなさい』って」

　その回答からして敬語が使えていないが、当座重要なのはそこではない。太郎はまるるんに視線を向けた。

「どうやって知った？　そういえばさっきも、立ち仕事の人間が足を怪我したらどうこうって言ってたよな。俺がスーパーで副店長やってること、なんでお前が知ってるんだ。俺、話したか？　話してないよな。話してないのに知ってるなんて――」

小動物に向かって矢継ぎ早にぶつけていた質問を、太郎は途中で打ち切った。

やはり、これは夢だ。空からは魔法使いが落ちてきて、深手は一瞬で消え、人語を発する小動物はこちらの個人情報を摑んでいる。この唐突で会話の嚙《か》み合わぬ、バラバラのフィルムを繫《つな》ぎ合わせたような一連の騒動は、最初に思ったとおりすべて夢の中の出来事と見てまちがいないだろう。

右の手首に嵌《は》めたブレスレットを、アリスは照明の光にかざして見つめている。気に入っているらしい。

太郎はベッドの下を覗き、箒が押し込まれていないのをたしかめてから顔を上げた。

「やっぱり、そうだよな」

安心したのか、判断がついたとたんに眠気がぶり返してきた。寝ていてもなお、人は眠くなるものらしい。

「何が決定したんだ？」

尋ねてきたまるるんに、太郎はあくびを嚙み殺しながら尋ね返した。

「これってやっぱり、アレなんだろ？　気づいちゃったよ」

「アレ？」

「夢。こんなの夢でしかあり得ないじゃゃん、空飛ぶ魔法とか、一瞬で治る傷とか、お前の存在とか。現実世界じゃこんなに手の込んだいたずらを仕掛けられる人間なんていないし、いるとすれば夢の世界だけだ」

「なるほど？」

先を促される。

「とくに、これ」太郎は、少女の手首に嵌まったブレスレットを指さした。「俺は化学の成績はひどいもんだったけど、木製の箒を金属製のブレスレットに変えるのが不可能なことくらいはさすがにわかる。これはもう、化学じゃなくて錬金術の世界の話だ。つまり、いま起きてるおかしなことはリアルタイムの現実じゃなくて、俺が見ている夢だ。だろ？」

二度ばかりまばたきをしてから、まるるんは「ああ」と素直に認めた。「バレちゃあしょうがない。あんたの言うとおり、我々はあんたの見ている夢だ。楽しんでくれたか？」

「むしろ悪夢に近かったたな」

「なんの話？」

要領を得ない様子のアリスに「大人になればわかる」とぞんざいな答えを返してから、まるるんが話を続ける。

「そういうわけで、朝になれば我々は消えている。わかったらあんたもそろそろ寝たらどうだ。明日も早いんだろ？」

「もう寝てるんだけどな」

「そうだったな。で、夢の中の登場人物とはいえ、こんな遅くまで子供が起きているのも教育上よろしくないんでな、ひとつ、我々に寝床を貸してもらえないだろうか。なに、朝になればすべて元通りだ。あんたはいつものように目覚め、店に出勤して、元気に働けばいい」

再びうつらうつらし始めた少女を盗み見てから、太郎は眉根《まゆね》を寄せた。

「いくら夢とはいっても、知らない女の子と同じ部屋で寝るのは抵抗を覚える」

「それはそうだ。だからあんたはそっちのダイニングキッチンで寝ればいい。クローゼットから替えのシーツを出す際に、客用の布団が見えた」

「俺が客用？　その子がベッドを使うのか？」

「ああ。ガラス片は残っていないようだし、さっきシーツを取り換えたばかりだから、衛生面の問題もない。それにあんたはだいぶ酒を飲んでいるから、夜中にトイレや水分補給で起きるかもしれないだろう？　そのとき暗いダイニングキッチンでこの子が寝ていたら、うっかり踏みつけてしまうかもしれないじゃないか」

「齧歯類か何かにしては、理屈がうまいな」

「なにせ我々は夢だからな」小動物の顔が、薄く笑ったように見えた。「繰り返しになるが、明日あんたが目を覚ましたときには我々は消えていて、窓ガラスにはひび一つなく、あんたはいつもどおりベッドの中にいる。さあ、布団の準備をしなさい。横になったほうが疲れがとれるぞ」

もう少し尋問を続けたい気もしたが、夢の中の存在の人となりを知ったところであまり意味もないだろう。

「じゃあ、寝るか。夢の中で寝るのも変な感じだけどな」

「夢の中で起きて働くよりはいいだろう？」

まるるんの言葉に、太郎はわが意を得たりと相手を指さした。

「それ。それがいちばんつらい。あの、目が覚めて夢だとわかったときの徒労感が尋常じゃないんだよ」

「ああそうだな。とにかく今夜のところは寝ろ。続きは明日聞いてやるから」

「明日になれば消えてるくせに」

太郎は立ち上がり、寝具が収められたクローゼットの扉を開いた。何か釈然としない思いが残るものの、押し寄せる眠気に抗《あらが》ってまで疑問を突き詰める気力は湧《わ》かない。

歳《とし》をとったのだろう。なにせ厄年だ。

小さなダイニングテーブルをシンクのそばに寄せ、客用布団を床に敷きながら、太郎はひっそりと呟いた。

「おじさんになっちゃったなあ」

「なんだ？」

「こっちの話だ」

「そうか。おやすみ、副店長さん」

「おやすみ、鵺と魔法使いさん」

「おやすみなさーい」

少女の声を背中に聞きながら、太郎は後ろ手で引き戸を閉めた。

＊

背中をもたせかけると、座面のつぶれた事務用椅子《いす》が大きく軋《きし》んだ。老婆の歯軋りのように平べったい音が、午後一時半の事務所に響く。

ひょろ長い体軀《たいく》をせいいっぱい縮めて立っている伊東を見上げ、藤沢太郎は話を続けた。

「だからね、起きた現象だけ見れば『特売品の値札の差し替えを忘れて、二九八円のはずのマヨネーズの表示が三五八円のままになってました』って話だけど、その原因はお前が失念していた一・五リットルのウーロン茶の陳列に取られた朝の十五分だろ？　その作業に追われてほかの業務がバタバタになって、こうしてチェックミスが起きてるわけだよ」

「……申し訳ありません」

クリーム色のユニフォームがいまだに馴染《なじ》まぬ新入社員が、今にも消え入りそうな様子で頭を下げる。反省はしているようだが、この注意力の欠けた男にはもう少し念押ししておいたほうがいいだろう。

「今回はまあ、実売価格が表示よりも安かったからお客様に金銭的な損失はないけど、逆だったらって考えてみな？　今ごろ電話ジャンジャン鳴りっぱなしだよ。そうならなかっただけまだラッキーだけど、開店から指摘があった時間までの間、どれだけ販売機会を喪失したと思う？」

売り逃がした分、自腹切って買い取るか？

あやうく出かかった言葉を、喉の奥に飲み込む。自分が伊東と同じ年齢だった頃は当たり前のように上司から浴びせられていた決まり文句も、今ではパワーハラスメントと受け取られてしまう。

「本当に、申し訳ありませんでした」

いまにも辞表を書きだしそうなほど弱りきった声で、伊東が謝罪の言葉を繰り返す。真面目で仕事熱心ないい若手なのだが、どうも実直すぎるきらいがある。力の抜きどころを見つけられず、ときどきこういう失敗をするのだ。

本当に辞表を書かれてしまう前にと、太郎は厳しい顔つきを意識してやわらげた。

「まあ、俺含め売り場みんなのチェックも甘かったっていえば甘かったし、お前だけに責任を押しつけるつもりはないよ。ただ、覚えとけよ。出だしでつまずくと対応の遅れが雪ダルマ式に膨れ上がって、こうして意外なところにまで影響が広がるんだからな」

「はい。気をつけます」

「……出だしでつまずいたのは、俺か」

「はい？」

「いや、こっちの話」

あのおかしな少女と哺乳類が夢ではなかったと打ち明けたところで、部下が問題を解決してくれるはずもない。それともまだ、自分は夢の中にいるのだろうか。ただ、酒に酔っていたゆうべとはちがい、今はしらふだ。アパートを出てからのことも、すべて順序立てて思い出せる。江ノ電の車内では外国人観光客が背負う大きなバックパックにたびたび背中を小突かれ、昼礼ではおととい辻堂《つじどう》のショッピングモールで発生したという小火《ぼや》を取り上げ、従業員たちに注意を促した。

「あの、どうかしましたでしょうか？」

慇懃《いんぎん》すぎる言葉遣いで、伊東がこちらの様子を窺う。生まれてから大学を卒業するまでずっと秋田で暮らしていたせいか、この若者は標準語を使おうとすると言葉遣いがおかしくなってしまうらしい。

「ん？　ああ。まあ、そういうことで、頑張ってマヨネーズ売れってことだよ」

「あ、はい。すみませんでした」

会釈をして売り場に戻ろうとした新入社員を、太郎は「ちょっと、伊東」と呼び止めた。

「はい」

これが夢ではないことをあらためて確認したいのだが、方法が問題だ。正攻法で「お前は夢か」と尋ねれば、正気を疑われかねない。頬をつねるという古典的なやり方もあるが、痛みが夢と現実の区別をつける材料にはならないことは、足の裏が知っている。となると、自分の知識と想像力に問うてみるしかない。

「伊東、悪いけどこのラベルの成分表示、頭から読んでみてくれる？」

太郎はそう切り出し、二日酔いで持て余していた昼食を伊東に手渡した。

「これは——」

「そう、さっき惣菜《そうざい》売り場で買ってきた、たらこのおにぎり」

フィルムに包まれたおにぎりとこちらの顔を見比べて伊東は口ごもっていたが、こちらが黙っているとやがてシールに印字されたデータを読み上げ始めた。

「えー、原材料名、塩飯、カッコで囲んで国産米。それから、たらこ、のり、ｐＨ調整剤、調味料カッコアミノ酸等、酒精、トレハロース、増粘剤カッコ加工でん粉——」

自分は就職先をまちがえてしまったのではないか、とでも言いだけな顔で伊東がこちらを窺う。

「いいよ、続けて」

「あ、はい。グリシン、発色剤カッコ亜硝酸Ｎａ——、このＮａは、ナトリウムの略でしょうか——。ええと、着色料カッコ紅麹《べにこうじ》、それから最後にカッコして、原材料の一部に小麦、大豆を含む、と書いてあります」

「オッケー。ごくろうさん」

伊東の手からおにぎりを取り上げ、太郎は鷹揚《おうよう》に頷いてみせた。売り場に戻る部下を見送ってから、シールの成分表示に目を通す。〈塩飯（国産米）〉に始まって〈着色料（紅麹）〉まで、読み上げられた成分がそっくり同じ順番で並んでいる。

これではっきりした。ゆうべからいまこの瞬間まで、体験したことはすべて現実だ。「亜硝酸ナトリウム」や「増粘剤」などといった馴染みの薄い名称の羅列を、自分の頭脳が二度続けて順番どおりにでっち上げられるはずがない。

顔を上げてあたりを見回す。建物の二階にあるこの事務所の光景にも、おかしなところは見られない。電話応対中の女子社員。二列向かい合わせで並んだ事務用デスク。分厚いファイルが並ぶスチール棚。月間の予定が書き込まれたホワイトボード。パーティションの奥の応接セット。店内放送を流し続ける天井スピーカー。この事務所と廊下を仕切るカウンターデスクの上に置かれた、ポトスの鉢植え。幻覚でもなければ夢でもない。ということはつまり、今もあのアパートには見習い魔法使いを自称する少女と人語を発する小動物がいるということになる。

彼らは今ごろどうしているのだろうか。今朝はじっくり話し合う時間もなかったので部屋に置いてきてしまったが、やはり出て行くように出勤時間ギリギリまで説得するべきだったかもしれない。いや、アリスはともかく、あの嘘つきの珍獣については問答無用で蹴り出すべきだった。

いま思えば、これは夢なのではないかとこちらが尋ねてから「ああ」と答えるまで、まるるんの反応に不自然な間が空いていた気がする。おそらくあの刹那《せつな》、鵺のように奇妙な哺乳類はこちらの思い込みを利用することを思いついたのだろう。

――おはよう。なかなかの寝心地だったぞ。

朝日の射《さ》し込むベッドの上で、体毛を金色に輝かせながらまるるんはそう言ってのけた。そのそばではアリスがまだ寝息を立てていて、割れたままの窓ガラスはゆうべとそっくり同じくダンボールで塞がれていた。深酒をしていたとはいえ、脳の体積が小さじ一杯ほどもない小動物にまんまと騙《だま》されたのかと思うと無性に腹立たしい。

おにぎりを手にしたまま歯噛みをしていると、ポケットの中の携帯電話が唐突に振動した。久美子からのメッセージだ。

〈ゆうべはどうしたの？　ケガしてないですか。時間ができたら連絡ください〉

妻にはずいぶん長く心配を掛けてしまった。あの状況で通話を切ってしまったにもかかわらず、朝から忙しい夫のために昼過ぎまで待っていてくれたのだ。すぐにも電話を掛けて詫《わ》びたいが、混乱が収まりきっていないこのタイミングで話をすればどんな失言が自分の口から飛び出すかわからない。文書でごまかそう。

〈ご心配お掛けしました。近所でちょっとしたケンカがあったみたいだけど、すぐ警察が来て連れて行った。こっちは関わっていないし怪我もしてないので大丈夫〉

送信されたメッセージを読み直しながら、太郎は苦笑いとともに呟いた。

「なーにが『大丈夫』だよ」

大手スーパーマーケットチェーン「ホリデー」藤沢店の副店長で、三人家族の主《あるじ》で、人知を超えた能力を持つ居候を抱えてしまった四十一歳。「大丈夫」なものか。

「どうかしました？」

呑気な声に顔を上げると、はす向かいの席で増岡《ますおか》が小首をかしげていた。婦人服担当の女子社員だ。こちらがあれこれ思案している間に電話を済ませたらしい。

「なんか副店長、朝からちょっとおかしな感じですよ。風邪とか？」

「うん、いや、きのうちょっと飲みすぎて」

「ああ、そういえばかなりお酒くさいかも」

「ほんとに？」

「嘘です」

新入社員とはちがい、十年選手ともなると副店長の肩書きにも過剰に萎縮《いしゅく》することはない。それが、今は頼もしい。

「あのさあ、増岡の娘さんて、いくつだったっけ」

尋ねると、まなざしが少しばかりやわらいだ。

「三つです」

「あ、まだそんな小さかったっけ」

「ええ、二十九のときの子ですから。それで、うちの子がどうかしました？」

「いや、聞いてみただけ。悪いね」

「はあ。いえ」

こちらに向けていた体を増岡が元に戻すと、椅子がくたびれた音を発した。

アリスに近い年頃だったら何か参考になる話が聞けるかとも思ったのだが、三歳では当てになりそうにもない。よしんば増岡の娘が十一、二歳だったとしても、役に立つような情報は聞き出せなかっただろう。魔法を使える娘の母が、身近にいるとも思えない。

増岡の椅子が、もう一度軋んだ。

「あの、副店長」

「ん？」

「事務所の備品のことなんですけど……」

「ああ」

体のわずかなこわばりを捉えて、背もたれが「ギッ」と鳴った。

「予算組むの、やっぱりむずかしいんですか？」

「うーん、今年はトイレの改修しちゃったしねえ」

太郎は意識的に気楽な声を発した。耐用年数の限界に達しつつある備品のせいで、従業員たちに不便な思いをさせていることは重々承知している。

しかし、店長の飯島《いいじま》は客の目に触れない部分に予算を使うことには消極的で、太郎もその意向に異を唱えたことはない。店舗の黒字額を一円でも多く確保したいという事情もあるが、あの男とはなるべく関わり合いになりたくないというのが本音だ。

あの陰気で物事に細かい男の存在が、従業員たちの士気を阻害していることは知っている。同時に、従業員たちが自分に寄せる期待も感じてはいる。店長に正面から意見できる立場といえば、副店長のほかにない。だが、従業員たちの肩を持てば、少なからず店長と対立する場面も増える。そうなった場合の本部の自分への評価を考えれば、異動の日まで時間切れを狙《ねら》ったほうが得策だ。

こちらの事情を知ってか知らずか、増岡が食い下がる。

「店長は、デスクやロッカーは別として椅子くらいなら買ってもいいんじゃないかっていうようなこと、おっしゃってましたけど」

「店長が？」

また裏切りやがって。

喉の奥で悪態をつく。飯島とは、事務所の備品については後回しということで一応のところ意思の統一がなされていたはずだ。それが、ほかの社員の前で簡単に言を翻していたとは。

「そういうことならまあ、一度店長と話してみるか」

期限を切らず、確約をせず、必要以上のことは言わない。二十年ちかいサラリーマン生活の中で身についた言質《げんち》を取られにくい物言いで、太郎はのらりくらりと追及をかわした。

増岡はまだ言い足りない様子だったが、折よくデスクの上の移動端末が鳴ってくれた。内線だ。

「はい、藤沢です」

端末の小さなスピーカーから、いくぶんこわばった声が聞こえる。

『サービスカウンターの岡島《おかじま》です。お買い上げいただいた商品の破損について、お問い合わせのお客様が見えています』

クレームだ。相手の声から推察すると、少なくともおだやかな客ではないらしい。クレームの種類が正当なものか不当なものかはわからないが、一難去ってまた一難だ。

「はい。いま行きまーす」通話を切ってから、増岡に苦笑いを投げかける。「クレームだとさ」

「ご苦労さまです」

一児の母が深々と頭を下げた。椅子については不満かもしれないが、副店長の立場には敬意と同情を抱いてくれているらしい。

ネクタイを締め直してから手鏡で身だしなみをチェックし、太郎は古びた椅子から立ち上がった。

クレーム対応の要諦《ようてい》はシンプルだ。相手の話をよく聞いた上で、こちらに非がある場合は誠意をもって謝罪し、理不尽な要求は断固たる態度で拒絶する。口にしてはならない言葉や話を進める順序など、気をつけるべきポイントはいくつかあるが、つまるところ人としてまちがったことさえしなければ大抵のケースは解決できる。いずれにせよ、九段下の本部が対応しなければならないような事態に発展するのは避けたい。

ここで余計な失点をせず、なんとしてでも来春には栗橋の我が家に帰るのだ。

ただ、クレームを首尾よく解決できたとしても、アパートに戻ればさらにもう一難が待っている。会社が斡旋《あっせん》した住居に見知らぬ少女を住まわせていることが発覚したら、本部勤務に戻るどころか仕事も家庭も失いかねない。

「まいったな、もう」

厄介事を吐き出すように独りごち、太郎はジャケットを羽織ると事務所をあとにした。


宵《よい》の口の江ノ島電鉄藤沢駅は、平日でも観光客の姿が散見される。その中でも目立つのが、江の島あたりの行楽地から我が家へと戻る親子連れだ。子供たちがおもちゃの江ノ電を大切そうに握りしめていたり親の背中で眠りこけていたりする姿を見かけると、太郎はつい目で追ってしまう。そしてすぐ、唇を引き結んで視線を外すのだ。

こんな奇妙な反応を起こすようになったのは、一年あまり前からだ。それまでは息子と同じ年頃の子を見かけても「かわいいな」か、そうでなければ「かわいいな。でもうちの拓弥のほうがかわいいな」と思うくらいで、逃げるように顔をそむけることなどなかった。

家族と暮らせないことがこれほどこたえるとは、単身赴任を始めるまでは想像もしていなかった。一人でいることにとくに苦痛を覚えなかった独身時代の我が身のなんとたくましいことかと、別人を見るような思いさえしてくる。

改札口から吐き出される降車客の流れが一段落したところでカマボコ形の屋根に覆われた構内に入り、小ぢんまりとした四輛編成の列車に乗り込む。車内にはまだいくらか空席があったが、降りるのはたった二駅先なのでドア脇《わき》に立って発車を待つことにした。昼の熱気の抜けきらぬホームとは一転して、エアコンの冷気が心地いい。

栗橋の新居から九段下の本部に通っていた一年間は、今とは比べものにならないほど毎日が充実していた。妻と息子の見送りを受けて家を出て、南栗橋駅始発の直通列車で九段下まで座って通勤し、早く帰宅できた夜は息子と二人で風呂に入る。土曜と日曜の休日は車で買い物や映画観賞に出掛けたり、近所の公園で息子のサッカーの相手をしたりして過ごす。それが、今はどれ一つできない。

藤沢店に異動した利点といえるのは通勤時間が大幅に短縮されたことくらいで、ほかには何もない。大勢の人間と顔を合わせる職場から誰もいない部屋に帰るのは、たまらなく虚《むな》しい。

いや、いる。

そう、部屋にはあの連中がいる。あの連中のために、こうして日が暮れたかどうかのうちに少々無理をして退勤してきたのだ。夢ではないとわかった以上、少々の無理を重ねてでも部屋から追い出さねば。サービスカウンターでのクレームが商品の交換だけで簡単に解決した分、今夜の交渉は難航するかもしれない。そんな気がする。

駅ビルの横腹からのっそりと走りだした路面電車は静かな住宅街を進み、ものの三分で柳小路駅に到着した。海の方向へ電車が走り去ると、そこここの民家の樹木からツクツクボウシの声が降ってきた。

街灯の灯り始めた道を黙々と歩き、アパートの手前で足を止める。見上げた窓には、今朝と同じくダンボールがあてがわれている。しかも、照明が点いておらずカーテンも引かれていないせいで、蟬《せみ》の声の下にいてさえひどく寒々しく見える。まるで、泥棒に入られた跡のようだ。

「やられた！」

口の中で叫ぶと、太郎は建物を回り込んで外階段を駆け上がった。そう、泥棒だ。魔法使いなんかであるはずがない。ゆうべの出来事は、きっと薬か何かを盛られて見た幻覚だったのだ。あの少女はおそらく家出でもしてきたのだろう。ひと晩の寝床と金目の物を目当てに自分に近づいてきたにちがいない。酔っていたとはいえ、どうしてこんな簡単な仕掛けに引っかかってしまったのだろう。

部屋の前に駆け寄るなり、太郎は握ったノブをおもいきり引っぱった。が、玄関扉は開かない。肩から肘にかけての筋肉が、急な動きにピリッと小さな悲鳴を上げた。

鞄《かばん》から取り出した鍵でドアを開け、部屋に踏み込む。壁を叩くようにして照明を点け、あたりを見回す。ダイニングキッチンに荒らされた形跡はない。しかし、安心はできない。通帳や印鑑などは奥の寝室のクローゼットに隠してあるのだ。

部屋の中を大股《おおまた》で歩いて、太郎は寝室の引き戸を開けた。ダイニングキッチンから射し込む光の下、自称魔法使いはゆうべと同じ衣装のまま横になっていた。座っていたのがそのまま横倒しになったような恰好だ。

「あ、おかえりなさーい」

片頬をシーツにつけたまま、アリスは丸い目だけをこちらに向けた。もともと瘦せているせいか、げっそりとやつれたように見える。

「なんだ。いたのか」安堵している場合ではないのだが、全身の緊張が勝手にほどけていく。「これじゃ暗いし、暑いだろ。なんで網戸にしてないんだ」

もう九月も半ば過ぎとはいえ、南側の掃き出し窓と西側の出窓の二面から陽光が射し込む部屋は、昼から夕方までけっこうな暑さになっただろう。

「だって、開けていいって言われなかったから」

子供じみた言い訳を振り切るように太郎は窓辺に歩み寄り、閉め切りになっていたサッシを全開にした。アパートの向かいの家とは距離があるので覗き込まれる心配は少ないが、それでもかなり気になる。なにせ片方の窓をダンボールで塞いでいるのだから、いつもより注意を引きやすいはずだ。

部屋の照明を点けると、アリスの衣服がひときわ目に沁《し》みた。洋菓子めいた色どりの装束が醸し出す違和感は、今日も眩いばかりだ。

念のためと思いクローゼットを開けてみると、通帳と印鑑は動かされた様子もなく収納ケースに収まっていた。少なくとも、泥棒ではなかったらしい。

こちらに見下ろされても、アリスに起きる様子はない。まるで、十年もこの部屋で暮らしている飼い猫のようだ。

「起きなさい。そこは俺のベッドだ」

アリスがのっそりと起き上がると、その背後で薄茶色の小動物が丸くなっているのが見えた。まるるんだ。この生き物もまた、夢や幻覚ではなかったらしい。

「おい、鵺。お前も起きろ」

「ん？　ああ、戻っていたのか。おかえり」

前肢をつっぱって伸びをしながら、長々とあくびをする。寝ていたらしい。

「なにが『おかえり』だ」
二、三度まばたきしたアリスが、また先ほどと同じように横になった。
「どうした。具合悪いのか」

「……すいた」

「え？」

こちらを見上げ、痩せっぽちの少女が消え入りそうな声で訴えた。

「おなか空《す》いた」

「何も食べてないのか」

「うん」

「腹減ったら食べろって、出掛けるときテーブルにカップラーメン置いてったろ」

横になったまま、アリスは口をへの字に曲げた。

「カップラーメン、嫌い」

「人の部屋に押し掛けておいて選《え》り好みか」

「まあまあ、副店長」まるるんが、ミニチュアサイズの両腕を上下させる。「誰にでも好き嫌いの一つや二つはあるじゃないか。けっして贅沢《ぜいたく》な子じゃないんだ。簡単な物で結構だから、何かカップラーメン以外の物を食べさせてやってくれないか」

「なんで俺がそこまで――」ぐったりしているアリスに目が留まり、太郎はつぐんだ。十一、二歳なら、朝や昼にきちんと食事をとっていたとしても空腹を覚える時間帯だろう。「晩飯にはちょっと早いけど、まあ、いいか。何か食べたい物は？」

「たまごのパン！」

少女が、飛び起きると同時に即答した。

「たまごのパン？」

「あのね、茹《ゆ》で玉子とマヨネーズ混ぜて、チーズのっけて焼いたパン！　大好き！」

「ああ、エッグトーストね。悪い。いま玉子切らしてるんだわ」

「えー」

眉を八の字にして、力なくベッドに倒れる。

太郎は冷蔵庫の中身を思い浮かべた。

「餃子《ギョウザ》ならあるけど、食べるか？」

「うん！」

アリスがもう一度飛び起き、大きく頷いた。

「じゃあ焼くから、ちょっと手伝いな」

太郎の指示に従って、アリスはダイニングテーブルを台布巾《だいぶきん》で拭《ふ》き、戸棚から皿や箸《はし》を運び、白米のパックを電子レンジで温めた。手つきはあやうく、太郎自身がやってしまったほうがよほど気楽に思えたが、そうするわけにもいかない。下手に客扱いをして居心地のいい思いをさせてしまえば、この少女はこのまま部屋に居ついてしまうかもしれない。

手順どおりに焼いただけの冷凍餃子とパックの白米、そしてインスタントの味噌汁《みそしる》というごく簡素な夕食を、アリスは「いたーだきーますっ」の声と同時に夢中でかっ込んだ。皮の中から溢《あふ》れる肉汁に小さく飛び跳ね、ご飯を口いっぱいに詰め込み、音を立てて味噌汁を啜《すす》り、さらに餃子を頬張る。こちらが箸を出しにくくなるほどの勢いだ。

太郎は箸を宙にさまよわせたまま、テーブルの上にちょこんと座っている小動物に視線を送った。

「なあ、鵺」

「繰り返しになるが、私は鵺ではない」

「はいはい。まるるんさん」

「さん付けはしなくていい。で、なんだ？」

「あんたは腹減ってないみたいだけど、先にエサ食ったのか？」

「エサとは失礼な。食事なら、朝と夕方にカシューナッツをいくつかつまんで済ませた。アリスに戸棚を開けてもらってな」

「俺のつまみの缶に、そのモモンガ頭を突っ込んだのか」

「ティッシュの上に開けてもらって食べたわ。私だって、顔を塩まみれにしたくはないからな。それにしてもあれはちょっと塩が効きすぎだ。あんたも、塩分の摂《と》りすぎはよくないぞ」

「勝手に食ったくせに説教するな」

「説教ではなく忠告だ」

「ごちそーさまでしったたっ」

満足げな声に、小動物が背後を振り仰いだ。空の食器を前にアリスが両手を合わせている。太郎が三つつまんだ間に、十二個あった餃子は皿からきれいになくなっていた。

食前食後の挨拶がしっかりできるところを見ると、躾《しつけ》は行き届いているようだ。だが年頃の女の子らしからぬ元気な挨拶は、少々行き届きすぎているようにも思える。その一方で、見知らぬ男の前でも平然と寝転がっていたり遠慮なく食べ物の好き嫌いを口にしたりと、奔放すぎるきらいもある。いったいこの子は、どこから来たのだろう。目視できたかぎりでは月からだが。

太郎は箸を擱《お》き、「なあ、君」と話しかけた。

「ん？」

アリスが丸い目をこちらに向けた。

「おなかいっぱいになったか？」

「うん！　おいしかった！」

顔いっぱいの笑みと一緒に、すこやかな答えが返ってきた。

「そうか。よかったな。じゃあ、今から警察署に行こうか」

少女が不思議そうにまばたきした。網戸越しの風に、つややかな黒髪がかすかに揺れる。

「なんで？」

「だって君は、どこかから家出してきたんだろ？　だったらそろそろ家に帰らないと。きっとご両親も心配しているぞ。な？　あとのことはお巡りさんにまかせれば安心だから」

「あー、いやいや」まるるんが片手を挙げた。「この子は家出人じゃないぞ。警察に届け出るだけ無駄だ」

「じゃあ、誰だっていうんだよ？　密入国者か？　じゃないよな。見た目も言葉もまったくの日本人じゃないか。まあ、そのコスプレみたいな衣装はともかくとして」

ピンクが鮮やかなギャザーだらけの衣装を見上げてから、まるるんはその大きな目をこちらに戻した。

「ゆうべ何度か言っただろう。この子は見習い魔法使いで、私はそれを補佐する相棒だ」

「またそこからか。まーた、そこからか！」

太郎が大声を発すると、アリスがとっさに身をすくめた。上目遣いにこちらを窺う。

「いや、脅かす気はなかった」浮かせた腰を椅子に沈め、太郎はまるるんに問いかけた。「いったいなんの目的で、俺の部屋に押し掛けてきたんだよ」

「アリスの勉強のためだ。人間界でのしきたりや習俗や行儀作法を学ぶのに、人間界ほど打ってつけの所はないだろう？　言ってみれば留学生だ」

「『人間界』って、ちょっと待て。お前たちはどこから来たんだよ。魔法の世界か？」

「そのとおり。まあほかにもいろいろ呼び方はあるが、それがいちばんわかりやすいだろう。私とアリスは、魔法界から人間界にやってきた」

「証拠は？」

「ゆうべの出来事だけでも充分だろう？　『飛ぶ』『怪我を治す』『あんたの素性を知っている』『箒を腕輪に変身させる』、そして何より、『私が人語を発する』。こんな存在が人間界にいるか？」

反論したいが、ふさわしい言葉が出てこない。

「じゃあ、なんだ、仮にそこまで認めるとしてだ、マナーを勉強するために来たって言うけど、この子のマナー、けっして悪くはないぞ」

「お、そうか？　違和感ないか？」

まるるんの声が弾む。

「いや、違和感は、正直なところあるな。反抗期に入っていてもおかしくない年頃で、幼稚園児のように元気よく『いただきます』の声を発する女の子というのもめずらしい」

「やっぱり、そうだよな」弾んだ声がしぼんだ。「礼儀作法ひとつとってもそうだが、魔法界で教えられることには限界がある。だから見習い魔法使いたちは実地にこちらへ来て、人の世というものを身をもって学ぶ必要があるんだ」

「『見習いたち』って、まさか二人目三人目が押し掛けてくるんじゃないだろうな」

「それはない。ここには来ないが、見習いはほかにもいるということだ」

「そうか。で、その見習いが世の中を勉強して、どうしたいの？」

「それは」まるるんが背後を振り返った。「アリス、お前のことだ。お前の口から答えなさい。人間界のことを学んで、それから先どうしたいんだ？」

アリスが、思春期の屈折を微塵《みじん》も感じさせぬ声で答えた。

「あのね、一人前の魔法使いになって、困ってる人たちをいーっぱい助けるの！」

たいそうな抱負が、宵の口のアパートで発せられた。二、三度まばたきしてから、太郎は控えめに異を唱えた。

「うん、いや、いま現在俺が困っているんだが」

声が聞こえたのか聞こえなかったのか、後ろ肢で立ち上がったまるるんが、人間じみた所作で頭部を下げた。

「というわけで藤沢太郎副店長、この子が一人前の魔法使いになれるよう、しばらく居候させてくれ」

「それは困る」

「必要なら、ホームステイと言い換えてもいい」

「呼び方の問題じゃない。そもそも『しばらく』って、いつまでだよ」

「月が満ちるまでだ。次の満月までに、どうにか独り立ちさせたい」

「いや、次の満月って、一ヵ月くらい先だろ？　無理だよ。人にバレたら社会的に抹殺される。だって、十歳そこそこの女の子だろ？」

　アリスが首を横に振った。

「十四歳だよ」

「えっ？　あ、そう」小柄な体格のせいか幼い表情や仕草のせいか、中学二年生に相当する年齢にはなかなか見えない。「十四歳だとしても、いや、十四歳だったら余計に、居候させるなんて無理だよ。やっぱり、警察に行くしかないな。藤沢署に俺の友達がいるんだ。生活安全課だから、これ以上ないくらいの適任者だろう。そいつに相談してみよう」

「それは、むずかしいと思うぞ」

　小動物が、声に笑いを含ませた。

「なんだ？　得意の魔法で妨害する気か？」

「いやいや、魔法を使うまでもない。――アリス」こちらを見上げたまま、まるるんは背後の少女に呼びかけた。「ゆうべの出来事を私に報告しなさい」

「うん。えーと、きのうは、ここに来て、ガラス割っておでこ切って、まるるんに治してもらって――」

「そのあたりは省略していい。結局、どこで寝た？」

アリスが寝室を指さした。

「そっちの、奥の部屋。副店長がベッド貸してくれた」

「では、副店長のベッドで朝までぐっすり？」

「うん。ぐっすり」

「はい出た。はい出ました決定的証言」まるるんが、勝ち誇ったように胸を張った。

「当年とって十四の女の子が既婚男性の部屋に一泊したそうです。アリス、警察に行ったらお巡りさんに今の話をもう一度するんだぞ？」

「うん」

「『うん』じゃなくて、返事は『はい』」

「はいっ」

テーブルの向かいからの元気な返事に、太郎は深くうなだれた。うっかり外堀を埋められてしまい、これで公共機関に押しつけるのはむずかしくなってしまった。家族に、そして会社に、どう説明すればいいのだろう。「見習い魔法使いが無断で転がり込んできた」と話したところで、まともに取り合ってもらえるはずがない。どれほど酔っていようが眠かろうが、やはりゆうべのうちに追い出すべきだったのだ。

「おい、副店長さん、聞いてるか？」

狡猾《こうかつ》な小動物の声に、太郎は顔を上げた。

「どうして、俺なんだよ。なんだ？　空から落ちてきた魔法少女？　それだったらアレだろ、男子高校生とか大学生の部屋に転がり込むのが道理ってもんだろ」

「道理？」

まるるんが首をかしげる。

「そうだよ、それが道理だよ。そういうアニメ、深夜によくやってるだろ。かわいい女の子ばかり半ダースも出てくるような」

「詳しいな」

「一話丸々見たことはないけどな。俺にだって寝つきの悪い夜はあるんだよ。とにかく、魔法少女の転居先として単身赴任中で厄年のスーパーの副店長っていうのは、どう見てもおかしいだろ」

「そうか？　四十一歳なら、十四の娘がいたとしてもまったく不自然ではないだろう」

「たしかに不自然じゃないけど、だったらバレたところで家庭崩壊の心配がない独身者とか、部屋がいくつもある豪邸に住んでる大金持ちとか、そういう家に泊めてもらえばいいじゃないか。どうして俺なんだよ」

まるるんが、静かな声で答えた。

「子煩悩だからだ」

「子ぼん……」予想外の答えに、言い返そうとした声が途切れた。「他人の子は対象外だぞ」

「そうか？　かなりの子供好きだと思うがな。なんだかんだと言いながらひと晩泊めてくれたし、夕食も食べさせてくれたじゃないか」

「それは、行きがかり上そうなっただけで——」

言葉を探していると、ふいにアリスと目が合った。要領を得ないまま、相手がぎこちなくお辞儀をする。一宿一飯の恩は感じているらしい。

目だけで礼を返し、テーブル上のまるるんに視線を戻す。

「なあ」

「うん？」

「住まわせるのはどうしても嫌だって言ったら、どうするんだ？　野宿か？　それとも、魔法で無理やり言うことを聞かせるのか？」

「そんなことはしないよ。魔法の世界に帰るだけだ」

まるるんがそう答えると、アリスは心細げな視線を「相棒」の小さな背中に向けた。せわしないまばたきを繰り返し、唇を引き結ぶ。

魔法の世界などあり得ない。真に受ける必要などどこにもない。魔法だの人語を発する小動物だのは、幻覚でないのならきっとホログラムか何かのトリックなのだ。どこか知らないが帰る場所があるというのなら、帰ってもらえばいいではないか。

そう考えようとはしたものの、少女のしゅんとした様子を目にしてしまうと突き放しにくくなってしまった。

「まだ見習いなんだろ？　魔法使いになるための留学生なんだろ？　魔法の世界に帰ったら、魔法使いになれないんじゃないのか？」

「ああ。そういうことだ」

まるるんが頷くと、アリスの目にみるみる涙が溜《た》まっていった。

「いやいやいや、べつに魔法使いになれないと決まったわけではなくて――」

涙を飛び散らしてアリスが立ち上がり、深々と頭を下げた。

「見習い魔法使いのアリスですっ。しばらくご厄介になりますっ。みじゅ、未熟者ですが、どうぞよろしくお願いします！」

耳鳴りが残るほどの、大きな声だった。

突然の絶叫に全身の毛を逆立てたまるるんが、こわごわと後ろを振り返る。アリスは唇をわななかせながら、丸く大きな目でこちらを見据えていた。

にらめっこに負けたのは、太郎のほうだった。彼女の口上は、ここに来る前に何度も繰り返して覚えたものなのだろう。「未熟者」の発音もおぼつかない未熟者だが、どうやら人を騙したり担いだりできる子ではないらしい。

冷めかけた味噌汁をひと口啜り、椀《わん》を置く。

「しょうがないな。次の満月まで泊めてやる」

「本当か？」

まるるんが背筋を伸ばす。

闖入者たちの顔を見比べながら、太郎は細く長いため息をついた。しばらくの間、面倒な状況が続きそうだ。

「ああ、泊めてやる。ただし勝手にアパートの外には出るな。チャイムが鳴っても居留守を使え。この部屋に女の子がいるなんて、外の人間にはぜったい悟られるなよ。変な噂《うわさ》でも立った日には俺は破滅だ。いいな」

「はいっ」

見習い魔法使いが、全身で返事をした。

＊

携帯電話のアラーム音が、ダイニングキッチンの薄闇《うすやみ》に響く。藤沢太郎は手探りでアラームを止め、寝足りなさに顔をしかめつつ鼻を鳴らした。液晶画面に表示された時刻は六時四十五分。いつもと同じ、早番の起床時間だ。

ダイニングキッチンで目覚めるのも、今日で三度目だ。夜中に椅子やテーブルの脚に体をぶつけて眠りを破られることはなくなったが、冷蔵庫の運転音のせいか、どうにも睡眠が浅い気がする。あるいは、寝不足の原因は隣室の闖入者たちにあるのかもしれない。引き戸一枚隔てた先で破滅のきっかけが寝息を立てていると思うと、なかなか熟睡できるものではない。今のところ職場にも近所にも変化を察知された気配はないが、この先はどうなることか。

寝息の延長のような深いため息をつき、太郎は毛布を撥《は》ねのけた。トイレで用を足してから、寝室との仕切りの戸をノックする。

「おーい、朝だぞー」

「……はーい」

幼く、眠たげな声が返ってきた。夫と十四の少女との同棲《どうせい》生活を見たら妻はどんな行動に出るだろうかと怖気《おぞけ》を震いつつ、ランニングシャツの上から脇腹を掻《か》く。ガスレンジに薬缶《やかん》を掛けたところで、寝室の引き戸が開けられた。振り返った視線の先をデコレーションケーキのような装束が横切り、トイレに駆け込んでいった。夜中でもダイニングキッチンを自由に通っていいとは言ってあるのだが、つい我慢をしてしまうらしい。

もう一度脇腹を掻き、あたりを見回す。一年半も一人で暮らしてきた部屋に自分以外の存在がいるということが、どうにも居心地が悪く少しばかり新鮮だ。

水音とともに個室から出てきたアリスは、寝癖のたっぷりついた頭をこちらに向かって下げた。

「おはよーございますっ」

「ああ、おはよう」朝から元気な挨拶に面食らいつつ、トースターに食パンを二枚放り込む。「飲み物、牛乳でいいんだよな」

「うん」

「待った待った」四本の肢で寝室から軽快に駆けてきたまるるんが、椅子を伝ってテーブルの上まで器用に駆け上がった。「アリス、『うん』じゃない。人にやってもらうんじゃなくて、自分で注ぎなさい」

「はーい」

素直に答えたアリスは小さなダイニングテーブルを回り込み、冷蔵庫の扉を開けた。小さな手で牛乳パックをむんずと摑んで、中身を客用のカップに注ぐ。

何か、炒《い》り豆のような匂いがした。牛乳が原因かとも思ったが、きのう買ったばかりなので変質したとは考えられない。

牛乳がたっぷり入ったカップを両手で捧《ささ》げ持ち、アリスはこぼさぬようにそろりそろりと太郎の目前を横切った。

原因がわかった。この、少なくとも三日分の汗が染み込んだ衣装だ。

「ちょっと、臭《にお》わないか？」

太郎の問いかけに、アリスが急に振り返った。ビニル材の床に牛乳が滴る。

「あっ、あっ、こぼれた！」急いでカップを置いたせいで、今度は跳ねた分がテーブルにこぼれた。まるるんが大きく跳び退《の》く。「あっ、まるるんごめんね！」

アリスが動くたびに、牛乳が勢いよく撒《ま》き散らされる。もちろん悪気はないらしいのだが、おかげでこちらは朝からちょっとしたパニックだ。

「いいから、俺が拭くから、洗面所で手を洗ってきな」

狭苦しい洗面所に飛び込んでいく背中を見遣《みや》りながら、まるるんが声をひそめた。

「年頃の女の子に、あの言い方はないよな」

たしかにそのとおりだ。だが、手乗りサイズの哺乳類に指摘されても素直には頷けない。雑巾《ぞうきん》で床を拭きながら、太郎は鼻に皺を寄せた。

「しょうがないだろ。女の子の扱い方なんて知らないし」

「それでよく結婚できたな」

「うるさいな。だいたいなんで、臭いがするまで服のこと黙ってたんだよ。言ってくれればすぐに着替えを貸してやったのに」

「居候先には原則不介入だからだ。アリスが自己申告するのを待っていたんだがな」

「窓ガラスを直してくれなかったのも、その原則を守ったからか？」

「そうだ」

「魔法使えるくせに、出し惜しみしやがって」

袖にそっと鼻を寄せながら、アリスが洗面所から戻ってきた。

トーストやコーヒー、そしてまるるんのリクエストで買った無塩カシューナッツなどを卓上に並べると、太郎とアリスはダイニングテーブルを挟んで座った。簡素な朝食を前に、少女が手を合わせる。

「いたーだきーます」

心なしか、声に張りがない。やはり、気にしていることを指摘されたのがこたえたらしい。トーストを齧《かじ》り、コーヒーをひと口啜ってから、太郎は何気ない風を装って切り出した。

「うん、まあ、てっきり、魔法の類で汗とか皮脂はどうにかできるんだろうって思い込んでたんだけど、そうじゃなかったみたいだな」

叱《しか》られたと思ったのか、アリスはトーストを口に運ぶ手を止めた。そのそばでは、まるるんがもの言いたげにこちらを見上げている。失点を補おうとして、さらに失点を重ねてしまったようだ。

「いや、風呂には毎晩入ってるし、ぜんぜん清潔だとは思うなあ、うん。ただ、まあ、着替えがあるに越したことはないんだけど、持ってきて、ない？　それ一着だけ？」

アリスが小さく頷いた。

「おい、鵺」少女の相棒に助けを求めたものの、相手は答えない。「おい、……まるるん」

「なんだ？」

即応した。

「彼女の衣装、洗濯機で洗ったら縮んだりしないか？」

「それは大丈夫だ。ただ、漂白剤は使わないほうがいい。いくらか色褪《いろあ》せするから。それから干すときは、なるべくほかの洗濯物の陰に吊るしたほうがいい」

「色褪せするから？」

「それもあるが、アパートのベランダに干すにはいくぶん目立つだろう」

太郎はあらためて、アリスの衣装に目を落とした。ピンクがベースのカラフルなワンピースは、干す場所によっては確実に人目を引くだろう。それを避けるにはコインランドリーかクリーニング店に持って行くという手段もあるにはあるが、それではかえって耳目を集めかねない。

「わかったよ。言うとおりにしよう」太郎は視線を上げ、少女に話しかけた。「服が乾くまでは、あー、どうしようかな。ちょっと嫌かもしれないけど、俺の部屋着でも着てればいいか」

アリスがもう一度頷き、トーストを齧った。

食事を済ませた太郎は、時計を気にしつつ大急ぎでクローゼットの中を漁《あさ》った。この一年半の不健康な食生活が原因できつくなってしまったジーンズや、勢いで買ってはみたものの鏡に映る自分の姿を見て二度と着なくなった絞り染めのTシャツなど、十四の少女にもかろうじて馴染みそうな服がいくつか出てきた。ベルトの長ささえ調節すれば、当座はこれで間に合うだろう。

寝室のカーペットに数着のシャツやパンツを広げ、太郎は異臭を放つ少女に微笑みかけた。

「とりあえず、これだけあればいいだろ。ズボンの裾《すそ》が余るだろうけど、邪魔だったら切っちゃってもいいしな。どうせ俺はもう穿《は》けないんだし」

頷いてから、アリスは物言いたげな目でこちらを見上げた。

「ん？　気に入らないか？」

少女が首を横に振る。解説を求めて相手の頭越しにまるるんの様子を窺ってみたが、小動物はこちらを見向きもせずにカシューナッツを齧っている。居候先には原則不介入、ということらしい。太郎はアリスに目を戻した。

「何か、言いたいことがあったら遠慮しないで言いなさい。黙ってたらわかんないぞ」

促されたアリスはこちらを見上げ、振り返ってまるるんに視線を送り、手助けが期待できないと知るとまたこちらを見上げた。顔が真っ赤に紅潮している。

「どうした？」

こちらから尋ねると、アリスは小声で何事か呟いた。が、小さすぎて聞き取れない。

「ん？　もう一度」

背中を屈め、太郎は少女の口元に耳を寄せた。

従業員用階段を三階の「肌着・子供のフロア」まで上ってきたところで、太郎は意識してすました顔を作った。

バックヤードと売り場を隔てるスイングドアを押し開け、「仕事終わりに一応巡回に来ました」という風を装いつつ、目的の肌着売り場に向かう。下着の替えがほしいと、今朝アリスから頼まれたのだ。

仕事帰りのサラリーマンやＯＬたちの来店でそれなりに忙しい地下食品売り場とは打って変わって、午後八時の肌着売り場は人影もまばらだ。この雰囲気ならば案外簡単にアリスの下着も買えてしまうのではないかと思いかけたが、売り場の周りを半周したところで太郎は早々とあきらめた。学校帰りの女子高生が二人、熱心に下着を見比べていたのだ。これでは中年男が近づける余地などない。

できれば今日のうちに用意してやりたかったのだが、やはり自店舗で手に入れるのはむずかしそうだ。従業員にいぶかられた場合に備えて「本部からリサーチの通達があって」という台詞も用意していたけれど、わざわざ危険を冒すことはない。おとなしくアパートに戻って、ネット通販を当たろう。

無謀な挑戦に見切りをつけてスイングドアに向かいかけたところで、見知った顔に「あら」と声をかけられた。パート従業員の柳田《やなぎた》だ。

「副店長、こんな時間に三階に来るなんてめずらしいですね。何かあったの？」

「何か」のひと言では表現できないほどいろいろあったのだが、黙っていよう。

「ああ、柳田さん。いや、もう上がりなんで、たまには夜にも見回りをと思って」

「なーんだ」

三階の主《ぬし》ともいわれる勤続二十五年のベテランが、こめかみ近くまで描かれた眉をあからさまにしかめた。とっさの作り話を簡単に信じてくれたのはいいが、どうも不満があるらしい。

「何か、あったんですか？」

相手は一歩こちらに近づき、声をひそめた。

「また来てるんですよ、あの男の子が。もう八時よ？」

「『あの男の子』って？」

「あら、副店長知らないんですか？　このフロアの人はみんな知ってるのに」

「不勉強ですいません。で、『あの男の子』って？」

「なんかね、一人で来る男の子がいるの。小学校に入ったかどうかくらいの歳じゃない？　たいてい夕方に来て、まあ七時か七時半にはいなくなってるんだけど、たまに今日みたいに八時過ぎまでそこのゲームコーナーとか四階の書店さんでウロウロしてるの」

「その子、検品とかしてる気配は？」

太郎は声をひそめた。「検品」とは、この藤沢店で使われている万引きの隠語だ。犯罪にまつわる隠語は、従業員が口にしても客に違和感を持たれにくい言葉が選ばれる傾向がある。

「ううん、それはないみたい。ただ、ねえ。親は何考えてるのかしらって思っちゃうでしょ」

「たしかに」小学校に入ったかどうかという年頃なら、息子の拓弥と同年代だ。拓弥を夜に一人で出歩かせるなど、自分なら考えもつかない。「その子の親は、店に迎えには来るんですか？」

「少なくとも、私は見たことないけど。携帯持ってるみたいだから、それで連絡をとってる感じです」

「共働きとかですかね」

「さあ、そこまではちょっと」柳田の声が低くなった。「副店長、なんとか事情聴けない？　かわいそうじゃない」

気持ちはわかるが、ほかの客や店に損害がないかぎりは手の出しようもないし、ゲームコーナーはテナントの管轄だ。声掛けはするとしても、踏み込んだ対応まではできないだろう。

「とりあえず、どんな感じか様子を見てみますよ」

得意の言質を取られにくい物言いで、太郎は「主」の要請をかわした。

「お願いします」

「で、今はどっちに？」

「さっきエスカレーター降りてくるのが見えたから、ゲームコーナーだと思う。痩せ型で髪がボサボサなんで、見ればすぐわかると思いますよ」

「了解です。じゃ、おつかれさまです」

片手を挙げてパート店員に挨拶し、太郎は肌着売り場を離れた。店のほぼ中央にあるエスカレーターを回り込み、キッズルームのとなりのゲームコーナーに向かう。

様々な電子音と明滅する光の中に、その少年はいた。少なくともひと月半は散髪をしていない様子のまとまりのない頭髪と、首の伸びたTシャツ。前のめりになってメダルゲームの大型画面を見つめる顔は、モニターから発せられる光のせいか青ざめて見える。

週末の昼間などは子供たちでごった返すこの一角も、平日のこの時間ともなると人影はほとんどない。大小さまざまな筐体《きょうたい》は客がいようがいまいが常に同じ大きさで楽しげな音楽や音声メッセージを流し続けており、その無機質さがあたりに奇妙なもの悲しさを漂わせていた。

敷地の外の通路からしばらく様子を窺ってみたが、少年がゲームで遊んでいる気配はない。ほっそりとした首を伸ばして、ただじっとモニターを見つめているだけだ。

あたりを見回して親らしき人物がいないのをたしかめると、太郎はクレーンゲームや音楽ゲームの間を縫うようにして少年に近づいていった。視線に気づいた相手が顔を上げ、見ず知らずの大人の接近に小さな目をしばたたいた。

「こんばんは」

声をかけると、少年は緊張にかすれた声で「こんばんは」と応《こた》えた。

太郎はゲーム機のそばで腰を屈め、相手と同じ高さまで視線を下げた。それから胸の名札を指さして、自分が身元のたしかな人物であることを示す。この建物の屋上に据えられた塔屋看板やレジ袋にも描かれているお馴染みの笑顔のマークに、少年がかすかに安堵した様子を見せた。

水中を模した画面の中を泳ぐ小魚の群れを指さし、太郎は息子と同じ年恰好の少年に尋ねた。

「このゲーム、好きなの？」

相手が無言で頷いた。質問を続ける。

「メダルは持ってないの？」

「もうぜんぶ使っちゃった」

「そうかー」

頷きながらもう一度、大きな画面に目を落とした。海中を模したモニターの中を、色とりどりの魚たちが泳いでいる。このゲームなら、拓弥と一、二度遊んだことがある。ロッドを模したコントローラを操作することで、画面の中で魚を釣ることができるのだ。魚には大きさによってポイントが振り分けられており、獲得したポイントに応じて膝元の排出口からメダルが出てくるという仕組みだ。

大小さまざまな魚たちの動きはつい見入ってしまうほどよくできていて、太郎は親の帰省でよく訪れた新潟の海を思い出した。桟橋の杭《くい》の周りを泳ぐイシダイの稚魚たちを、この少年と同じ年頃の自分は何十分も飽きずに見つめていたものだ。

忘れかけた目的を思い出し、太郎はコンピュータグラフィックス製の魚から少年に目を戻した。

「おじさんもこのゲーム、やったことあるよ。楽しいよね」

「うん」

相手の声は硬い。

「おうちの人ともやるの？」

尋ねると、男の子は首を横に振った。

「いそがしいから」

「ふーん」あたりを見回すふりをしてから、太郎はそっと尋ねた。「そういえば今日、おうちの人は？」

「いまお買い物中です」

男の子が、しっかりとした言葉で答えた。躾はそれなりにできているらしい。

「ああ、そうなんだ。お仕事で遅くなったの？」

相手が頷く。やはり、共働きか。ゲームコーナーを託児所代わりに使われるのは迷惑だが、親に働きかけて行いを改めさせるのはなかなかむずかしい。閉店時刻の午後十時まで放置しているのならともかく、八時では一概に非常識とも言い切れないし、よかれと思って声をかけて「うちの子育てに口を挟むな」などと逆上されでもしたらたまったものではない。事情が変わらないかぎりは、様子見程度の対応に留《とど》めておいたほうがいいだろう。

「そうか。早く戻ってくるといいね。もしも困ったことがあったら、このマークのバッジを付けてる人に言うんだよ。みんな必ず助けてくれるから」

　もう一度胸の名札を指さして、男の子に言い含める。男の子はこちらの顔に視線を走らせると、すぐに画面の魚たちに目を戻した。これ以上会話を続けるつもりはないようだ。

　太郎は体を起こし、窮屈な姿勢で固まった腰を伸ばしてから「じゃあね」と告げた。少年が、画面を見つめたまま小さな肩から力を抜いた。

　バックヤードに向かう間、思い浮かべていたのは息子の顔だった。いまの少年ほどではないにしても、拓弥も父親と離れて暮らしているせいで寂しい思いをしているはずだ。どこかで連休が取れたら、朝から晩までたっぷり遊んでやろう。

　夢想しかけた休日の計画は、すぐさま壁にぶつかった。あの居候たちをアパートに残して遠出などしたら、何が起こるかわかったものではない。やはり、泊まりがけの帰宅は不可能だ。

仕事の疲れと息子の顔を見られない寂しさに俯《うつむ》きながら売り場を歩き、バックヤードへのスイングドアを押し開ける。

廊下の先に更衣室のプレートが見えてきたところで、太郎は丸まっていた背中を無理やり起こした。階段の方から、陰気な男がこちらに歩いてくる。大きく横に張ったセルフレームの眼鏡、赤くぬらりと光る唇、常に反らし気味の顎。店長の飯島だ。事務所を出る際に挨拶はしたが、また顔を合わせてしまうとは。

太郎よりひと回り年長のこの男もまた、まちがっても相性がいいとはいえない副店長の姿を認めるとわずかに身構えた。

「おつかれさま」

飯島が、三十年に及ぶ店舗勤務で刻まれた目尻《めじり》の笑い皺を深くする。

「おつかれさまです」

敵意のないことを示すように、太郎はいくぶん長めに会釈をした。

店舗責任者とその代行責任者は基本的に交替で公休を取るので、こうして飯島と顔を合わせるのは多くても週に四日がせいぜいだ。太郎としては、パート・アルバイトを含めた二百人あまりの中でもっとも反りの合わない人物と接する時間などもっと短くてもかまわないのだが、相談すべき事案は片づけておかねばならない。

「店長」

すれちがったばかりの背中に、太郎は声をかけた。

「はい？」

相手が振り返り、芝居がかった仕草で小首をかしげる。

「事務所の備品の件ですけど」

「うん」

「今年度いっぱいは大型品の補充はしないということで、方針は固まっていると思うんですが」

「うん、それで？」

部下の増岡の顔を思い浮かべながら、太郎は続けた。

「聞いたところどうも、店長は購入を検討するようなことをほかの従業員におっしゃっていたようですが」

「言ったかなあ」

まばたきの仕方まで、芝居がかっている。

「ええ。そう聞いています」

「誰から？」

この猜疑心《さいぎしん》の強い男は、いもしない「反店長派」の名を炙《あぶ》り出したいらしい。増岡もこの男のことをよくは思っていないようだが、まちがっても名前を出すわけにはいかない。

「まあ、従業員です」

短い沈黙のあとで、飯島が頷いた。

「あそう。あれじゃないかな、こっちが来年度以降の話として言ったのを、その社員なりバイトなりが今年の話と勘違いしたとか。言った記憶もないけどね」

「相手は、記憶しているようですよ」

これ以上は水掛け論になるだけだとわかっていながら、つい挑発めいたことを口にしてしまった。

「そうなの？　じゃあ、その人を連れてきて」

子供じみた反駁《はんばく》に、あやうく声がうわずりかける。

「いえ、『言った言わない』を店長に直接質《ただ》すのは、本人も尻込みするでしょうから」

「そうですか。それで引き下がるなら、ま、その程度の話だね」

うまく丸め込めたと、腹の底で笑っているのだろう。赤い唇の端がわずかに吊り上がる。

「承知しました。それで、備品の補充――」

「従来どおりですよ」

　こちらの質問を制し、飯島は語気を強めた。けっして仕事ができる男ではないが、場の空気を自分のものにする呼吸や、相手の言葉尻を捕える話術だけは優れている。だから、この男が嫌いなのだ。

「了解しました」

　憤懣《ふんまん》を押し隠しながらも一礼して立ち去ろうとする太郎の背中に、今度は飯島が声をかけてきた。

「ああ、そうだ。藤沢さん」

「はい」

「ニイツ電器さんの不審火の件、まだ掲示板も店内メールも出てないみたいだけど」

「あっ」

　前夜、藤沢駅の反対側にある家電量販店で不審火が発生しており、太郎はその旨を従業員に通知することになっていたのだが、業務に忙殺されてつい失念してしまっていた。

「忘れてた？」

赤い唇の端が、ますます吊り上がった。

「すみません。すぐに取り掛かります」

「お願いしますね」

慇懃な言葉遣いでそう言うと、飯島は廊下を悠然と歩きだした。

太郎は相手の背中を睨《にら》みつけてから、もうひと仕事するために事務所へ向かった。

＊

洗濯物を干し終えたところで、玄関からチャイムの音が聞こえてきた。直後に、肘まで泡だらけにしたアリスが浴室からベランダへと走ってくる。

「来た。来た。たぶん、洋服！」

握りしめたスポンジから泡が滴り落ちる。風呂掃除を買って出てくれたのはいいが、洗剤を使いすぎる癖はどうにかならないものか。

「そうだな、服だな。いま行くから、手を洗っておとなしくしてなさい」

「あー、いや。普通にしてればいい」

アリスが着ているのは珍妙な魔法使いの装束ではなくありふれたTシャツなので、とくに配達員の目を引くこともないだろう。

寝室とダイニングキッチンを通り抜け、玄関の扉を開ける。アリスが言ったとおり、外廊下で待っていたのは宅配便のドライバーだった。受け取りとサインを済ませてドアを閉めるなり、アリスが「早く早く」と急《せ》かしてきた。

「あわてるな。生《なま》ものじゃないんだから」

そうなだめたものの、逸《はや》る気持ちは太郎にも想像できた。ようやく、中年男性のお古ではない衣服と新しい下着が届いたのだ。はしゃぐのも無理はない。

寝室のカーペットの上にダンボールを置くと、アリスはむさぼるような勢いで荷解《にほど》きにかかった。色ちがいのカットソーが三枚と、白い衿《えり》の付いたニット、薄手のパーカー、デニムのパンツ、黒のキュロットスカート。パジャマ。いくつかの靴下や下着。スニーカーが一足と、チェック柄のポシェット。

かかった費用に思いをめぐらせて太郎が天井を仰いでいると、アリスが服を胸に抱えて洗面所に走っていった。

「なんだなんだ？」

「着替えに行ったんだろう」

ベッドの上でうたた寝をしていたまるるんが、大きく伸びをしながら言った。秋の初めの明るい部屋の中で、背中の毛が金色に輝く。

「お前たちのおかげでえらい出費だ」

「だから、なるべく低く抑えられるようにブランド物は避けてやったじゃないか」

「当たり前だ。恩着せがましく言うな」

「まあまあ。『衣食足りて礼節を知る』といってな、これもあの子が一人前の魔法使いになるための一歩だ」

「ああ、なるほど。お前は裸だから礼節を知らないわけか」

「あんたにしてはうまいことを言う」

この齧歯類を相手にしても疲れるだけだと思いなおし、太郎は黙ってカーペットに座った。

ほどなく洗面所の扉が開き、中からアリスがはにかみながら出てきた。ボーダー柄の七分袖Tシャツとくるぶし丈のジーンズ。華奢な体つきがだいぶ強調されたが、ぶかぶかの太郎の古着よりははるかに似合う。

「おっ、かわいくなったなあ」

まるるんに褒められると、照れたアリスはその場で小さく飛び跳ねた。太郎があわてて制止する。

「こら。下の部屋に響くだろ」

「はーい」

笑いながら返事をし、アリスはお尻から飛び込むようにしてベッドに座った。スプリングの反力でひょいと立ち、また体を投げ出す。

「それもだ。また水嶋さんがびっくりして来ちゃうだろ」

太郎にたしなめられておとなしくなったアリスだったが、じっとしていられたのは
一分足らずのことだった。ベッドから立ち上がってダイニングキッチンに向かい、何もせずに戻ってきたかと思うと太郎の前を素通りし、網戸を開けてベランダに出る。しばらく空を見上げてから部屋に戻り、出窓のサボテンに霧吹きを掛け、またダイニングキッチンに向かう。

少女の姿を目で追いながら、太郎は首をぐるりと回した。ずいぶんとにぎやかな公休日になったものだ。

行ったり来たりを三度ばかり繰り返してから、アリスは太郎の前で立ち止まった。

「外に出たい」

来たか。

太郎は鉄面皮を作って答えた。

「だめだ」

「なんで？　靴買ってくれたのに」

アリスはスニーカーを指さした。真新しい靴紐《くつひも》が目に眩しい。

「それは、非常用だ。あのピカピカブーツ以外に一足ぐらい持ってないと、何かあったときに困るだろ」

「外に出たい」

相手は一歩も退《ひ》かない構えだ。

「だけど、外でうっかり魔法なんか使ったら大変なことになるぞ」

「その心配はない。知ってのとおり、その子はろくに魔法を使えないからな」

まるで他人事《ひとごと》のような調子で注釈を加えるまるるんをひと睨みし、太郎は続けた。

「居候させてやるときに条件出しただろ。勝手にアパートの外に出るなって」

アリスが唇を突き出す。

「でも出たい。それに副店長と一緒なら、『勝手に』じゃないもん」

「え？　俺も行くの？」

意外な流れに不意を突かれ、鉄面皮にヒビが入ってしまった。アリスが頷く。

「一人だと迷子になるから」

たしかに、空飛ぶ魔法少女に神奈川県藤沢市の土地勘はなさそうだ。

妙なところで感心していると、アリスの声が大きくなった。

「ねえ、いいでしょ？　副店長、今日はお仕事お休みなんでしょ？　外に行こうよ。ここにいてもつまんないもん」

居候の分際でずいぶんな言い草だが、外出を渇望する気持ちはわからないでもない。土曜の夜に飛び込んできた日から数えて一週間ちかくも、ゲーム機も少女漫画もない中年男の独居世帯に軟禁されているのだ。育ちざかりの十四歳にとっては苦痛だろう。

太郎は網戸の外に目を向けた。ピンチハンガーに吊るされた洗濯物越しに、夏の気配を残した青空が見える。いわゆる、「絶好のお出掛け日和《びより》」だ。

「いま、何時だっけ？」

「十時十分」

枕元の目覚まし時計に目を遣り、アリスが声を弾ませた。この陽気の中、夕方まで相手の要求をかわし続けるのはむずかしいだろう。

「どっこいしょっと」立ち上がったこちらの顔を、アリスが期待に満ちた目で見上げる。太郎は見習い魔法使いの視線を受け流し、少女のとなりに立った。まるるんに尋ねる声が、照れくささにうわずる。「なあ、この私服の二人、客観的に判断してどういう関係に見える？」

「魔法使いと副店長」

「真面目に」

小動物が大儀そうに後ろ肢で立ち上がり、黒く大きな目で二人を見比べた。

「親子、だろうな。誘拐犯には見えないから安心しろ」

「そうか」太郎は傍らのアリスに視線を送った。「じゃあ、洗濯物が乾くまで出掛けるか」

「やった！」

飛び跳ねたアリスを、太郎はもう一度「こら」とたしなめた。

アパートの中央にある回り階段を、ポシェットを振り回すようにしてアリスが駆け下りていく。

「待て待て。転ぶと怪我するぞ」

太郎の声にアリスは「はーい」と返事をしたものの止まる気配は見せず、踊り場で急転回するとその先へと消えていった。

何事もなくここに帰って来られるだろうかと不安を抱きつつ部屋の鍵を閉め、太郎も階段を下り始めた。と、下からアリスの快活な声が聞こえてきた。

「あ、水嶋さんのおばあちゃん、こんにちは！」

「こんにちは」

老女のおだやかな声が挨拶に応える。歩を速めて一階まで下りると、階下に住む水嶋夫人とアリスが親しげに笑い合っているのが見えた。軍手を嵌めた夫人の手には植木鋏《うえきばさみ》とポリ袋。プランターの手入れに出たところらしい。

「あら、こんにちは」

視線に気づいた夫人に会釈され、太郎は二人の関係を摑めぬまま「どうも」と頭を下げた。

「アリスちゃんとお出掛けですか？」

「え？　あ、ええ。ちょっと、そこまで」

夫人が、孫ほどの年齢差の少女に微笑みかける。

「よかったわねえ、アリスちゃん」

「うん！」

「まるるんは、お留守番？」

「一緒だよ」

そう答えると、アリスはたすき掛けにしたポシェットの蓋《ふた》を開けた。内部では、薄茶色の哺乳類が腹這《はらば》いでぐったりとしている。老婦人が小首をかしげた。

「あら、まるるん眠いのかしらね」

眠いのではなく、階段を駆け下りたときに揺さぶられたせいだろう。

それにしてもなぜ、この珍獣の名を知っているのだ。二人はいつ知り合ったのだ。

人語を発する珍獣を見ても、この老女は驚かないのか。

様々な疑問を頭の中で巡らせていると、当のまるるんがようやく我に返った。老婦人の顔を見上げ、いかにも小型の哺乳類らしい甲高い声で「きい」と鳴く。

「まあ、いつ見てもかわいいわねえ」

リスか何かだと思っているらしく、水嶋夫人は恐れる様子も見せずに目を細めた。

「さ、アリス、電車に乗り遅れちゃうからそろそろ行くぞー」

狼狽を押し隠して声を励まし、太郎はアリスを急かした。

「いってらっしゃい」

「いってきます！」

元気に挨拶した少女の保護者然とした態度を装い、太郎は愛想よく夫人に会釈した。アパート前の道に出て最初の角を曲がったところで、さっそくアリスを問い詰める。

「なんであの人、お前のこと知ってるんだ」

「うん。あのね、階段に座ってたら『うちにいらっしゃい』って言われて、部屋に遊びに行ったから。どら焼き食べさせてくれた」

太郎のとなりを歩きながら、アリスは当然のように答えた。

「『遊びに行った』って、おい」声がひっくり返る。「勝手に外に出ちゃだめだって、さんざん言っただろ」

ポシェットの中から、中年男の声がした。

「いやいや、ルールは守っているぞ。あんたは『アパートの外に出るな』と言っただけで、『部屋から出るな』とはひと言も言っていない。アリスがアパートの敷地から一歩も出なかったことは、この私が保証する」

「荷物はすっこんでろ」ポシェットに向かって叱声《しっせい》を飛ばす。「ほんっと勘弁してくれよ。未成年の女の子を住まわせているんだぞ。魔法の世界じゃどうか知らないけど、こっちの世界じゃ逮捕されかねない大スキャンダルなんだよ。俺の人生を破滅させる気か」

「なに、アリスのことは娘だと騙《かた》ればいいじゃないか。嘘も方便というものだ」

「母親役がいないのはどうごまかすんだよ。余計な詮索《せんさく》をされたらかえって墓穴を掘るじゃないか」

「だったら、姪《めい》ということにでもしておけ。そもそも十四の少女が狭いアパートから一歩も出ないほうが、周囲の余計な詮索を招きやすいだろう」

まるるんの主張も一理あるが、家主はこちらだ。

「そんな大事なことを事後承諾にするな。ほかに誰が、俺の部屋に女の子がいることを知っているんだ？」

「水嶋冨美子《ふみこ》一人だけだ。ほかの住人とは会っていないし、あんたの言いつけどおり、新聞の勧誘などは居留守でやり過ごしているからな。我々を信用しろ」

「信用されるに足る行いをしろ」

チェック柄のポシェットと言い合っているうちに、江ノ電の線路のそばまで来てしまった。藤沢行きの路面電車が、ちょうど柳小路駅を発車したところだった。

たちまち遠ざかってゆく深緑とクリーム色のツートンカラーの電車を指さし、痩せっぽちの少女が興奮した面持ちで訴えてきた。

「あれ、乗りたかった」

「あれは、俺の店の方に行く電車だ」

「副店長のお店って、どこにあるの？」

「終点の藤沢。駅に着く直前に窓からニッコリマークの看板が見える」

「行ってみたい」

「やめてくれよ。せっかくの公休日に職場の近くに行くなんて、想像しただけで気が滅入ってくる」

「なんだ。つまんない」

　ふくれるアリスをちらりと盗み見てから、太郎は告げた。

「ただ、終点で折り返してきたら乗るから安心しろ」

「ほんとに？　すごい！」

「あんまり興奮するな。電車の中では静かにしてないとだめだぞ。そんな大きな声を出したら周りの人たちがびっくりするからな」

「わかった！」

　アリスが、びっくりするほど大きな声で答えた。

　藤沢駅で折り返してきた電車の中には、江の島に向かう観光客らしい姿が多く見られた。開校記念日か何かなのか、アリスと同年代の少年少女たちも少なくない。期待どおりだ。平日の住宅街を中年男と少女が歩くのは目立つが、観光地であれば人目につく危険性は小さくなる。走りだした電車の中で、太郎は小さく拳《こぶし》を握った。

ドアの窓に額を押しつけて飽きることなく外を眺めていたアリスが、ふとこちらを振り返った。

「どこに行くの？」

「江の島。前に奥さんとうちのチビを連れて来たことがある」

「島？　船に乗るの？」

「乗らない。長い橋で海岸と陸続きになってるから、歩いて行ける」

「どんな所？」

「神社とか展望台とか、いろいろあるぞ」

「ふーん。あと駅いくつ？」

矢継ぎ早に質問を浴びせてこられると、息子との外出が思い出される。週末に動物園や博物館に連れて行くときは、よくこんなやりとりをしたものだ。

この場に拓弥がいたらどんなに喜ぶだろうと考えつつ、太郎は窓の外を窺った。

「もう、着く頃だな」

その言葉をきっかけにしたかのように減速を始めた四輌編成の電車が、目的の江ノ島駅に到着した。観光客たちとともに改札を抜け、海へと続く細道を歩く。

そばを歩きながらこちらを見上げ、アリスが話しかけてきた。

「海の匂いがするね」

「ああ」

「楽しいね」

「あ？　ああ」

道沿いには土産物店や飲食店が点在していて賑々《にぎにぎ》しくはあるが、自分たちはただ歩いているだけだ。アパートでの生活が、この少女にとってどれほど退屈なものだったかが察せられる。

なだらかな下り坂を抜けると、空が一気に広くなった。

「海だ！　あの木だらけの山が江の島？」

「そうだ。たしかに木だらけだな」

国道の下を通る歩道を抜けて砂洲に架けられた橋の上に出ると、アリスの足取りが速まった。黒髪が海風に吹き流される。

「おいおい、そんなに急ぐな。江の島は逃げないから」

先を行く少女に呼びかけながら、太郎は自分の言葉にげんなりした。語彙《ごい》が完全におじさんのそれだ。

振り返ったアリスが、こちらが追いつくのを待って話しかけてきた。

「この橋、長いね」

「陸地と島を繋いでるくらいだからな」

「すごいね。車に乗ったまま島まで行けるんだね」

アリスが、左手の車道を指さす。灌木《かんぼく》の茂る分離帯を挟んでしばらく並走する歩道と車道は、海の上に出たあたりでそれぞれ独立した橋に分かれている。平日のためか車道は空いているようだ。こんな天気のいい日に車でこの橋を渡ったら、きっと気持ちがいいことだろう。もちろん歩いて渡るのも悪くはないが、なにしろ距離が長い。

目的の島を前にして、早くも背中に汗が滲んできた。

ようやくのことで橋を渡りきり、参道の入り口に立つ青銅の鳥居をくぐる。頭上で鳴き交わすトビを追っていたアリスの視線が、すれちがった男の子の手元に搦《から》め捕られた。ソフトクリームだ。

「食べたい」

切迫感すら漂う真剣なまなざしで、アリスが訴えてきた。

「あとでな。まだお参りもしてないだろ」

「あ、そうか」

それなりに、我慢はできるらしい。

狭い参道の両側にびっしりと並ぶ土産物屋や飲食店にいちいち気をとられるアリスを急き立てながらしばらく進むと、軒下から香ばしい匂いを漂わせる店が見えてきた。江の島名物のたこせんべいだ。

「食べたい」

「あとでな。まだお参りもしてないだろ」

「あ、そうか」

十四でこの子供っぽさはいかがなものかとは思うが、素直な点は非常に助かる。

二人とポシェットの中の荷物は石段を上り、屋根の反った庇《ひさし》と白漆喰《しっくい》の袴腰《はかまごし》がどこか浦島太郎の絵本を思わせる瑞心門《ずいしんもん》という名の楼門をくぐった。有料でもエスカレーターに乗ればよかったと後悔する太郎をよそに、アリスが延々と続く段を軽快に上っていく。

少女から大きく後れを取りながらもなんとか石段を上りきり、額に浮いた汗を拭《ぬぐ》う。辺津宮《へつみや》の賽銭箱《さいせんばこ》に小銭を投げたところで、ポシェットの中から声がした。

きそうだ」

「おい、もういいだろう。出してくれ。階段はひどく揺れてつらい。狭くて暑くて吐きそうだ」

となりで手を合わせていたカップルが、声につられてきょろきょろとあたりを見回す。太郎はアリスをうながして人ごみを離れてから、ポシェットの蓋を開けさせた。木漏《こも》れ日《び》にまばたきする小動物に向かって、小声で警告する。

「わかった。出してやる。ただし、他人の耳に届く範囲では人間の言葉は使うな。ちょっとめずらしい愛玩《あいがん》動物役に徹しろ」

「きい」

鳴き声とともにポシェットから飛び出たまるるんはアリスの腕を伝い、小さな頭の上にちょこんと留まった。

これでは相当目立つのではないかと太郎は危ぶんだが、通りかかる観光客から好奇の目で見られはするものの、取り囲まれるようなことまではない。これもまるるんの魔法の一種なのだろうかと思案していると、すれちがいざま犬に吠《ほ》えかかられた。

「わっ」と短く叫んだアリスに飼い主の女性が「ごめんなさい」と苦笑いで頭を下げ、体毛の極端に短い中型犬を引っぱっていく。

疑問が解けた。

「なるほどな」

何度もこちらを振り向きつつ遠ざかる希少種を見送りながら、太郎は小刻みに頷いた。おそらくこの有名観光地では、ペットのお披露目が目的でやってくる飼い主がめずらしくないのだろう。妻と息子を連れてきたときも、野良猫を追いかけようとするミニチュアダックスや飼い主に抱っこされたトイプードル、そして名も知らぬめずらしい犬種を何度も見かけたものだ。

「なあ、何が『なるほどな』なんだ？」

希少種の中の希少種が、アリスの頭の上から尋ねてきた。

「なんでもない。行くぞ」

太郎が歩きだすと、アリスも頭にまるるんを乗せたままついてきた。彼らが言うところの魔法の世界でもこうして歩いていたのか、意外なほど安定している。

辺津宮から先はなだらかな道が続いており、しばらく息がつけそうだと太郎が安堵したとたん、アリスが「あっ」と呟いて駆けだした。

「待て。待ってくれ」

哀《かな》しいかな、声は出るが足が出ない。

制止に耳を貸そうともせず、石畳を走ったアリスは突き当たりの石段を軽々と上っていく。無駄を承知で、太郎は小さな背中に声をかけた。

「おーい、階段じゃなくて、そっちの脇のスロープにしようよ。どうせ先で合流するんだから」

中津宮《なかつみや》へと続く階段の踊り場で立ち止まり、アリスがようやくこちらを振り返った。

「ほら、ヨットがたくさんある！」

と、案内板の矢印にある社殿とは反対方向を指さす。

手すりにもたれるようにして石段を踊り場まで上がると、島の東側に湘南港《しょうなんこう》のヨットハーバーが広がっているのが見えた。岸壁沿いに、何十艘《そう》もの白い船体が並んでいる。

「かっこいいね」

さざ波にゆったりと揺れるたくさんのマストを眺めながら、アリスが言った。

「あ、ああ。ほんとだな」息を整えながら、太郎は続けた。「言っとくけど、江ノ電とちがってあれには乗れないからな」

「はーい」

「アリス」

少女の頭上から、小動物が語りかける。

「ん？」

「いま、誰とヨットを見てる？」

「まるるんと副店長」

「そうだな。楽しいか？」

「うん！」

「よかったな。よく覚えておけよ」

「うん」

頷いたアリスの傍らで、太郎は苦笑いした。

「なんの確認だよ。いやほんとに、ヨットには乗れないからな。あそこに並んでるのは個人の物で、観光客用じゃないから」

「わかってるさ」まるるんは短く答え、体の下に目を落とした。「ところでアリス、喉は渇いてないか？」

「渇いた」

「というわけで副店長、どこかで飲み物を買ってやってくれ。ヨットは無理でも、そのくらいはねだってもいいだろう」

「……はいよ」

張った腰を伸ばしてから、太郎は残りの石段に足を掛けた。

中津宮、展望灯台と巡り、奥津宮《おくつみや》で今日三度目の賽銭を投げた頃には、さすがのアリスも「疲れた」と口にしだした。昼食をとるにはまだ早かったが、もと来た道を引き返すのも億劫《おっくう》で、太郎たちは呼び込みの従業員に招かれるままに一軒の食堂に入ることにした。

平日の正午前とあってか、広い店内に先客は少ない。窓際の小上がりに座ったアリスは、外の景色に目を奪われたままポシェットをテーブルに置いた。粗雑な扱いに、中に納められた相棒が「きっ」と小さく声を漏らす。

「ここ、眺めがすごくいいね。海と山」

相模湾《さがみわん》の海岸線の向こうに、藍色《あいいろ》に霞《かす》んだ富士山が優美な姿を見せていた。南に目を転じれば伊豆大島《いずおおしま》。東の方向では三浦半島と房総半島が重なり合っている。

「ああ。今日は遠くまでよく見えるな」太郎は頷き、メニューを手に取った。「で、何食べる？　獲《と》れたての生シラス丼《どん》が名物なんだってさ」

「ラーメン」

「……そうか」観光気分をいささか削《そ》がれたが、予算の面ではたいへん助かる。「でも、ラーメンは嫌いなんじゃなかったか？」

「そんなことないよ。ラーメン大好き。でもカップラーメンは嫌」

何か、本人にとっては大切なこだわりがあるらしい。

ほどなく運ばれてきたラーメンを前に、アリスが「ぱん」と両手を合わせた。

「いたーだ――」

「待て待て待て」太郎は両手を振り、むやみに元気な少女を制止した。「外では小さい声で『いただきます』を言いなさい」

「なんで?」

手を合わせたまま、小首をかしげる。

「なんでって、目立つのはちょっと、いや、アレだよ、周りの人がびっくりするから」

「わかった。じゃーあー」一転、アリスはかろうじて聞こえるほどの小声で囁《ささや》いた。

「いたーだきーます」

何事も遊びにしてしまう無邪気さは、まるで息子の拓弥を見ているようだ。こういった反応や屈託のなさ、そしてせいぜい小学校四、五年といった体躯を見ていると、本当に十四歳なのかと疑わしく思えてくる。しかし、空を飛んできたことや人語を発する小動物を連れてきたことを思えば、年齢などはほんの些細《ささい》なことのような気もする。そう考えてしまうのは、彼らの不思議なペースに巻き込まれているからだろうか。

「食べないの？」

アリスに促され、太郎は目の前の親子丼に箸をつけた。

しばらく夢中になってラーメンを啜っていたアリスが、コップの水を飲むなりこちらに話しかけてきた。

「この島、猫が多いね」

話題の持ち出し方の唐突さもまた、幼い。

「ああ。どうも、飼いきれなくなった猫を捨てていく奴《やつ》がいるらしい。参道の途中に愛護団体の募金箱があって、そんなことが書いてあった」

「そうなの？　ひどい奴だね」

「まあ、いろんな人間がいるってことだ」

アリスはむくれた顔で「ひどい奴」と繰り返しながら湯気を立てる麺《めん》に息を吹きかけていたが、そのうち元のごきげんな表情に戻っていった。どうやらラーメンがおいしいらしい。スープまで飲み干し、おかわりした水を喉を鳴らして飲んでから、また唐突に話題を持ち出した。

「お賽銭、十円ずつ入れたね。三回だから三十円だね」

「ああ。そういえば、何をお願いしたんだ？」

「最初に『こんにちは』って挨拶して、次に『アリスです』って名前言って、最後は『一人前の魔法使いになれますように』って」

太郎はあわてて周りを窺った。

「うん。そういうことは、もうちょっと小さな声で言おうな」

「はーい」アリスはいつもの調子で返事をし、それからこちらの目を覗き込んだ。

「副店長は、神様に何をお願いしたの？」

「うん、まあ、あれだ。家族が平和に過ごせますように、というようなこと」

正確には、素性のわからぬ少女を自分が居候させていることを家族が知ることなく平和に過ごせますように、だ。

「ふーん。家族で来たときも、海見ながらご飯食べたの？」

「あのときは、どうだったかなあ」顎に手を置き、記憶をたどる。「ああ、そうだ。藤沢まで出て駅前のビルで晩飯食べたんだ。花火大会が終わってから、適当にうどんか何か」

「花火大会？　ここで!?」

「うん。正確には、島と海岸の間に浮かべた台船から上がるんだけどな。海上花火」

「見たい！」

小猿のような素早さで、アリスが膝立ちになった。

「静かに。今日はやってないよ」

「いつやるの？」

低い天井を見上げ、当時の情景を思い浮かべる。

「いつだったっけ。たしか、秋だった。始まる前に息子にトレーナー着せた記憶がある。意外にあったかくて脱いじゃったんだけど」

ふと視線を下げると、アリスが目をキラキラと輝かせていた。

「秋だったら、ちょうど今だね。今年もやるのかな、花火」

黙っていれば、このまま引率役を押し付けられてしまいそうだ。相手を思いとどまらせようと、太郎は思い出すままに難点を挙げた。

「やるかもしれないけど、立ち見だったから疲れたし、打ち上げの時間は四、五十分で短いし、終わったあとの橋の上が身動きできないくらいの大混雑で、とにかく大変だったって記憶しかないな。電車に乗るまで一時間以上かかったし」

「そんなにいっぱい、人が集まるの？」

「ああ。橋の西側の海岸の方も合わせて、軽く三万人はいたんじゃないかな。おかげですごく疲れた」

「ふーん。じゃあ、いい」

アリスは簡単に引き下がってみせたが、唇を真一文字に引き結んでいる。どうやら遠慮はしてみたものの、未練がたっぷりあるらしい。

相手があきらめるまで黙っていればいいだけのことだが、どうにも落ち着かない。息子が生まれて以来、子供が気落ちする姿を見るのは大の苦手になってしまった。

「ちょっと待ってな」太郎はポケットから携帯電話を取り出すと、江の島での花火大会の情報を検索した。「ええと今年は、十月の第三日曜日だって。まだ三週間以上先だな」

アリスの目に、たちまち輝きが戻った。

「連れてってくれる!?」

「うーん、まあ」会場の混雑ぶりや花火の美しさ、行かなかった場合のアパートの部屋の雰囲気など、様々な要素を秤《はかり》にかける。「そうだな。仕事が早番か休みだったら」

「やったあ！」

「しーっ」

「あ、そうだった」しおらしく肩をすくめてみせたものの、くすぐったそうに身じろぎしている。「今日、楽しいね」

「ん？　ああ」

久しぶりの充実した休日であることはたしかだ。

「この島、おもしろいね。橋で渡れて、お店がいっぱいあって、花火が上がって、狭いのに神社が三つもある」

どうやらこの少女は、三つの宮をそれぞれ独立した神社だと思っているらしい。

「いや、別々じゃなくて、三つぜんぶ合わせて江島《えのしま》神社っていうらしいぞ。なんだったかな、前来たとき知ったんだけど、それぞれ別の神様が祀《まつ》られているんじゃなかったっけ」

太郎のうろ覚えの知識を、ポシェットが低い声で補足した。

「最初にお参りした辺津宮から順に言うと、田寸津比賣命《タギツヒメノミコト》、市寸島比賣命《イチキシマヒメノミコト》、多紀理比賣命《タギリヒメノミコト》の三姉妹だ。田寸津比賣命は言ってみれば三女で、そこの奥津宮に祀られている多紀理比賣命が長女にあたるんだがな」

「タギ……、なんだって？」

「多紀理比賣命」

ポシェットがよどみなく答えた。

「まあいいや、そういうことだよ。たぶん、島全体が信仰の対象だったんだろうな。そういえば江の島って、ナントカヒメたち以外に弁天さんもいるしな」

「弁財天は市寸島比賣命と同神だ。『神仏習合』という言葉、学校で教わらなかったか？」

「ずいぶん詳しいポシェットだな。ただそろそろ店が混《こ》んできたんで、できれば黙っててほしいんだけどな」

「承知した」

沈黙したポシェットから少女に目を戻す。

「つまり、そういうわけで神様の島だから、行儀よく行動するように」

「はーい」アリスが、あまり行儀がいいとはいえない調子で返事をした。「あのね、ここ出たら魚見に行きたい、魚」

「魚？」

軟禁状態に置かれていた反動なのか、まだまだ遊び足りないらしい。魚といえば片瀬海岸沿いに大きな水族館があるにはあるが、そこまで移動するのは億劫だ。

「うーん、ちょっと遠くないか？　お金もかかるし」

「お金いらないよ。見るだけだもん」

「見るだけでも取られるんだよ」

「そうなの？」

「そう」

世間知らずの見習い魔法使いに言い聞かせ、太郎は親子丼をかっ込んだ。

会計を済ませて店を出ると、まるるんを頭に乗せたアリスは帰り道とは逆方向に歩いていった。

「おい、そっちじゃないって」

「ちょっと魚見るだけー」

こちらを振り返りもせずにそう答え、狭く急な石段を軽やかに下っていく。

「なんなんだよもう」

小刻みに揺れる膝を励まし、太郎も手すりを伝いながらあとについていく。角を折れると、階段の先に剝《む》き出しの岩場が見えてきた。

「こっちー」

ようやく立ち止まったアリスはこちらに向かって手招きし、崖沿いの遊歩道から広々とした岩場へと下りていった。

「海に落っこちんなよー」波の音に負けぬように声を張ってから、太郎は喉の奥で呟いた。「へー、こんな場所があったのか」

市街地からはちょうど反対側、太平洋に面した島の南側に、陽光をたっぷりと浴びた岩場が広がっていた。以前に拓弥と久美子を連れて訪れたときは奥津宮で引き返してしまったので、この島にこれほど海に近づける場所があることは今日初めて知ったのだ。

波打ち際にはライフジャケットを身に着けた釣り客。波の飛沫《しぶき》の届かない場所には磯遊《いそあそ》びの家族連れ。体育館ほどの広さのなだらかな岩場には、ざっと見渡しただけでも三十人はいるだろうか。どうやら自分が無知だっただけで、観光客にもよく知られた場所らしい。

濡れた岩に足をとられぬように用心しながら進み、太郎は潮だまりのそばで腰を屈めているアリスの背後に近づいた。気配を察した相手が、「ほら」と水の中を指さす。畳三畳ほどの浅い海水のプールで、引き潮に取り残された小魚が薄紙のような鰭《ひれ》をしきりに動かしていた。

「ああ、魚って、これか」

「そうだよ。これが魚だよ」

「いや、それは知ってるけど」

水面の光の乱反射に目が慣れてくると、潮だまりの中には少なくとも二種類の小魚がいるのがわかった。岩と見分けのつきにくい暗い色をしたものと、小さいながらも美しい斑点《はんてん》を持ったものが、射し込む陽光に鱗《うろこ》をきらめかせている。ほかにも、マッチ箱ほどの小さな蟹《かに》や巻貝も見えた。

「ね？　お金いらないでしょ？」

アリスが得意げな顔でこちらを振り返った。

「ああ、ほんとだ。でもなんで、こんな潮だまりがあるって知ってたんだ？　初めて来たんだろ？」

「んー、なんとなくわかった」

太郎は声をひそめた。

「それも、魔法？」

「そうなのかなあ」

解説を乞《こ》おうとアリスは丸い目を頭上に向けたが、まるるんは毛づくろいの真似事をするばかりでまったく反応を示さない。すぐ向かいで家族連れが潮だまりを覗き込んでいるので、約束どおりに黙っているのだろう。

潮だまりの中で魚が小さく跳ね、アリスの視線は頭上から足元に引き戻された。おのずと太郎の視線も水の中に戻る。波紋の下で、魚の影が揺れていた。

ふいに、液晶画面の青白い光に照らされた横顔が目に浮かんだ。夜の八時にゲームコーナーにいた、あの幼い少年だ。電子の魚の群泳を目で追っていた彼は、こうして生きた魚が泳ぐ姿を見たことはあるのだろうか。彼は今夜も店にやってきて、画面の中の魚たちを一人で見つめるのだろうか。

夜の三階フロアのうら寂しい光景を想像した太郎は、同時にサービスカウンターで声を荒らげるクレーマーの姿や冷房のたっぷり効いた地下食品売り場の冷えた空気、鮮魚部に漂う血合いの匂い、そして保安室で居直る万引き犯の声といったものまで思い出してしまい、そっと唇を引き結んだ。

気分を変えようと潮だまりから視線を上げて海を眺めていると、傍らから「あのー」と声をかけられた。三十そこそこの男性が、両手に持ったカメラを持ち上げてみせる。潮だまりの向かいにいた家族連れだ。

「すいません、写真、お願いしていいですか？」

男性の背後を窺うと、妻らしい人物がこちらに会釈した。息子と手を繋いでいる。

「ああ、いいですよ」

カメラを受け取り、海を背に並んだ三人をフレームに収める。が、被写体との角度が水平なので空と岩くらいしか背景に入らない。海辺に来たのだから海は写っていたほうがいいだろう。太郎は脛《すね》ほどの高さの出っぱりに上がり、そこからシャッターを切った。

「こんな感じで大丈夫ですか」

液晶画面を確認した男性が、小刻みに頭を下げる。

「あ、ばっちりです。どうもすいません」

立ち去る家族連れを振り返り、アリスが太郎の肘をつついた。

「副店長、親切だね」

真顔で褒められると、年甲斐もなく照れてしまう。

「まあ、人に親切にして損はないな」

「ふーん。わかった」

どこまでわかっているのか知らないが、得心した様子だ。

太郎はポケットからハンカチを取り出し、額の汗を拭った。九月もすでに後半だが、肌に照りつける陽射《ひざ》しは強い。

「そろそろ行くか？」

「もうちょっと見たい」

アリスが短く答え、その場にしゃがんで潮だまりを覗き込んだ。この熱中ぶりを見ると、無理強い《むりじ》はしづらくなってしまう。

あたりに人がいなくなったのを見計らい、まるるんが足の下の相棒に話しかけた。

「アリス」

「ん？」

「いま、誰と魚を見てる？」

「まるるんと副店長」

「そうだな。楽しいか？」

「うん！」

「よかったな。よく覚えておけよ」

「うん」

黙って会話を聞いていた太郎が首をすくめた。

「聞き覚えのあるやりとりだな」

まるるんが、こちらを見もせずに答える。

「いいじゃないか、アリスが楽しんでいるんだから。あんたも連れてきた甲斐があるだろう」

「けっこうな出費だけどな」

「ああ、出費といえばソフトクリームとたこせんべい、忘れてないだろうな」

「そうだった！」アリスが跳ぶような勢いで立ち上がった。「行こう。食べたい。ソフトクリームとたこせんべい」

「うそ、両方？」

「両方！　副店長、約束したもん」

アリスの関心は、魚からデザートへと一瞬で移ったようだ。呆《あき》れるほどの切り替えの早さだが、丸い目でまっすぐに見つめられると無下に撥ねつけられるものではない。

「じゃあ、たこせんべいは半分こな。一度にぜんぶは食べすぎだから」

「やった！」

ラーメンを平らげたばかりの少女が、岩の凹凸《おうとつ》をものともせずにデザート目指して歩いていく。

「鵺野郎、寝た子を起こしやがって」

口の中で毒づいてから、太郎はアリスのあとを追った。陽に焼かれた岩場を離れ、手すりにしがみつくようにして急な階段を上る。

昼食をとった食堂の前を通り過ぎてほどなく、細い横道があった。周囲の観光客たちの会話を聞いたかぎりでは、どうやらそちらが橋に戻る近道らしい。

「こっちから行こう」

階段に体力を削り取られた太郎は、迷わず近道を選んだ。

島の西側を通る道路は、参道とは別の島のように静かだった。左右に繁る木々に陽射しも物音も遮られ、ときおり鳥の声がするほかは人とすれちがうこともほとんどない。

ゆるやかに下る舗装道路に、新品のスニーカーの靴音がパタパタと響く。

「足、靴ずれしてないか？」

「ちょっとジンジンするけど平気ー」軽々とステップを踏んでみせたアリスが、急に立ち止まった。耳に手を当ててあたりを見回し、路傍の木を指さす。「そこ、仔猫《こねこ》がいる」

見ると、木の枝の上に白い仔猫がいた。枝の下を窺っては、か細い声でしきりに鳴いている。人の背丈以上の高さまで登ったはいいが、下りられなくなってしまったらしい。

仔猫を見上げながら、アリスは右の手首からブレスレットを外した。

「虫取り網にでも変身させるのか？」

太郎の言葉には耳を貸さず、目を閉じたアリスは口の中でぶつぶつと念じ始めた。

「箒。箒になーれ。空飛ぶ箒。空飛ぶ箒になーれっ」

どうやら、空中に舞い上がって猫を救出するつもりらしい。が、銀色のブレスレットが箒に変化する兆しは見られない。

「もうっ」

地団駄を踏んだアリスはブレスレットを嵌め直し、木の幹に取り付いた。

「悪い予感がする」

アリスの頭から肩へと移ったまるるんが、幹を伝って地面に下りた。太郎のそばまで下がり、じっと様子を見守る。

「あんたの力で箒にしてやりゃいいのに」

「原則不介入だ」

中年男と小動物のやりとりをよそに、アリスは足場をたしかめながら木をよじ登っていく。ときおり手を差し伸ばしては仔猫との距離を測り、さらに高い枝におっかなびっくり足を掛ける。枝のしなる音が、太郎の耳を引っ掻いた。

「彼女、木登りの経験は？」

「登ったのが三度。落ちたのが三度」

「ダメじゃん」太郎は木のそばに歩み寄り、頭上の少女に声をかけた。「落ちるなよ。細い枝に体重かけるなよ」

「大丈夫ー」返事とともに、葉や木の枝がパラパラと降ってきた。「ほら、こっちだよ。こわくないよ。手に乗って。下ろしてあげるから」

中指の先が、仔猫のいる枝に触れる。が、人に慣れていないのか、仔猫は枝の先へと後ずさりしていく。

太郎の頭ほどの高さの枝からさらにその上へと、アリスが登ろうとしたときのことだった。バキバキと生木の裂ける音が聞こえたかと思うと、アリスが太郎の胸元に落ちてきた。

「わあっ」

「はぐっ」

アリスを受け止めた太郎は尻餅をつき、仰向《あおむ》けに倒れて背中を斜面に打ちつけた。

視線の先を、仔猫の白い腹が横切る。

物音に驚いた仔猫は三角跳びの要領で木の幹からアリスの頭へと跳び移り、太郎の腹へと着地した。「ぐっ」と呻いたこちらには一瞥《いちべつ》もくれず、二人を足場にした仔猫は奥津宮の方へと坂を駆け上って行った。

「達者でなー」

まるるんが、呑気な声でエールを送った。

「おい、重い。どいてくれ」

下から声をかけられてようやく、アリスが立ち上がった。

「副店長、怪我してない？」

「たぶん」

手や脚に傷はないかと太郎が確認していると、アリスが「あっ」と叫んだ。根元から折れた太い枝が一本、地面に転がっていた。

「どうしよう、神様の島の木を折っちゃった」

動転したアリスは枝を手に取り、背伸びしながら断面を木に押しつけた。

「くっつけ。くっつけ。くっつけ――」

「枝一本折れたくらいじゃ枯れたりしないよ」

太郎がなだめても、アリスは木にすがりついたまま離れない。

「くっつけ。くっつけ。お願い、くっついてよ」

せいいっぱい手を伸ばし、結果的に仔猫を救助した英雄は同じ言葉を繰り返している。

「先に行ってるぞ」

背中や尻の土埃《つちぼこり》を払うと、太郎は一人で歩きだした。
七、八歩ほど進んだところで、背後に光を感じた。車のヘッドライトだろうかと思ったが、光は道路を外れた所から射している。
振り返るのと前後して、光が消えた。一瞬前まで光源があった場所で、アリスが木からそっと離れる。折れたはずの枝は落ちず、木の幹の元あった場所から佇立《ちょりつ》している。

「おいおいおい。マジか」

小走りで近づいて見上げると、枝はたしかに幹と繋がっていた。根元が骨折の治癒《ちゆ》痕《あと》のようにいくらか膨らんではいるが、それ以外はまったく違和感がない。

「よくやったな。たいしたもんだ」

まるるんに褒められても、アリスは振り返ろうともしなかった。自分の成したことが信じられない様子で、枝を見上げたまま丸い目をしばたたかせていた。

チャイムを押してほどなく、玄関ドアが内側から押し開けられた。鼻の頭を日焼けで赤くした二階の住人を見て、水嶋夫人が「あら」と笑顔を浮かべた。

「どうも、こんにちは。二階の藤沢です。姪のアリスがお世話になりまして」

「いえいえ、いいんですよ。私も楽しいですから」

アリスがなつくのも納得できる、おだやかな話しぶりだ。この老女に嘘をつかなければならないのかと思うと、少しばかり気が沈む。

「いやほんとに、ご迷惑をおかけしまして。それでこれ、江の島に行ってきたので。お口に合うかわかりませんが」

「そんな、いいのに」

差し出した釜揚《かまあ》げしらすの手提げ袋を間に挟んでしばらくやりとりがあったが、太郎はなんとか相手に受け取らせることができた。

「それでですね、アリスのことなんですが」切り出すと、目が自然とアリスがいる二階を向いた。「ああ見えてじつはハーフでして、だから外国人のような名前をしているんですが、まあ、文化のちがいといいますか、こっちに来たのがわりと最近なので、どうも日本の学校に馴染めないようで」

「まあ、そうだったの」

我が事のように心配されると、罪悪感が否応なく膨らんでくる。それでも「こっちに来たのがわりと最近」という部分は純然たる事実だと自らを励まし、太郎はでっち上げの説明を続けた。

「ええ。それでまあ、いろいろありまして、今はこっちで一時的に預かっているんです。ご覧のとおりの子なんでいろいろおかしなことを口走ったりするかもしれませんが、どうか話半分に聞いてやってください」

相手が、皺の刻まれた顔に笑みを浮かべた。

「わかりました。いつでも上がってらっしゃいって、アリスちゃんに伝えてね」

「いえ、それも悪いですから」

「いいのいいの。孫ができたみたいで私も楽しいんだから。それで、アリスちゃんはどのくらいの間、こっちに？」

「ええと、次の満月――」あわてて言い直す。「ひと月弱の予定です。なるべくご迷惑をおかけしないように言いつけておきますので、どうぞよろしくお願いします」

「こちらこそ。お土産、どうもありがとうございます」

「いえ、本当につまらない物ですので。それでは」

ぼろが出ないうちにと、相手を部屋に押し込めるように玄関扉を閉め、太郎はすぐに階段を上った。結局水族館に引っぱり込まれてしまったせいで、段を踏むごとに膝が笑う。

部屋のドアを開けると、奥から「おかえりなさーい」とアリスの声が飛んできた。西日の射し込む寝室に佇《たたず》み、息を弾ませている。

「何やってんだ?」

「消える練習」

そう答えると、アリスは片足を軸にその場でくるんと一回転した。

「消えー、ろっ」

消えない。

アリスはおろしたてのファストファッションを見下ろして首をかしげると、再び回転した。

「消ーえ、ろっ」

イントネーションは変化したが、室内の光景に変化はない。小柄な十四歳がそこにいるだけだ。

ベッドの上で練習を眺めていたまるるんが、おかしそうに体を揺らす。

「アリス、唱え方の問題じゃない。意識の問題だ。風のようになった自分を想像するんだ」

「やってみる」真剣な面持ちで頷くと、少女は再び体を回した。「消えー、ろっ」

そよ風すら吹かない。

アリスは両手を膝につき、ハアハアと荒く息をした。人の留守中にこれをやっていたのなら、衣装が汗くさくなるのも当然だ。

「まあ、いったん休憩したらどうだ。洗濯物もまだ取り込んでないし」

「あ、そうだった」

体を起こし、ベランダに向かう。

やれやれとため息をつき、太郎は踵《きびす》を返すと洗面所で手を洗った。ダイニングキッチンの冷蔵庫を開け、寝室に向かって尋ねる。

「ああそうだ。手洗いとうがいしたかー？」

「したー」

「麦茶飲むかー」

「飲むー」

見習い魔法使いとの共同生活に馴染んでいる自らに眉をひそめながら、太郎は二つのグラスと醤油皿《しょうゆざら》を水切りカゴから取り出した。醤油皿はまるるん用だ。

分担の仕事を終えてテーブルに着いたアリスが、冷えた麦茶を一気に飲んで口元を拭う。

「おかわり！」

やはり、仕草の一つひとつが幼い。ボトルの中身を注いでやってから、太郎は醤油皿に口をつけているまるるんに尋ねた。

「折れた枝をくっつけたのは、やっぱり魔法の力なのか？」

「もちろんそうだ」顔を上げた齧歯類が、誇らしげな声で答えた。「たいしたもんだ。魔法学校じゃ擦り傷ひとつ治せなかったのが、こっちに来たらはるかにむずかしいことをやってのけた。こう見えて、アリスは実践向きなのかもしれないな」

褒められた見習い魔法使いが、くすぐったそうに首をすくめる。

太郎は麦茶のグラスを置き、腕を組んだ。

「その、ふたりが言うところの魔法の世界の住人は、なんだ、学校で勉強するわけか、魔法を」

「もちろん。最初はみんな、ただの子供だからな。一人前の魔法使いになるには十二年かかる。アリスはその最終学年で、学んだことの総仕上げとしてここに留学しに来たわけだが、これがどうにも、なあ」

学習進度が思わしくないことは察せられたが、それ以上に気になったのが十二年という数字だった。

「まあ、いろいろ不思議な現象を見てきたけど、お前の話をまだ完全には信じてるわけじゃないぞ。なにせテーマが『魔法使い』だし。だから、完全に信じてるわけじゃないけど、次の満月まで共同生活をするにあたって、説明は聞いておく。十二年制の最終学年てことは、彼女は二歳か三歳でその、魔法学校に入学したってことか？」

「ああ」

髭《ひげ》の先に麦茶の玉をつけたまま、まるるんが頷いた。

「それはまた、ずいぶんな英才教育で」

「いや、けっしてめずらしくはないぞ。もっと入学の早い子だってたくさんいる」

「ふーん。なんというか、文字どおりの別世界だな。で、あんたはその魔法学校の先生なのか？」

「まあ、だいたいそんなところだ」

「たしか前に、留学生はほかにもいるっていうようなこと言ってたよな。じゃあなんで、もっと世の中に知られていないんだ？　箒に跨って空を飛んでたら嫌でも目立つだろ」

まるるんに目配せされ、アリスが恥ずかしそうに答えた。

「消えられないから」

「ん？」

まるるんが話を引き継いだ。

「留学するまでには、ほとんどの生徒は魔法で姿を消せるようになっているんだ。もちろん世話になる以上、ホームステイ先の人間には姿を見せるけどどな。ただアリスの場合は、まあ、術を会得するにはもう少し時間が必要なようでな。いや、本人も頑張ってはいるんだ。やっぱり環境が変わったのがよかったのか、箒を腕輪に変えたり木を治療したりもできるようになったしな。だからきっと、次の満月までには空を飛ぶことも姿を消すこともできるようになっているはずだ」

こちらが責めているわけでもないのに早口で弁護する小動物の姿に、太郎はおもわず笑みをこぼしてしまった。

もちろん、彼らの言い分を鵜呑《うの》みにしているわけではない。だが、「誰かのいたずら」で済ませるにはこれまで見てきた不思議な出来事はあまりに巧妙で、まるるんは作り物にしては出来過ぎなほどよく出来ている。

「よし、だいたいわかったことにする。それにしてもなんで、ホームステイ先に俺を選んだんだ？　妻子持ちの四十男なんかよりも、身軽な独身者のほうが交渉しやすいだろ」

髭の滴《しずく》を前肢で器用に拭ってから、まるるんが答えた。

「いや、若い男は候補から除外している。なぜなら若い分、歳の近い女の子とひとつ屋根の下にいるとおかしな気を起こしかねない奴もいるんだよ。その点、仕事と家族を持っている者は心理的な歯止めがかかりやすいし、四十代ともなるとおかしな気を起こす精力も相当減退しているからな。おまけに若者より経済力があるから衣食の心配も少ないし、中年男は何かと便利なんだ」

「そうか。便利ときたか」

「ああ」まるるんは悪びれもせずに頷いた。「一人暮らしの女世帯に居候させるのがいちばん安全なんだが、たとえ相手が小さな女の子でも、部屋に住まわせるとなると女というのは相当な抵抗を覚えるみたいでな。その点、中年男は髪も警戒心も薄いからやっぱり便利なんだ」

「まあ、褒め言葉と受け取っておく」

唇を歪《ゆが》ませて太郎が答えると、アリスが唐突に頭を下げた。

「よろしくお願いします！」

こちらの表情を見て、追い出されるかもしれないと勘ぐったらしい。

「いやいや、もう出てけとは言わないよ。階下《した》のおばあちゃんにも知られてることだし、もう部屋に閉じこもっていろとも言わない。だからとりあえず、寝床の心配はしなくていい」

太郎がなだめると、見習い魔法使いはいつもの笑顔に戻った。

「魔法の修行、頑張るね」

「まあ、アレだ。一日も早い免許皆伝を祈る」

*

事務所を出た藤沢太郎はバックヤードの従業員用階段を下り、一階のスイングドアを押し開けた。靴や化粧品の売り場が並ぶフロアに、スピーカーで増幅されたアコースティックギターの音色が広がる。ちょうど、演奏が始まったところらしい。

店の正面玄関には仮設のステージが設けられており、地元のアマチュアミュージシャンが爽《さわ》やかさを絵に描いたような微笑みを浮かべながらアップテンポの曲を演奏していた。ギターと電子ピアノの男性デュオだ。年齢は二十代前半あたりだろうか。リハーサル前に挨拶をした際には二人とも「副店長」の肩書きを前に気の毒になるほど硬くなっていたが、本番ではなかなかリラックスできているようだ。駅前のペデストリアンデッキで一年あまり演奏してきたというだけあって、コーラスの息もきれいに揃っている。

　青くさくもみずみずしいボーカルの声を耳にしつつ、吹き抜けになった正面玄関の隅からあたりをざっと見回してみる。ステージ前に並べられたスタッキングチェアに空きはなく、通りすがりの買い物客の中にも足を止める姿が散見される。太郎が人気の指標に見立てている二階のバルコニー部分には、両端ちかくまで立ち見客が並んでいる。好ましいのは、十代から二十代の女性客が多いことだ。おそらくはこのデュオのファンなのだろうが、これを機会に彼女たちがたびたびこの店で買い物をしてくれるようになれば、場所を提供しているこちらとしては万々歳だ。この集客力なら、すぐにも再出演のオファーを出すべきだろう。

　太郎が頭の中で今後のミニコンサートのスケジュールを調べているうちに、持ち歌らしい一曲目が終わった。自己紹介を兼ねた短い語りを挟み、二曲目が始まる。

　バルコニーに立ち並ぶ少女は頭でリズムをとったり、曲が終わるたびに熱心に拍手を送ったりと、彼女たちの身近なアイドルの演奏を楽しんでいる様子だが、こちらは歌よりも腰やふくらはぎの張りのほうに意識が向いてしまう。アリスと江の島を歩いたのはきのうのことで、夜はゆっくりと風呂に浸かって睡眠も充分にとったのだが、立ち仕事のせいかあるいは歳のせいか、なかなか疲労が抜けない。
「当店は地域の文化芸術活動を支援しています」といった体《てい》の微笑みを絶やさぬまま
さりげなく腰を伸ばしていると、背後を小さな影がよぎった。
「きぃ～みのおもーいがー ナーントーカでー ぼーくはーただー ウニャーニャーニャ
ニャー」
たしかな聞き覚えのある、幼い声。たったいまステージで披露された歌のサビを、
歌詞はうろ覚えながらなかなか正確な音程で繰り返す。
振り返ると、長袖Tシャツ姿のアリスが呑気に歩いていた。
「アリス！」
尖った小声で呼び止めると、こちらを振り返った相手の表情がこわばった。歩を速
めた少女の腰で、中身の詰まったポシェットが大きく揺れる。追いかけるべきかコン
サートの立ち会いを続けるべきか一瞬迷ってから、太郎は正面玄関を離れた。
アリスが急ぎながらも走らないのは、人ごみに慣れていないからだろうか。こちら
も店のネームプレートとブレザーを身に着けている手前、客を押しのけて走るわけに
はいかない。
早足の二人は化粧品売り場をすり抜け、婦人靴売り場を突っ切り、太郎がいつも利

用しているクリーニング店の店先をかすめた。

じりじりと距離を詰めた太郎の手がようやくアリスの肩にかかったのは、階段の横手にあるATMコーナーの前でのことだった。

「なんでここにいるんだよ」

振り返らされたアリスが、口を尖らせる。

「だって、部屋にいても暇だったから。副店長のお店、話聞いてたらにぎやかで楽しそうだったんだもん」

「鍵は？　部屋の鍵、開けっぱなしだろ」

アパートのスペアキーは、栗橋にいる妻が持っているのだ。

「大丈夫。水嶋さんのおばあちゃんが留守番してくれるって」

「うわーっ。なんだよそれ」

制服姿での勤務中にもかかわらず、つい大きな声が出てしまった。あわててあたりを窺うと、ベンチに腰掛けた中年の男性が迷惑げにこちらを睨んでいた。家族の買い物のドライバー役といったところだろう。

神妙な面持ちを作ってそちらに会釈すると、太郎は声をひそめた。

「いやいやいや。大丈夫って、ぜんぜん大丈夫じゃないだろそれ。じゃアレか。いま、水嶋さんのおばあちゃんが俺の部屋にいるわけか。もう三時過ぎだし、あの人たぶん気を利《き》かせて洗濯物取り込んでくれちゃうよ。そんなの向こうに悪いじゃないか。水嶋さんは水嶋さんでいろいろ都合もあるんだろうし。とにかく、急いで帰って、おばあちゃんにお礼言いなさい」

早口でまくし立てたあとで、太郎はふと疑問に思い当たった。

「なあ、ここまでどうやって来たんだ？　歩いてきたのか？」

尋ねると、ふくれっ面《つら》をしていたアリスの目にみるみる涙が溜まってきた。

「え？　え？　俺、そんなにひどいこと言った？」

狼狽する太郎の耳に、「きい」と甲高い声が飛び込んできた。周辺に人影がなく、渋面の男性もすでに立ち去ったのをたしかめてから、ポシェットを手にとって蓋を開ける。追いかけっこの激しい揺れにぐったりとした齧歯類が、白い腹を見せたまま人語を発した。

「江ノ電に乗ってきた」

太郎は眉と声をまとめてひそめた。

「この場所、お前がアリスに耳打ちしたのか」

「そうじゃない。あんたが自分で話しただろう。『あれは俺の店に行く電車だ』と」

覚えがある。江の島に出掛けた際のことだ。自分の不用意ぶりに舌打ちし、太郎は質問を続けた。

「ちゃんと切符は買ったのか？　千円だけ戸棚に置いてあるはずだけど」

固まってしまったままのアリスに代わって、まるるんが答えた。

「紙幣は持ってきたが、切符は買わなかったようだ。ほら、江の島の行き帰りはあんたがアリスの分を買っただろう。だからどうも、切符の仕組みがいまひとつわかっていなかったみたいでな。柳小路は無人駅だから簡単に電車に乗れてしまったんだが、終点の藤沢の改札を抜けられなくてな。駅の構内をうろうろしているところを駅員に呼び止められて、相手に事情を話して運賃を払うまで、ずいぶんと時間がかかった」

「事情を話してって、お前が？」

「もちろんアリスだ。私は原則不介入だからな。右も左もわからない中、この子が見ず知らずの駅員のおじさん相手に説明したんだぞ、『二つ前の駅から乗りました』と。そしたら親切な駅員でな、『ニッコリマークの看板』という断片的な説明から当たりをつけ、この店までの道順も教えてくれたわ。ともあれ、アリスにとっては大冒険だぞ。あんたも詰問するばかりでなく、もう少し褒めてやってもいいんじゃないか？」

十四歳ならそのくらいできて普通だとは思うのだが、この十四歳が「普通」の枠組みに当てはまらないことはこれまでの経験から学んできた。

摑んでいたポシェットをぞんざいに離し、太郎はアリスの前で屈み込んだ。

「まあ、うん、頑張ったのはわかった。ただ、水嶋さんのおばあちゃんをずっと待たせるのはよくないし、心配させちゃうだろ？　だから今日はとりあえず帰りなさい。切符の買い方は教えてやるから。な？」

黙って聞いていたアリスは両目を拳でぐりぐりと擦《こす》り、それから頷いた。

「わかった。でもその前に、友達に挨拶してきたい」

「友達？」

胸がざわつく。ここに来た数時間のうちに、もう友達ができたのだろうか。この無防備な少女のことだ、ひょっとしたら怪しげな男に言い寄られているのかもしれない。

「ねえ、いいでしょ？　バイバイって言ってくるだけだから」

太郎は腕時計に目を落とした。夕方のピークまでにはまだ間がある。ミュージシャンの応対には若手社員が当たっているので、自分が抜けてもそう問題はないだろう。何かあれば移動端末に連絡が入るはずだ。

「じゃあ、俺も挨拶に行く」

「うん、わかった。こっちだよ」

太郎を引き連れたアリスはエスカレーターに向かった。慣れていないのか乗るたびにステップの手前で二の足を踏み、三階に到着したところでおっかなびっくり降りる。「副店長、こっち」アリスが入っていったのは、ゲームコーナーだった。「あれ？　いなくなっちゃったかな？　あ、いた。あっちだ」

部活帰りらしい中学生たちがレーシングゲームに興じている後ろで、幼い少年が画面を見つめていた。細い首と伸びた頭髪。夜の八時に一人で魚釣りゲームの画面を眺めていた、あの男の子だ。

アリスの姿を認めてうれしそうな笑みを浮かべた少年は、その背後の太郎を見上げて生白い顔をこわばらせた。

この子か、と太郎は胸の奥で嘆息した。猥褻《わいせつ》目的の変質者でないだけよかったが、彼のほの暗いまなざしには子供といえども沈んだ気分にさせられる。

心の内を読み取られぬように笑顔を取り繕い、太郎は先に声をかけた。

「やあ、こんにちは。また会ったね」

「……こんにちは」

上目遣いにこちらを窺いながら、相手が答える。

「あれ？　副店長、れいぶくんのこと知ってるの？」

アリスが脳天気な声を発した。少年の名前について覚えた違和感は笑顔の下に押し隠し、鷹揚に頷く。

「前に一度挨拶したんだ。ね？」相槌《あいづち》を促すと、相手はかすかに頷いた。「今日も、おうちの人はお仕事？」

もう一度、ぎこちなく頷く。おそらくは、何かしらの問題がある家庭の子なのだろう。彼の両親は実際に仕事に追われているのかもしれないが、それを割り引いても子供を放置しすぎだ。

まだ見ぬ保護者への憤懣を無理やりになだめ、太郎は相手が怯えぬようにおだやかな声を発した。

「れいぶ君、今日はこのおねえちゃんと遊んでくれてありがとね。おじさんちの子なんだ。さあ、アリス、バイバイ言うんだろ」

「あ、うん」アリスが一歩進み出た。「もう帰るね。また今度遊ぼうね、れいぶくん」

また今度来るつもりなのかという太郎の当惑をよそに、少年に手を振ったアリスは名残《なご》り惜しそうに歩きだした。手を振り返した少年が、こちらを目で追っている。

通路の角を折れる前にもう一度手を振ったアリスは、二、三度タイミングを計ってからエスカレーターのステップに乗った。姿勢が安定したところで、こちらを振り返る。

「あの子にね、メダル分けてもらったの。それでやり方教えてもらって、魚を釣るゲームをやってみたけど、すぐになくなっちゃった。でもおもしろいね、あれ」

「そうか。ちゃんと前見てな」

「おっと！」

アリスはおっかなびっくり二階のフロアに降り、またおっかなびっくり次のエスカレーターに乗った。

「れいぶくんはうまいんだよ。魚いっぱい釣ってた。メダルがジャラジャラ出てきた」

「そうか。ちゃんと前見てな」

「おっと！」

ステップを不恰好に降りる少女の背中を眺めながら、太郎は自分の部屋で留守番をしているはずの水嶋夫人のことを考えていた。今度は何を手土産に、あの老女を丸め込もうか。

階段の手前の共有スペースにしゃがむと、アリスは灰色の空を見上げた。

「よく降るね」

「んー？　んー」

太郎は生返事をし、吹き込む雨に濡れた量水器ボックスの蓋を開けた。水道メーターのそばに設置されたハンドルに触れたところで、手が止まる。

「さっき栓閉めたとき、何回転させたっけ？」

「たしか、三回回してた」

よく観察している。

「そうか。三回か」

言われたとおりにハンドルを三回転させたところで一旦止め、左右に軽く回してみる。たしかに、このくらいの手応えだった。

鉄製の蓋を閉めて立ち上がった太郎は、アリスとその頭上のまるるんを引き連れて水嶋家に戻った。靴を脱ぐなり洗面台に向かい、プラスチック製のハンドルをひねる。蛇口からまっすぐに水が落ち、ハンドルを閉めると水流はぴたりと止まった。蛇口からの水漏れは、ない。

「終わりました」

少し得意になって振り返ると、背後で覗き込んでいた水嶋夫人に頭を下げられた。

「ありがとうございます。本当に助かりました」

いたく感謝され、あわてて両手を振る。

「いえ、簡単な作業ですので。やっぱり、水漏れの原因はパッキンの劣化だったみたいですね。新しいのと取り換えたんでもう大丈夫だと思いますけど、またポタポタいだしたら言ってください」

「ありがとうございます。ほんとにねえ、こういうときに若い人がいてくれると助かります」

若い人と言われたのは久しぶりだが、七十を超えた老婦人から見れば四十一歳は充分に若いのだろう。表情の選択に迷った太郎の視界を、アリスが駆け足で横切る。

「こら、アリス。家の中で走るのやめなさい」

「はーい」

奥の和室に逃げていくアリスを笑って見送り、水嶋夫人は戸棚に向かった。扉に手を掛けてから、こちらを振り返る。

「コーヒーとお茶、どっちがいいかしら」

「あ、すぐに帰りますのでお気遣いなく」

「いえいえ、ゆっくりしていってください。アリスちゃんとお茶するの、私も楽しいし」相手はそう告げると首を伸ばし、和室に問いかけた。「アリスちゃんは牛乳とサイダー、どっちー？」

「サイダー！」

すかさず答えが返ってきた。太郎が留守にしている間、毎日のようにこの部屋に入り浸っているのだろう。

「あのな、『サイダー！』じゃなくて、お前も手伝いなさい」

不躾な「姪」を叱ってから、太郎は修理したばかりの洗面台で手を洗った。ハンドルを閉め、蛇口の様子を再度確認する。水切れのよさに小鼻が膨らんだ。

飲み物の用意が整うと、まるるんを頭から下ろしたアリスは湯呑茶碗やグラスが載ったお盆を真剣な面持ちで受け取った。まるで綱渡りでもするような慎重な足取りで、畳敷きの部屋に向かう。無事座卓にお盆が置かれると、見守っていた大人たちから安堵の吐息が漏れた。

座布団に座った太郎は、熱いお茶に口をつけながらそっと部屋を見回した。掃除の行き届いた八畳間。広さは太郎の部屋と同じだが、畳敷きのせいか雰囲気はだいぶちがう。置かれているのは箪笥《たんす》と鏡台、小さなテレビ、そして、１ＤＫのアパートには不釣り合いに立派な仏壇。供えられた花のみずみずしさと色褪せた遺影の古めかしさが、この仏壇に手を合わせてきた日々の長さと思いの深さを物語っている。

遺影が収められた額縁は、二つあった。一つは比較的新しい、頭髪の少ない老人が写った物。もう一つは、保育園か幼稚園の園服を身に着けた女の子。こちらはかなり古い物らしい。

太郎の視線に気づいたアリスが、サイダーをひと口飲んでから仏壇を指さした。

「お参りしていい？」

水嶋夫人が「お願いね」と頷くと、アリスはは張りきって立ち上がった。畳に寝そべるまるまるんを跨いで仏壇に向かい、マッチで蠟燭《ろうそく》に火を点ける。仕草も言葉遣いも幼いが、火の扱いくらいはさすがにできるようだ。

先端を灯した線香を線香立ての灰に挿し、いやに陽気な音を立てて鈴《りん》を鳴らす。これがやりたかったらしい。

しばらく両手を合わせていたアリスが、不思議そうな顔で夫人を振り返った。

「やっぱり、会ったことある気がする」

「そうなの？　似た子がいるのかしらねえ」

会話の意味が摑めず二人の顔を見比べていると、アリスが古い遺影を指さしながらこちらに説明した。

「この子、おばあちゃんの子なんだって。かおりちゃんていうの。ずっと前に死んじゃったんだけど、私、どっかで会った気がする。どこだろう。電車の中かな。副店長のお店かな」

「まさか」

「ほんとだよ？　なんか、知ってるの」

「おい、失礼だろ」

小声で叱る太郎を、老女が柔らかい表情で制した。

「いいんですよ。アリスちゃんにそう言ってもらえると、なんだかどこかで生きている気がしてうれしいじゃないですか」言葉を詰まらせる太郎に頷きかけ、水嶋夫人が静かに告げた。「もう、四十年も前の話です。道に飛び出しちゃって、ね」

生きていれば、自分より四つか五つ年上だろう。頭の中で指を折ってから、太郎はようやく「そうでしたか」と答えた。

仏壇を振り返ってしばらく遺影を見つめ、アリスが沈んだ声で夫人に話しかける。

「かおりちゃん、かわいそうだね」

「うん、かわいそうね。アリスちゃんは、車に気をつけるのよ」

水嶋夫人が、かすかに洟《はな》を啜った。

「わかった。気をつける」

真面目くさって頷く顔がおかしく、夫人と太郎はかろうじて微笑むことができた。

こちらの気遣わしげな視線に気づき、娘を亡くした母が指先で目じりを拭った。

「ちょっとお転婆なところもあるけれど、気持ちのやさしい子でした」

まるで娘を抱き上げるように両手でそっと持ち、湯呑茶碗に口をつける。

目に浮かんだのは、息子の顔だった。もしも拓弥を喪《うしな》ったりしたら、とてもではないが正気ではいられない。そんな事態は想像することさえ憚《はばか》られる。

座卓に戻ったアリスはサイダーをぐいと飲み、げっぷを抑えてから夫人に尋ねた。

「おばあちゃん、かおりちゃんに会いたい？」

「こらっ」

太郎は間髪いれず叱声を浴びせた。魔法で木の枝を接《つ》ぐことまではできたとしても、死者を蘇《よみがえ》らせるなどできるはずがない。

狼狽するこちらとは対照的に、夫人がなつかしそうに目を細めた。

「もちろん会いたいわよ。でも、会ったらかおりはびっくりしちゃうかも。こんなおばあちゃんになっちゃったし」

「ああ。そっかー」

水嶋夫人の皺の寄った顔を覗き込み、アリスは納得した様子で頷いた。

「何かもう、いろいろとすいません」

太郎はただただ恐縮し、腹を立てたそぶりも見せぬ夫人に頭を下げた。

「いいえ、本当に気にしないでください。もう、アリスちゃんとお話ししているだけで、こっちは楽しくて仕方がないんですよ」夫人がアリスに目を向けた。「ねえ、アリスちゃん」

「うん?」

「今度どこかでかおりに会ったら、よろしく伝えてね」

「うん。わかった」

アリスがもう一度、真面目くさった顔で頷いた。


温かいシャワーに心地よさを覚える季節が、気づけばやってきていた。アリスが空から落ちてきた晩はじっとしていても汗をかくほどだったのが、十日後の今夜は、雨上がりのせいか網戸越しの夜風に冷たささえ感じる。

とはいえ、浴室に面した洗面所は蒸し暑い。バスタオルで体を拭い、太郎はTシャツとハーフパンツを手早く身に着けた。トランクス一枚でダイニングキッチンに出て涼みたいところだが、年頃の居候のおかげでそれもできない。

湯気とともに洗面所を出るとすかさず冷蔵庫に向かい、庫内から漂う冷気を浴びながらアリスに声をかける。

「おーい。風呂出たぞー」

いつもならすぐに寝室から声が返ってくるのだが、今夜は反応がない。缶ビールを片手に寝室を覗くと、カーペットに座ったアリスが銀色のブレスレットを握りしめていた。眉間《みけん》に寄せられるだけの皺を寄せて、何やらブツブツと念じている。

「何やってんだ？」

「しっ。静かに」

ベッドの上で様子を見守っていたまるるんが、鋭い声を飛ばす。アリスはどちらの声にも反応せず、小声で言葉を繰り返していた。

「ペンになーれ。ペンになーれ。魔法の文字を書けるペンになーれっ」

何を始める気かといぶかしみつつ、缶ビールの蓋を開ける。

「しっ。静かに」

まるるんが、もう一度太郎を睨みつける。ブレスレットに念を送り続けるアリスを横目に見ながら、太郎は小動物のそばににじり寄った。

「これは、なんのまじない？」

アリスに目を向けたまま、まるるんが囁き声で答える。

「魔法使いにしか見えない文字を書けるペンという物があるんだ。それに変えようとしている」

「ペン？　何を書く気だ」

「言うなれば、『尋ね人のおしらせ』だな。一階の老婆の娘がいるだろう、水嶋かおりという。彼女をここに連れてくるように、ほかの魔法使いに頼む腹づもりらしい」

「娘って、おいおい、死んでるんだろ？　やめてくれよ」

まるるんがこちらを見上げた。

「中年になっても、オバケは怖いものなのか？」

「まあ、ちょっとな。もちろん、信じちゃいないけど」

早口で言い訳をし、太郎はビールを呷った。冷たい液体が喉を洗う。

「なるほど」小動物が、とくにこちらをからかう様子もなく続けた。「まあ、アリスが考えるような初歩的な方法で本当に呼べたとしたら、それこそ魔法だがな」

「どういうことだ？」

「伝言を掲示したところで、ほかの魔法使いがここを通りかかるとはかぎらない。魔法使いは、そう多くいるわけではないんだよ」

　オバケも魔法も頭から信じてるわけじゃないぞ、と心の中で自分に言い訳をしてから、太郎は傍らの齧歯類に尋ねた。

「そもそも、魔法使いって何人くらいいるんだよ」

「国内だけで数万」

「多いじゃん」

「総人口と比較すれば、微々たる数だよ。それでも私には、とてつもなく多く思えるけどな」

「ふーん。まあ、魔法使いがめずらしいものだってことはわかっ——」

　ボンッ、というくぐもった爆発音に、太郎の声はかき消された。

「できたっ」

　白い煙を払いながら、アリスが喜びの声を発する。その手には、親指ほどの太さの白いペンが握られていた。まるるんが声を弾ませる。

「やったな、アリス。だいぶコツがわかってきたな」

「うん！」勢いよく立ち上がる。「じゃあ、書いてくるね」

「え？」

太郎が止める間もなく夜のベランダに出たアリスは、交換して間もないガラスサッシにためらいなくペン先を押し当てた。

「あっ、ちょっ――」

キュッ、キュッ、キュッ、と脳天気な音を立てて、ペン先がガラスを擦る。が、インクは出ない。背の届く高さから膝元まで、ガラス一面にペンを走らせると、アリスはようやくキャップを閉めた。

「まるるん、これでどう?」

呼ばれた小動物が、四本肢ですばしこくベランダへと向かう。太郎も缶ビールを持ったまま、そのあとにつき従った。アリスの肩に乗ったまるるんが、無色透明の窓ガラスに視線を走らせる。

「ずいぶんとひらがなが多いな。ええと、『水しまのおばあちゃんの子のかおりちゃんを知っているま法使いさんは、おばあちゃんが会いたがってますとかおりちゃんにおしえてあげてください　おばあちゃんはこの下のへやにいます　アリス』。まあ、上々だな」

「――って、書いてあるのか?」

太郎が窓ガラスを指さすと、アリスとまるるんが揃って頷いた。が、鼻が触れるほど近づいてみても、太郎の目には一文字も映らない。

実質的に何も書かれていないのであれば、「落書きをするな」とは怒りにくい。黙ってビールに口をつけると、まるるんがアリスを叱咤《しった》した。

「これが書けるんだから、人に姿を見られないようにする魔法もぜったいに習得できるはずだぞ。頑張れよ」

「うん」

アリスが素直に頷いた。見習いなりに奮闘したらしく、汗に濡れた前髪が額に貼りついている。

「あ、そうだ。風呂入ってきな。蓋開いたままだから」

太郎が声をかけると、アリスは「はーい」と従った。部屋に入ってまるるんをベッドに下ろす。遅れて太郎も室内に戻った。

「戻すの、お風呂出てからでいい？」

右手のペンを齧歯類の前に差し出し、見習い魔法使いが機嫌を窺うように尋ねる。

「先にやっておきなさい。魔法使いたる者、整理整頓《せいとん》ができていないとだめだぞ」

「そっか。じゃあがんばろっと」声を励まし、アリスはペンを握りしめた。「ブレスレットに戻――」

れ、まで言い切らぬうちに、小さな拳から白煙が巻き起こった。無色のインクで満たされた太いペンは消え、代わりにブレスレットが握りしめられている。

誰よりも驚いた様子でブレスレットを見つめるアリスを、まるるんが高揚した声で称《たた》えた。

「すごいじゃないか！　今度は一瞬で変えられたぞ。どんどん成長していくな！」

「うんっ」喉元に顎がつくほど勢いよく頷き、アリスは顔の周りの煙を払った。「お風呂入ってくる！」

興奮した面持ちで着替えを用意し、居候は半ば駆け足で洗面所に入っていった。

嵐が去ったあとのような静けさの中で、小動物がこちらに頷きかける。

「素直で努力家で、いい子だろ？」

太郎はかすかに頷き返した。

「まあ、案外手のかからないタイプだな。食べ物にしても、カップラーメン以外は好き嫌いを言わないし。ただ、水嶋さんと仲良くなったり勝手に店に来たりして、妙な行動力には焦らされるけど」

「ああ、あの乗車カードと合鍵の件、すまないな」

めずらしく、まるるんがしおらしいことを口にした。

「また無賃乗車して駅員と揉めるよりは、カード一枚持たせたほうがこっちの気も楽だからな」

店にやってきたのを機にアリスに買い与えたIC乗車券は、合皮のパスケースに収めた上でポシェットのストラップにくくり付けてある。管理会社に黙って作った部屋の合鍵と合わせるとけっこうな出費だが、無用の混乱を避けるためには仕方がないだろう。

自分のお人好しぶりに呆れつつビールを喉に流し込んでいると、まるるんがこちらに体を向けた。

「なんだか照れくさいが、礼を言わせてもらう。あの子のためにいろいろありがとう」

「やめろよ、齧歯類」

太郎が鼻を鳴らしても、まるるんはかまわず続けた。

「次の満月まではまだ二十日ちかくあるが、あんたを居候先に選んだのは幸いだった。ここに来るまではほとんどあきらめかけていたんだが、この調子なら、ひょっとしたらあの子も無事独り立ちできるかもしれない」

浴室の水音を気にかけながら、太郎は小動物に尋ねた。

「成績優秀じゃないことは察していたけど、そんなにギリギリのレベルなのか？」

「ああ。さっきペンから腕輪に一瞬で戻せただろう？　これまでを考えれば長足の進歩だが、あのくらいはとうに習得できていて当たり前だからな」

「じゃあ、留年して来年もう一度トライ、ってことは？」

「できない。新一年生が毎年わんさと入ってくるんでな。いつまでも学校に置いておくわけにはいかないんだ」

太郎は、自分には読めない文字が書かれた窓ガラスを眺めた。目を凝らしたところで一文字も識別できはしないが、アリスが水嶋夫人のためを思って書いたことは読み取れる。

こちらに向かって宣言するアリスの声が、耳の奥によみがえった。

――一人前の魔法使いになって、困ってる人たちをいーっぱい助けるの！

その願いが叶《かな》わないかもしれないと思うと、無性に喉が渇いてくる。

太郎は缶の中身をひと息に飲み干し、ダイニングキッチンに向かった。冷蔵庫から二本目のビールを取り出し、ついでに水切りカゴの醤油皿を手に取って、テーブルに着く。

「おい、まるるん、そこに座れ」

いぶかしみながらもテーブルを駆け上った相手の前に醤油皿を差し出し、ビールを注ぐ。

「飲め。彼女がブレスレットをペンに変身させられたお祝いだ」

小動物が、首を上下させて黄金色《こがねいろ》の液体とこちらの顔を見比べる。心なしか、目が輝いているようだ。

「この体は酔いが回りやすいんで控えていたんだが、まあ、嫌いではないぞ」

「よし。じゃあ、魔法使いの成長に乾杯だ」

太郎は缶を醤油皿に当て、勢いよく中身を呷った。まるるんも皿に覆いかぶさり、発泡するアルコールを舌で器用に掬《すく》い取る。なかなかの飲みっぷりだ。

半分ほど空いた缶を握ったまま、太郎はアリスのお目付け役に尋ねた。

「で、あの子、どのくらい腕が上がれば免許皆伝なんだ？」

お目付け役が、醤油皿から顔を上げる。

「まず、腕輪をいつでも確実に、しかも一瞬で変身させられること。箒に振り回されることなく、安定して空を飛べること。そして、人の目に映らないように姿を消せること」

「ふーん。彼女にはアレだな、二つめと三つめが難題なんだな」

「そのとおり。とくに三つめは、できるようになる兆候すらない」

答えては皿に顔をつけ、小さな舌でまたひと掬いする。いける口らしい。

「そもそもなんで、姿を消す必要があるんだ?」

「それはあんた、人が空を飛んでいたら大騒ぎになるだろうが。子供が真似して屋根から飛び下りたりしたら、人助けどころじゃないじゃないか」

太郎は缶を傾けながら頷き、質問を続けた。

「その人助けって、たとえばどういうことをするんだ?」

「いろいろだよ。さすがに天災を防いだり難病を治療したりすることは魔法の力を以《もっ》てしても不可能だが、けっこうなものだぞ。たとえば『マンションの五階から転落した子供がほぼ無傷で助かりました』なんて話がたまにあるだろう? ああいう出来事にはたいてい魔法使いがからんでいる。奇跡的感動エピソードの裏に魔法使いあり、といっても過言ではない」

「ほんとかよ」

「本当だ」

小動物が大真面目に断言する。たしかめようがない以上、嘘だと断定することもむずかしい。

「ほかには？」

「『溺《おぼ》れた人を助ける』『初期の火災を消す』『マヌケな窃盗犯がマヌケな顛末《てんまつ》で取り押さえられる』。まあ、こういったことは偶然のひと言で片付けられて、話題にもならないがな。ほかにも、簡単なところでは『夜泣きの止まらない赤ん坊をあやす』とか『脱走した飼い犬を家に帰す』。むずかしいところでは『自殺しようとしている者の耳に囁きかけて思いとどまらせた』なんて例もある。もっともこれは、何十年も経験を積んだ大人の魔法使いだからこそできたことだがな」

「へー。大人の魔法使いもいるのか」

「当然だ。魔法使いだって歳はとる」

「ま、それはそうか」

太郎は頬杖をつき、せっせとビールを摂取する小動物の柔らかそうな体毛を見つめた。喉元からクックッと含み笑いが漏れる。

「なんだ？」

細い髭に黄金色の玉をたっぷりつけ、まるるんが顔を上げた。

「いや、俺、なんで齧歯類と飲んでんだろと思って」

相手はどこかきまりが悪そうに、短い前肢で顔を拭った。

「……私が相手では退屈か？」

黒く大きな目で、こちらを盗み見る。

「お前、意外としおらしいとこあんのな」

「うるさい」

「何かつまむか？　チーズとか塩辛ぐらいならすぐ出せるぞ」

「いつものカシューナッツでいい。あ、塩をひとつまみ振ってくれ。酒の肴《さかな》には塩気がないとな」

「はいよ」

立ち上がると、頭がいくらかふらついた。いい気分だ。

二本目、そして三本目のビールはまたたく間に空になり、アリスが風呂から出てくる頃には日本酒の四合瓶《びん》が開けられていた。誕生日に従業員たちから贈られた、地元埼玉の酒造メーカーの物だ。

「あ、まるるんがお酒飲んでる」

被《かぶ》ったバスタオルの下からどんぐりまなこを覗かせ、アリスが相棒を指さす。

「おお、アリス。もう出たか」

陽気な声で応えた齧歯類が、伸び上がるようにしゃっくりをした。

「まるるん、声大きいよ。もう夜なんだから静かに」

　普段自分が言われていることを、アリスはここぞとばかりに指摘した。

「ああ、失礼。大きくなっていたか。久しぶりの酒は効くな」

　言い訳を口にする相棒を見下ろし、少女が両手を腰に当てる。

「お酒はほどほどにね」

　太郎はグラスで顔を隠し、こっそりにやけた。口調がまるで古女房だ。その古女房が、こちらに顔を向ける。

「副店長」

「ん？」

「明日、おなか空かせて帰ってきてね」

「ああ、楽しみにしてる」

　水道の修理のあと、アリスは料理を教えてもらう約束を水嶋夫人としていた。何を食べさせられるのかと思うと心配になるが、夫人がついていてくれるのならば、火事の心配まではしなくてもよさそうだ。

「それとね、副店長」

　アリスはもう一度呼びかけてきた。

「ん？」

「眠くなるまでテレビ見ていい？」

十四歳とは思えぬ質問だが、禁じる理由はない。

「ああ。ただし、寝る前にちゃんと消しなさい」

「はーい」

「歯、磨いたか？」

「ばっちり！」アリスは口を横に大きく開き、白い歯を剝いてみせた。質問の内容だけでなく、仕草も十四歳とは思えない。「じゃあ、おやすみなさーい」

少女に手を振り返し、閉められた引き戸の向こうからテレビの音声が聞こえてくるのを待ってから、太郎はまるるんに囁きかけた。

「『お酒はほどほどにね』だって。言われたな」

「まったく。口ばかり達者になって」

酔いのせいか、教え子に諫《いさ》められてもけっして悪い気はしていないらしい。

塩辛を口に放り込み、太郎は深々と頷いた。

「そうなんだよ、子供は成長しちゃうんだよなあ」

「アリスの成長の何が不満なんだ」

「ちがうよ。うちの息子のことだよ」

「ああ。栗橋の小学一年生か」

まるるんが、大きな前歯でカリカリとカシューナッツを齧る。

「前から聞きたかったんだけど、お前、俺の個人情報どこまで握ってんの？」

「何もかもというわけではない。職場の同僚よりは詳しいが、家族ほどではないというところか。あんたの友人がいるだろう、奥村という刑事。照らし合わせたわけではないけれど、彼のあんたについての知識ときっと同じ程度だろうな。あんたが二十六のときに当時の勤務先で五つ年下の今の奥さんに惚《ほ》れ込んだらしいということは知っているが、口説《くど》き文句の内容までは知らない」

かなり詳しいものの全生活史までは把握されていないと知り、太郎は肩から力を抜いた。

「かわいいだろ、うちの拓弥」

「母親似で何よりだな」

「お前はひと言多いんだよ」ぬるい酒に唇をつけ、太郎は喉の奥を鳴らした。「ひどい話だろ？　一粒種が幼稚園の年長さんになるタイミングで、縁もゆかりもない藤沢に異動だぞ。しかも辞令が出たの、一戸建てに入居してたったの十ヵ月後。二階の窓から東北新幹線が見えるんだよ、我が家は。引越し当日からもう、たっくん大喜びでな。空は広いし空気はうまいし。そんなスイート・ホームから、会社は無慈悲に俺を引き剝《は》がしやがった」

「私はよく知らないんだが、会社で何か失敗でもしたのか？」

「いや、本部に八年もいたから、そろそろという時期ではあったんだよ。これでもいちおう、ちょっとした出世コースなんだぞ。二年か三年現場を見て、本部に戻るときに何かしら小さなポストがもらえるっていうのがうちの会社のパターンだから」

「よかったじゃないか」口ほどには喜んでいない様子で、まるるんが酒を舌で掬う。

「家族を藤沢に連れてこようとは思わなかったのか？」

「だって、新築を空き家にするのはもったいないし、ちょっと不安だろ？　来年の春に本部復帰が決まったら、拓弥も転校させることになるし」

「だけど、藤沢勤務が二年と決まっているわけではないんだろう？　三年になるかもしれないし、四年になるかもしれない」

「だから、そうならないようにこっちも必死なんだよ。右肩下がりだった藤沢店の売り上げがほんの微増だけど上昇したのは、俺の貢献が大きいんだぞ。企画も立ち上げもぜんぶ俺だよ。わかってんのか」

「ほう、伺いましょう」

明らかなからかい口調で、まるるんが先を促した。腹を立てるべきところだが、酔っていると憤るのも面倒だ。

「たとえば、店から半径五キロ圏内の需要調査。今の店長が中止にした土曜コンサートの復活。藤沢・大船・辻堂エリアの創業十年未満の店だけを集めた名店フェア。このフェアがまあ、難問中の難問で。うちの地下には開店以来三十年のお付き合いっていう老舗《しにせ》の和菓子屋とかケーキ屋もテナントで入ってるわけだよ。そういう店に臍《へそ》を曲げられないように本店を一軒一軒回って根回ししたのは誰あろう、俺だよ」

「そいつぁ立派だねえ」

小動物の相槌が、べらんめえ口調になってきた。酔っているらしい。

「だろ？　店は売り上げが増えて活気が出る。俺は実績を手土産に本部に戻る。最高だろ？　とっころが一人だけ、これがおもしろくない人間がいる」

「誰だい」

「店長だよ、店長。ま、彼にしてみれば自分が仕切ってる店に手を突っ込まれてるわけで、気分よくないのはわかるんだけどさ、結果出てんじゃん。ボスが店の足引っぱってどうすんだよ」

太郎が吐き捨てるように言うと、まるるんは髭についた酒のしずくが飛び散るほど大きく頷いた。

「ああ、わかるなあ。わかってしまうなあ、そういう苛立《いらだ》ち」

「なんだ、魔法の世界にもその手のめんどくさい人間関係ってあるのか」

「ある」

「ほう、伺いましょう」

舌の上で転がした酒を飲み込むと、太郎はまるるんにそっくり同じ言葉を返した。

こちらをひと睨みしてから、相手が続ける。

「こっちのボスはやることがどうにも杜撰《ずさん》でな。まったく、腹立たしいったらない」

尖った声で不満を述べ、まるるんは醤油皿に顔を突っ込んだ。

「お前はお前で、いろいろ溜め込んでるのね。わかるわ」

種族こそちがうが、似たような立場にあると知っては親近感を抱かざるを得ない。

「本当に、あれじゃいてもいなくても一緒じゃないか」

「言うねえ」

寝室から、アリスの笑い声が聞こえてきた。何か楽しい番組を見ているらしい。

引き戸に目を向けてから、副店長と齧歯類は互いに視線を戻した。

「ボスが大雑把《おおざっぱ》だろうがなんだろうが、やるべきことをやらないとな。今はあの子を一人前の魔法使いにしてやるのが、私の使命だ」

まるるんが、自分に言い聞かせるように頷いた。

「そうだな。魔法使いをたくさん育てて、奇跡的感動エピソードを増やしてやれ。アリスの代が卒業したら、また新一年生がわんさと入ってくるんだろ？」

太郎がけしかけると、まるるんは思いがけず暗い声を発した。

「新一年生なんか、もう一人も入って来なければいい」

短い沈黙のあと、太郎は相手の黒々とした目を覗き込んだ。

「お前も、だいぶ疲れてるみたいだな」

まるるんがむきになって顔を上げる。

「いや、私は元気だ。まだまだ飲めるぞ」

「あそう。でも、俺はそろそろ寝る」

気のない返事に、齧歯類が上目遣いでこちらを窺った。

「……私が相手では退屈か？」

太郎は肩を揺すって笑った。

「ちがうよ。明日仕事だからだよ」

こういうのは勘弁してくれ。

しんと静まった夜の保安室で、藤沢太郎はそっと嘆息した。合板のテーブルの上には未開封のクリームパンが一つ。その向こうでは、目に涙を溜めた少年がパイプ椅子に座っている。ゲームコーナーに入り浸っている、アリスの「友達」というあの少年だ。

＊

天井のスピーカーから、店内放送が聞こえてくる。

『お客様のお呼び出しを申し上げます。たちばな・れいぶ君のお母様、お子様をお預かりしております。地下一階、サービスカウンターまでお越しください。繰り返し、お呼び出しを申し上げます。たちばな・れいぶ君のお母様――』

放送はこれで三度目だが、親がやってくる気配はない。太郎は腕時計に目を落とした。午後七時四十分。少年が万引きの現場を私服警備員に取り押さえられてから、もう三十分になる。

「お母さん、遅いね」

「いまお買い物中です」

こわばる唇を懸命に動かし、少年はかすれた声で答えた。以前にも聞いた言葉だ。

テーブルの端で様子を見ていた制服警備員の徳永《とくなが》が、おもむろに制帽を外すと薄い頭を掻いた。こちらを窺い、弱ったね、と言いたげな顔を作る。

老警備員に目礼し、太郎は無言で同意を示した。少年を捕まえたのは若い警備員だが、経験のある徳永であればもっと穏当な対応をしただろう。

少年に目を戻す。相手は、まるで拳を振り上げられでもしたかのように首をすくませた。この萎縮の仕方は初犯だな、と、希望を込めて太郎は推測した。

まずまちがいなく、親はこの店内にはいない。きっとこの少年は、「店員に声をかけられたら『いまお買い物中です』と答えなさい」と、日頃から親に言い含められているのだろう。子供を一人きりで放置していることをごまかすためだ。

店内でないとすれば、彼の親はどこにいるのだろうか。自宅か、勤務先か、それともどこかで遊び歩いているのか。少年から借りた携帯電話で二度ばかり母親の番号に掛けてみたものの、二度とも留守番電話に転送されてしまった。もちろんメッセージは残したが、息子の子供用携帯電話にも店舗の代表電話にも、母親からの着信はない。

脂の浮いた頬をさすり、太郎は向かいに座る少年を観察した。やっと散髪に連れて行ってもらえたのか、ボサボサに伸びていた頭髪こそさっぱりしているが、身に着けている長袖シャツは窮屈そうで、ところどころに食べこぼしの染みが残っている。彼の親はどうやら、息子の成長に合わせて服を買い換えるどころか洗濯の手間も惜しむ人物らしい。

しかも洗濯だけではなく、食事も満足に与えているかどうかわかったものではない。少年の体つきは華奢で、顔色は昼光色の蛍光灯の下にいてもなお青白い。初めて会ったときに陰気に見えたのは、ゲーム画面の照り返しのせいばかりではなかったらしい。

育児放棄。

気の滅入るような言葉が、脳裏をよぎる。盗んだクリームパンは、空腹に抗えずに手を出してしまった物なのかもしれない。

彼の親への怒りを堪《こら》えつつ、太郎はつとめて明るい声を発した。

「よし、ドーナツでも食べようか。おじさんが御馳走《ごちそう》してあげる」

少年が、首を横に振る。

「いらない」

「どうして？」

「知らない人から物をもらわないって、ママ――お母さんと約束してるから」

「ああ、なるほど」思えば息子の拓弥も、この少年と同じことを誓わされている。

「前に二回会ってるけど、そうだよね、自己紹介がまだだったね。じゃあ、あらためまして、ホリデー藤沢店の藤沢太郎です。ドーナツ食べる？」

　相手が態度を決めかねているうちに、太郎はさっと立ち上がって部屋のドアを開けてしまった。首を伸ばし、廊下を窺う。見知った男子アルバイトがちょうど通り過ぎたところだった。仕事上がりらしく、すでに私服に着替えている。

「おーい、山下《やました》君」呼びかけると、山下は振り向くなり小走りでこちらにやってきた。

自分が面接をして採用した学生だが、なかなかよく働いてくれている。「悪いけどさ、ひとっ走り表まで行ってテナントさんでドーナツ買ってきてくれる？　二個……、いや、三個。スタンダードなやつを適当に見つくろって。あと、飲み物も。コーラあたりを一つだけ」千円札を手渡し、声をひそめる。「お釣りはやるよ」

「了解す！」

　臨時収入を得たアルバイトが、スキップでもしそうな足取りで通用口へと消えていった。

「さて」パイプ椅子に座り直し、太郎は組んだ両手をテーブルに乗せた。「れいぶ君は、おなかが空いてたのかな？」

小さな窃盗犯が、テーブルの一点を見つめながら頷く。太郎は声を低くした。

「でも、お店の物を勝手に持って行っちゃうのはよくないって、わかるよね？」

もう一度頷く。ゲーム感覚や転売目的で万引きに手を染める人間は多いが、彼の場合は必要に迫られての行為であったことはあきらかだ。同じ世代の息子を持つ親としてはできることなら解放してやりたいが、簡単に許してしまっては本人のためにならない。もう少しの間、窮屈な思いをさせたほうがいいだろう。

「れいぶ君、お小遣いは使っちゃったの？」

口を開きかけ、閉じ、また開く。聞き取れるかどうかの声が、少年の唇の隙間《すきま》から漏れた。

「……ゲームコーナー」

「ゲームコーナーで、ぜんぶ使っちゃったの？」ゆっくりと尋ねると、相手はかすかに頷いた。「何円？」

「二百円」

小学生の一日の小遣いとしては多いが、その金額を元にゲームコーナーで過ごせるのはせいぜい五分か十分だろう。相手が中高生なら「ゲームを我慢してパンを買え」と叱り飛ばしてやるところだが、七、八歳の男の子にそこまでの判断力や計画性を求めるのはいささか酷かもしれない。

　思案していると、少年がおずおずと頭を下げた。

「……ごめんなさい」

　こちらまで硬くなってしまうほどの怯えようだ。どういった処置が下されるかわからず、不安でたまらないのだろう。

　本人は自分がしでかしたことに充分懲《こ》りている様子で、あとの対応は保護者との話し合いになるが、いつまで待っても肝心の保護者が現れない。時計の秒針が一つ進むごとに、無責任な親への苛立ちが増してくる。

　詰問口調にならないように気遣いながら、太郎は少年に尋ねた。

「お母さんは、お店の外にいるのかな」

　核心を突かれ、「いまお買い物中です」と繰り返していた少年が大きく動揺した。視線がテーブルのあちこちをさまよう。首を縦にも横にも振らないところを見ると、よほど強く口止めされているのだろう。

　気詰まりな沈黙の中、山下が紙箱を手に戻ってきた。臨時収入にホクホク顔のアルバイトを帰し、聴取をいったん打ち切って箱を開く。ストロベリーソースがかかった物と、クリーム入りの物と、チョコレートソースがたっぷりかかったリングドーナツ。

注文どおりの「スタンダードな」選択だ。彼を採用した自分の人物眼のたしかさに口元がゆるむ。

差し出された箱とこちらの顔を交互に見比べた少年は、おそるおそるコーラとリングドーナツを手に取った。だいぶ当惑していたものの、ひと口齧ってからは手と口の動きが止まらなくなった。チョコクランチを口の周りにつけながらあっという間に平らげ、勧められるままにストロベリードーナツにも手を伸ばす。

口の中に広がるクリームの甘さをお茶で流し込みながら、太郎は自分の判断に満足していた。少年が盗んだ品がクリームパンだったことから甘い物に飢えているのだろうと踏んだのだが、目論見《もくろみ》どおりだったようだ。

ドーナツ二つを薄い腹に収めると、硬かった少年の表情にようやく明るみが差した。

「おいしかった？」

太郎の問いに頷き、顔を上げる。その拍子に、両目からぽろぽろと涙がこぼれ落ちた。空腹が満たされ、緊張が解けたのだろう。一度溢れた涙は止まらず、手のひらでしきりに涙を拭いながら少年は繰り返しじゃくり上げた。

苦しげな泣き声を耳にしながら、太郎はテーブルの上の拳をそっと握った。

どんな事情があるか知らないが、いずれにせよ彼の親はろくでもない人間なのだろう。わずかな金を握らせて、自分の息子を夜まで放置する輩《やから》なのだ。

そして自分もまた、ろくな大人ではなかったかもしれない。ゲームコーナーで初めて言葉を交わしたときから、彼の境遇に問題があることは察していた。それでも、見て見ぬふりをしていた。人事の評価を下げないため、後々こじれそうな案件に首を突っ込まぬように距離をとっていたのだ。そんな事情を知ったら、目の前で嗚咽《おえつ》を漏らすこの少年はどう思うだろうか。自分の息子と同世代であるだけに、ひどく気になる。

居たたまれない気持ちを持て余しながら相手が落ち着くのを待っていると、唐突にドアがノックされた。徳永が「はーい」と応えたかどうかのうちに、ノブが回される。

入ってきたのは、新入社員の伊東だった。

「こちらです」

硬い顔つきで、扉の陰にいる人物に入室を促す。伊東を押しのけるように入ってきたのは、化粧気のない若い女だった。

三十代に差し掛かったあたりだろうか。敵意を剝き出しにした目で狭い保安室を睥睨《へいげい》する。着古したスウェットシャツに、化粧気のない顔。想像どおりの、「こじれそうな案件」だ。

顔じゅうを涙で濡らした少年に目を留めると、女はテーブルにぶつかりかねない勢いでそちらに向かった。少年の体がこわばる。

「ちょっと！　うちの子に何したんですか！」

立ち上がって会釈した太郎が口を開くのも待たず、女は少年の背中に手を置くとこちらに食って掛かってきた。

お宅の子に何かしたんじゃなくて、こっちがお宅の子にされたんだよ。

そう言い返したくなる気持ちをぐっとこらえ、つとめて声を低くする。

「れいぶ君のお母さんですか？　お待ちしておりました。そちらにお掛けください」

こちらの落ち着いた様子に、母親は虚を突かれた様子を見せた。しかし次の瞬間には、黙っていたら負けるとばかりにわめき立てた。

「その前に、説明してください。なんでうちの麗舞《れいぶ》がここにいるんですか。いるはずの所にいないから店じゅう探したんですよ？　これって一種の誘拐なんじゃないですか」

外の廊下まで響く大きな声だった。万引き犯の聴取には慣れきっている徳永も、この剣幕にはさすがに目を丸くしている。

ただ、少なからずいるタイプではある。礼儀も道理も踏みつけにして、状況を強引に突破しようとする愚か者。店内放送の届かない場所にいたことは明白なのに、口から出まかせの嘘をつき通そうとする。

新入社員の伊東は母親の勢いにすっかり呑まれてしまっているが、こちらは入社二十年ちかいベテランだ。対処法は心得ている。表情を消し、相手の目を見据える。

「もう、三十分と少し前のことですが、れいぶ君が食品売り場からパンを持ち出してしまったので、こちらで保護しました。その間店内放送とお電話で繰り返しお呼び出ししたのですが——」

「てっめ麗舞！　なんで悪いことすんだよ！」

少年の小さな肩を摑むと、母親は激しく揺さぶった。止める間もなかった。

「ちょっとお母さん！　やめなさいよ。本人はすっかり反省しているんですから」

椅子から腰を浮かせ、火が点いたように泣きだした少年を庇《かば》う。

手負いの獣にも似た目でこちらを睨みつけた母親は、唇を歪めるとほんの形ばかり頭を下げた。

「どうもご迷惑をお掛けしました。で、いくらですか？　もちろんその、ドーナツ？　それの分も払います」

「いえ、ドーナツはれいぶ君が私に付き合って食べてくれた物ですので、クリームパンのお代だけでけっこうです」

ねじ伏せる好機と見たのか、母親がここぞとばかりに反撃を試みた。

「夜なのに、ドーナツなんか食べさせないでもらえます？」

「ですが、麗舞君もずいぶんおなかを空かせていたようでして」

相手が唇を歪ませた。

「おなか空かせてたらいけないんですか。うちは夜ご飯はいつもこのぐらいの時間って決まってるんです。そういうのはプライバシーの侵害なんじゃないですか？」

人を納得させられるような理屈も謝罪の言葉もなく、「お客様」の立場にしがみつきながら店員を言い負かそうとする。喉の奥で「クズめ」と悪態をつきながら、太郎はつとめて静かな声で答えた。

「お宅の食事時間が何時なのかはあいにく知りませんが、売り物に手を出してしまうほどれいぶ君がおなかを空かせていたことは事実ですので、大人として見過ごすことはできませんでした。低血糖で倒れでもしたら、万引き以上の大事になりかねませんので」

少し言いすぎたかもしれない。同じ年頃の子を持つ者として、つい感情的になってしまった。道理に外れたことは言っていないはずだが、荒れる人間を追い詰めるのは得策ではない。

相手が反撃の言葉を探しているうちにと、太郎は事務的な口調に切り替えた。

「では、お支払いいただけるということですので、精算に移らせてもらいます。ついては、始末書を一筆お願いできますか」

「個人情報を聞き出すんですか？」

想定どおりの反応だ。

「決まりですので」

「お金払うって言ってるんだから、もう万引きじゃないでしょ」

これもまた、想定どおりの反応だ。

「応じていただけないのでしたら、警察にお願いすることになりますが」

しゃくり上げる息子に目を落としてから、母親はせいいっぱいの意趣返しをしてきた。

「じゃあ、パンの領収書ください。あと、お宅の名刺も」

自分の個人情報には過敏でありながら人の名刺は遠慮なく要求することに、いささかの矛盾も感じていないらしい。

「これは失礼しました。副店長の藤沢と申します」

腰を上げて差し出した名刺を、母親はひったくるように片手で受け取った。ろくに名前も見ずに財布にしまい、テーブルに硬貨を叩きつける。

始末書に商品名と金額、連絡先、そして〈立花《たちばな》麗舞〉〈立花典子《のりこ》〉の名を殴り書きし、領収書を受け取ると、母親は摑んだ息子の腕を振り回すようにして立ち上がった。

「麗舞君」余計なこととわかっていながら、太郎は少年に声をかけずにはいられなかった。「これからも、お店に遊びに来ていいんだからね」

少年は充血した目をしばたたき、それからおずおずと頷いた。

「行くよ！」

細い腕を乱暴に引っぱられ、アリスの友達はしきりにこちらを振り返りながら保安室をあとにした。乱れた足音が遠ざかっていく。

テーブルを殴りつけそうになり、太郎はすんでのところで思いとどまった。この部屋にいるのは自分だけではないのだ。すさんだ空気を副店長がさらにすさませることはない。

重苦しい沈黙を最初に破ったのは、警備員の徳永だった。

「いやあ、大丈夫かね、あのお母さん」

苦笑いで応じる。

「よくもまあ、あそこまで逆上できますよね」

「まあね、おじさんたちに取り囲まれて泣いてる息子を見て、パニックになる気持ちはわからないこともないけどさ」

還暦を過ぎた警備員は母親の心情をおもんぱかってみせたが、暴言を直接ぶつけられたこちらは、そこまでやさしくなれそうにはない。

「ある意味、あの母親を持った息子も被害者みたいなもんですよね。あの様子見ちゃったら、さすがに『もう来るな』とは言えなかったですよ。けど、まあ、一応解決ということで」

「そうだといいけどねえ」

嘆息する徳永の傍らで始末書に目を走らせていた伊東が、ぎこちなく首をかしげた。

「どうした？」

「あ、いえ……」

「なんだよ、気になるな。言えよ」

促されてようやく、伊東が意見を述べた。

「あの、この住所欄の『川名3丁目』ですが、川名は2丁目までしかなかったと思うんですけど……」

「ほんと？」

「たしか、はい。ネット宅配のデータ処理をしているうちに、藤沢市内の地名はだいたい頭に入りましたので」

若いだけあって、記憶力は優れているらしい。

「ていうことはあの女、嘘ついてやがったのか」

保安室を出て行くときに見た、麗舞の心細げなまなざしが脳裏をよぎった。その残像が消えたかどうかのうちに、太郎は胸ポケットから携帯電話を取り出した。登録してある番号を呼び出すと、回線はほどなく繋がった。

「もしもし、奥村？　藤沢だけど。……そうだよ、藤沢市在住の藤沢太郎だよ。悪かったな」傍らで吹き出した伊東に背を向け、太郎は声をひそめた。「それはとにかく、いまちょっと話せる？　忙しい？　そこをなんとか頼む。いや、あんまり愉快な話じゃない」

警察官である友人との通話はおよそ二十分に及び、その当然の余波として、太郎の超過勤務もいつもの二十分増しとなった。

眠気を堪えつつ三分間の乗車時間を立ったまましのぎ、柳小路駅で江ノ電を降りる。重い足を引きずるようにして夜更けの住宅街を進み、ようやくアパートが見えてきたところでポケットの携帯電話が振動した。奥村からのメッセージだった。

〈男の子の件、こちらから児童相談所に連絡済。藤沢や店の名前は表に出ないので安心してください。取り急ぎ報告まで。時間見つけてまた飲もう。来週の金曜とかどう？　夜、時間が取れそうなんだけど〉

感謝の言葉を返信すると、太郎は携帯電話をスーツのポケットにしまった。ほんの少しだけ、気持ちが軽くなったような気がする。

店の保安室で奥村に連絡を取った直後から、心の中では迷いが膨らみ続けていた。親子双方の話の断片から育児放棄を疑うのは、少々飛躍しすぎたのではないか。スーパーの従業員がすべきことの範疇《はんちゅう》を逸脱していたのではないか。あの親子にしても、万引きの現場を取り押さえられたことでそれぞれ気が昂《たか》ぶり、あれほど過剰な反応になったのかもしれない。しかしこうして警察が素早く動いてくれたところを見ると、自分のとった行動はあながち見当外れではなかったらしい。

疲労と安堵とやるせなさが複雑に入り混じったため息をつきながら、アパートの外階段を上る。鍵を鍵穴に差し込むのさえ億劫だ。

「ただいまー」

玄関ドアを開けてまず目に留まったのは、テーブルの上の皿だった。蛍光灯の光の加減でよく見えないが、何かの料理にラップがかけられている。太郎が「おなか空かせて帰ってきてね」というアリスの言葉を思い出したのと、本人が寝室の引き戸を開けて飛び出してきたのはほぼ同時だった。

「おそーい！」

唇を尖らせ、拗《す》ねた目でこちらを睨みつける。

「ああ、悪かった。仕事が立て込んでて」

「お仕事なら、まあ、しょうがない。いまお皿あっためるから、早く着替えてきて」

「はいはい」

アリスの態度につい新婚当時の妻とのやりとりを思い出してしまい、太郎はどぎまぎしながら寝室に引っ込んだ。腹にはまだ甘ったるいドーナツが残っているが、前日に約束した手前「もう少し時間を置いて食べたい」とは言いにくい。まして相手は料理に初挑戦した十四歳なのだ。

ベッドの上のまるるんに「おう」と挨拶し、あくびを噛み殺しながらくたびれたジャージの上下に着替え、ダイニングキッチンに戻る。ほどなく、電子レンジが短いメロディを鳴らした。席に着いた太郎の前に運ばれてきたのは、優に三〇〇グラムはあろうかという巨大なハンバーグだった。ひっくり返す際に崩れたのか所々に亀裂《きれつ》が走っており、そこから熱そうな肉汁がジュウジュウと染み出している。ドーナツを口にしたわずか一時間後に手をつけるには、いささか存在感のありすぎるメニューだ。

「水嶋さんのおばあちゃんに教わって、タマネギ刻むのもこねるのも私がやったんだよ、上手でしょ。ご飯もあったためるね」

白米のパックを手に取ったアリスを、「待った」と止める。「うん、あのー、ご飯はいいや。なんだ、ほら、せっかく作ってくれたハンバーグなんで、じっくり味わいたいからな」

「あ、そうか。それもそうだね」

相手の単純さに助けられ、太郎はテーブルの下で拳を握った。

アリスに勧められるままに手製のソースをかけ、ナイフで切り分けながら口に運ぶ。うまみをたっぷりと含んだ合挽肉《あいびきにく》は噛むと口の中でほろりとほどけ、玉ねぎのほのかな甘みと歯ざわりが軽やかなアクセントを加える。フライパンの残り汁で作ったというソースもくどさがなく、肉の脂っこさをいい具合に中和している。

「うん、うまいな。お世辞抜きでうまい」

「ほんとに？」

テーブルの向こうからこちらの表情を観察していたアリスが、照れくさそうに身をよじらせた。寝室から出てきたまるるんが、「作った甲斐があったな」と相棒に声をかける。

ドーナツのことを少しの間忘れ、太郎は次々とハンバーグを口に運んだ。水嶋夫人の指導のおかげか、初挑戦の料理とは思えぬほどよくできている。が、少々焦《こ》げくさい。フォークで肉をめくり上げると、裏側は見事に焦げていた。

「あ、バレたか」

幼いシェフがペロッと舌を出すそばで、まるるんが解説を加えた。

「一枚目は焦がさずに焼けたんだがな」

「その一枚目は、どこへ行ったんだ？」

「アリスの腹の中だ」

シェフがもう一度、舌を出した。

巨大な肉の塊《かたまり》を三分の二ほど胃に収めたところで、さすがに腹が膨れてきた。そして何より、眠い。どのタイミングで「残りは明日にしよう」と切り出そうかと思案していると、テーブル上の携帯電話が唐突に振動した。二人と一匹が揃ってのけぞる。

またも、奥村からのメッセージだ。

〈追伸。例の親子の正しい住所は明日にも入手可能（ただし現住所が本当に市内ならば）で、48時間以内に児童福祉司（児相の職員）が訪問の予定。住所等が判明しても、個人情報になるから藤沢には教えられないけど〉

「誰から？　副店長の奥さん？」

テーブルに肘をつき、アリスが尋ねてくる。

「いや、まあ、関係ない話だよ」

携帯電話を置き、ナイフとフォークを手に取る。アリスにとっての麗舞は、この世界で初めてできた友達なのだ。がっかりさせるようなことは教えたくない。

ハンバーグを切り分けながら顔を上げると、頬杖をついてこちらを観察している少女と目が合った。

「ん？」

「いや」

片面がウェルダンの挽肉を口に放り込んだところで、太郎は考えを改めた。やはり、話しておいたほうがいいかもしれない。麗舞がこれからも店に来るとすれば、アリスの不用意なひと言が彼を傷つけてしまうおそれがある。それを防ぐためにはアリスにも事情を知らせておくべきだ。事実を打ち明ければショックを受けるかもしれないが、これほどのハンバーグを作れる程度には大人なのだ。きちんと受け止められるだろう。

「なあ、ちょっとびっくりする話があるんだけど、ちゃんと最後まで聞けるか？」

「なになに？　教えて」

期待と好奇心に満ちた目に、正面から見つめられる。ためらいを覚えつつも、太郎は「麗舞君、いるだろ」と切り出した。説明が進むにつれてアリスの顔からは笑みが消え、太郎がこれまで見たこともないほど憂いを帯びていった。まるでアリス自身が取り返しのつかない行いをしてしまったかのように、下唇をきつく噛んでいる。

肝心の麗舞の母については「あまり人当たりのいいお母さんじゃない」と評すだけに留めておいたが、それでも彼の家庭環境が恵まれたものでないことは充分に伝わったらしい。ひととおり説明を聞き終えると、テーブルに目を落としていたアリスは窺うように顔を上げた。

「じゃあ、もう麗舞くんには会えないの？」

「よくわからないけど、児童相談所の対応しだいだな。俺の友達に詳しい男がいるんだけど、そいつが電話で言ってたかぎりだと即日親権停止ってことにはならないだろうって」

「しんけんていし？」

「あー、つまり、子供を親から離れた所で生活させること。そうなったらしばらく店には来ないはずだけど、その線は薄いらしい。ただ、たとえば殴る蹴るとか、病気をしても病院に連れて行かないというような明白な虐待行為があれば、話は別だけど。まあ、俺が見たかぎりではそこまでじゃない感じだったな」

アリスが小首をかしげた。

「つまり？」

「つまり、あの男の子は二、三日したらまた店に来るかもしれないということ」

小さな窃盗犯の友達が、胸の前で手を叩く。

「よかったー」

「よくないよ。あの子が店に来るのは、逆にいえば家に居場所がないからだよ」

「そうかー」再び俯いたアリスが、今度はすぐに顔を上げた。「じゃあ、ここに呼んでもいい？　私なら、お母さんが迎えに来るまで一緒にいてあげられるから」

「そんなの無理だよ」

「なんで？」

「親戚でもなんでもないのに、そこまでしてやる必要はないだろ」

「でも、かわいそうだよ」

こちらの目をまっすぐに見つめる。一歩も退かない構えだ。

「いくらかわいそうでも、よその子を勝手に上げるわけにはいかないよ」

「だったら、麗舞くんのお母さんに話せばいいでしょ、『ここにいますから、用事が済んだら迎えに来てください』って」

「だめだ、そんなの」

つい、声が大きくなった。あの母親に住所を教えるなど、ぜったいに認められない。

「けち」

アリスが口を尖らせた。他愛ない憎まれ口とわかっていても、事情を理解していない者の呑気さに気持ちが波立つ。

「けちで上等だよ。俺は暇を持て余した金持ちの篤志家でもなんでもない、週休二日で働くただのサラリーマンだからな」

「じゃあせめて、仕事がお休みの日だけ」

「無理。今だって居候抱えていろいろ大変なのに、訳ありの子供まで上がり込んで来られたらたまんないよ」あの少年の暗い目を思い出し、太郎はさらに付け加えた。

「せっかくの公休日まで、客の子のために気を遣いたくないからな。ま、あのバカ女を『お客様』なんて呼ぶ気もないけど」

「そういうこと言っちゃいけないんだよ」

幼い正論をぶつけられ、太郎は喉の奥でうなった。

「なんだよ、サービス業の従事者はほんとのこと言っちゃいけないのかよ」疲れているせいか、こちらの反論はアリスの言葉以上に幼い。「とにかく、あの子をここで預かるのは無理だ。あきらめろ」

アリスが眉根を寄せた。

「でも、この前まるるんが言ってたでしょ、『副店長は子煩悩だ』って。ね、まるるん」

「ああ」

小動物が控えめに頷くと、アリスはこちらに視線を戻した。

「子煩悩って、子供にやさしいって意味でしょ？　じゃあ、麗舞くんにもやさしくしてあげてよ」

「だから、せいいっぱいのことはやったんだよ。これ以上俺にしてやれることはないし、そんな義理も義務もない」

アリスが、口を尖らせながら頷いた。

「じゃあ、ここには連れてこない。でもその代わり、お母さんが迎えに来るまで私がお店で一緒に遊ぶのはいいでしょ？　騒いだりしないから」

「それは……」

従業員たちにどう説明しようか、という迷いがまず浮かんだ。しかしより大きく心を占めたのは、アリスを麗舞の母親に近づけさせたくない、という思いだった。息子の友達が生意気な副店長の「姪」だと知った場合、あの女がアリスに理性的に接するとは思えない。暴言の一つも浴びせてくることは充分考えられる。そうなったとき、この少女はきっと深く傷つくだろう。

大きく吐息をついてから、太郎はかぶりを振った。

「いや、それもだめだ」

「どうして!?　どうしてだめなの？」

アリスを傷つけたくはないが、偏見も持たせたくない。あの母子にまつわる懸念については、伏せるしかないだろう。

「どうしてもだ」

「そんなんじゃわかんない！　副店長、『人に親切にして損はない』って言ってたのに、あれは嘘だったの!?」

「嘘じゃない。嘘じゃないけど、時と場合によるんだよ」

「変なの！　そういうこと言うの、副店長らしくないよ！」

　疲労が蓄積した体に、非難の声が突き刺さる。太郎はアリスから視線を外し、冷めかけのハンバーグを乱暴に切り分けた。

「俺らしさってなんだよ。そんなの知らないよ」

　腹立ちまぎれに突き放すと、アリスの声はますます尖りを帯びた。

「こんなに冷たい人だって知らなかった。いいよもう、副店長なんかに頼らないから。副店長がどう言っても、麗舞くんは私が一緒にいる」

「なんでそこまであの子にこだわるんだよ」

「だって友達だもん。それに、困ってる人を助けてあげるのが、魔法使いの仕事だもん」

「空も飛べないのにか？　人のことより、自分の面倒を見るのが先だろ」

　少し言い過ぎたか、と上目遣いに窺う。と、アリスの丸い目に、涙が溜まっていた。

「いや、今のは――」

「どうせ」こちらの弁解を遮り、アリスは椅子を蹴立てた。「どうせ私は、空も飛べない落ちこぼれだよ」

「いや……、そういう意味じゃ――」

「副店長のこと、本当のお父さんみたいに思ってたのに！」

涙を飛び散らせ、アリスは寝室に駆けていった。ベッドに飛び込む音がすると同時に、幼女のような激しい嗚咽が聞こえてきた。

立ち上がろうとした太郎を、まるるんの黒い目が睨みつける。

「この、すっとこどっこい」

それだけ言うと小動物はテーブルから飛び下り、泣き続ける相棒の元へと走った。魔法を使ったのか、引き戸がピシャリと音を立てて閉まる。まるで、太郎の言い訳を拒絶するかのような鋭い物音だった。

太郎は手にしたままのフォークを皿に置き、思い直してもう一度手に取った。アリスが作ってくれたハンバーグを口に運ぶ。

傷つけまいとしたはずなのに、自分こそがアリスを傷つけてしまった。

焦げ目の苦みが、鼻の奥にまで広がる。

久しぶりの、寝つけぬ夜だった。泣き疲れたアリスが歯磨きもせずに寝入ってしまったことが気がかりでならず、隣室で物音がすればトイレに起きてくるのではないかと体を起こし、帰宅してからの会話を一つひとつ思い出しては「ああ言えばよかった」と自らを責める。

とくに耳に残っているのが、彼女が発した「本当のお父さんみたいに思ってたのに」という言葉だ。「魔法界から来た」という突拍子もない説明に惑わされてこれまでろくに考えたこともなかったが、アリスには父親がいないのだろうか。いないとすれば、母親はいるのだろうか。仮にどちらもいないとすれば、誰があの少女を十四まで育てたのだろうか。

ダイニングキッチンの床に敷かれた布団の中で何度も寝返りを打ち、そのうちどうにか睡眠はとれたものの眠りは浅く、翌朝は目覚まし時計が鳴る五十分も前に目が覚めてしまった。貴重な睡眠時間なのだからと目をつぶってみたが、いくら待っても眠気は訪れない。

二度寝をあきらめた太郎は薄闇の中で布団を畳み、トイレを済ませた。テーブルを部屋の中央に動かし、コーヒーを淹《い》れようと薬缶をガスコンロにかけたところで、ふと思いついて冷蔵庫の扉を開ける。玉子やマヨネーズはあるが、溶けるチーズはない。ただ、スライスチーズで代用してもエッグトーストの形は保てるだろう。この部屋に押しかけてきた翌日に、アリスがリクエストした料理だ。

茹でた玉子の殻を剝き、エッグスライサーはないので包丁で細かく刻む。玉子をマヨネーズで和《あ》えてから、薄くマーガリンを塗った食パンの上に乗せる。妻の久美子ほどではないが、我ながらなかなかの手際だ。

スライスチーズのフィルムを剝がしたところで、寝室の引き戸が開かれた。アリスだ。半分寝たままのような目でトイレに入った見習い魔法使いは、ほどなく水音とともにダイニングキッチンに出てきた。個室の中でゆうべの顚末を思い出したらしく、寝ぐせを手櫛《てぐし》で梳《す》きながら、ばつの悪そうな顔で「おはよーございます」と控えめに挨拶する。

「ああ、おはよう」

泣かせてしまったことを何よりも先に詫びるつもりだったが、相手のいつにないおとなしさに気おくれしてしまった。まるるんの言うとおり、これではたしかに「すっとこどっこい」だ。

「なあ、アリス」

「ん？」調理台に目を留めたとたん、アリスが声を弾ませた。「あっ、たまごのパンだ」

「ああ。前に『食べたい』って言ってただろ？」

「うん！　大好き！」

共同生活が始まった頃は少々わずらわしく感じられたこの大きな声に、今朝は頰をゆるませられる。

「待ってな。いま焼くから」

「はーい。じゃあ、副店長の布団片づけてまるるん起こしてくるね。あと、お皿の準備も」

「よろしく」

布団一式を寝室に運ぶと、寝ぼけまなこの小動物を頭に乗せたアリスは小走りでダイニングキッチンに戻ってきた。日頃の半分の時間でテーブルに皿を並べ、トースターの中のチーズが溶けていく様子をまばたきも忘れて見つめる。

「おお、エッグトーストか」

寝言のようにくぐもった声でつぶやくまるるんには応えず、ヒーターの赤い光に目を凝らす。よほどの好物らしい。

「もっと早く作ってやればよかったな」

「ん？　なに？」

目を輝かせたまま、アリスがこちらを見上げた。

「なんでもない」

朝食の準備が整い、レースのカーテンから漏れる朝日を背にして座ったアリスは、いつものように大きな声で両手を合わせた。

「いたーだきーます!」口を大きく開け、黄金色のエッグトーストに齧りつく。「あひっ」

熱かったらしい。

「気をつけろよ」

「ふ」

うん、の返事が、口の中に詰め込まれた二口目にかき消される。

アリスがこのアパートに落ちてきた翌日に餃子を食べさせたことがあるが、そのとき以来の一心不乱な食べっぷりだった。こちらの「あわてると喉に詰まるぞ」やまるんの「せめてもうちょっと味わって食べなさい」の声が耳に届いた様子もなく、少女は無我夢中でトーストに食らいつき、見る間に平らげてしまった。それから思い出したようにコップを手に取り、頬張ったパンを牛乳で流し込む。

コップを置くと、アリスは小さなげっぷをした。こちらの視線に気づき、少しばかり恥ずかしそうな顔をする。

「うまかったか?」

尋ねると、少女は大きく頷いた。

「うん！」

「そこまで熱烈に喜ばれると、ちょっと照れるな」

期待以上の反応ににやつきながら、太郎はコーヒーカップを口に運んだ。

カシューナッツをせわしなく齧っていたまるるんが、こちらを見上げる。

「わざわざ早起きしてアリスの好物作りとは、ずいぶんと甲斐甲斐しいな」

少女の相棒は、ゆうべの出来事を忘れてはいないらしい。

太郎はやおら小動物を摑むと、反対側に体を向かせてから手を離した。

「なあ、アリス」自然な調子を心がけながら、声をかける。「今日は、どんなふうに過ごす予定なんだ？」

「今日？　んーと、お皿洗って、洗濯物干して、飛ぶ練習しに行って、一回お昼食べに戻ってきて――」

太郎は少女の言葉を遮った。

「ちょっと待った。飛ぶ練習？　そんなこと真っ昼間にやってるのか。人に見られたらいろいろまずいんじゃないか？」

まるるんが、明るい茶色の背中をこちらに向けたまま手を挙げる。

「いいよ。こっち向いて話せよ」

つついてやると、小動物が軽やかに振り返った。

「最近、アリスが秘密の練習場所を見つけてな。そこで毎日箒に跨っているんだ。私もついているし、そこなら人に見られる心配はまずない」

「そうか。お前がそう言うんなら、たぶん大丈夫なんだろうけどさ」

「ギュギュギュじゃなくてギュンッて曲がれるようになったんだよ、たまに失敗するけど」アリスが得意げに説明する。「あと、ドスンじゃなくてフワーッて降りられるようになった。五回に一回ぐらい」

「なるほど、日々成長はしてるんだな」

「うん」

「その、なかなか立派な魔法使いぶりじゃないか」

手放しで褒めるつもりが、どこか言い訳をするような口調になってしまった。

「うん？」

こちらのぎこちなさに気づいたらしく、アリスが小首をかしげる。

視線から逃げるようにコーヒーをひと口飲んでから、太郎は切り出した。

「で、今日のことだけど、昼ご飯を食べたら、そのあとは？」

それまでにこやかだったアリスの表情に、わずかに影が差した。

「決めてない。消える練習はするけど」

「ふーん、そうか」いい歳をして、声がうわずってしまう。「じゃあ、店に来ればいいじゃないか」

「……いいの？」

上目遣いにこちらを窺う。ゆうべの自分の言葉は、この天真爛漫《らんまん》な少女に少なからず警戒心を抱かせてしまったらしい。

コーヒーをもうひと口飲んでから、太郎は続けた。

「うん、ゆうべあれから考えたんだけどな、アリスと麗舞君が遊ぶのを、俺がどうこう言うのはまちがってた。二人は友達なんだよな」

「うん。友達だよ。こっちに来て最初にできた友達」

声に明るみが差す。

「ええと、そういう話は、麗舞君にはしてるわけ？『魔法の世界から来た』とか」

「ううん。してない。副店長以外には内緒だから」

「うん、まあ、そう心がけてくれるとこっちも助かる」

アリスが、座ったまま身をよじった。

「ねえ、ほんとに、これからもお店に行ってもいいの？」

「ああ。子供たちだけでいると何かあったときまずいことになるから、このアパートに友達を連れてくるのは勘弁してもらいたいんだけど、店の中なら俺の目も届くしな」

「やった！」

小さく万歳する。

「ただ、俺はアリスの保護者みたいな立場だから、いくつか約束はしてもらうけど」

「地下の食品売り場の試食は二個までで我慢する、とか？」

「一個にしろ。ていうより、してるのか！」

「うん。だって、西島《にしじま》さんのおばさんが『アリスちゃん、食べてきなさい』ってくれるから」

太郎も知らぬ、セールスプロモーション企業からの派遣パートの名が出てきた。

「まいったな」

ひと言釘《くぎ》を刺すつもりが、太郎はうっかり笑ってしまった。アリスは自分のあずかり知らぬところで着々と世界を広げているらしい。

「アリス」

「うん？」

「ゆうべ、ひどいこと言って悪かったな」

「ん？　ああ、いえいえ」

照れくさそうにこちらの胸元に視線を落とし、ちょこんとお辞儀をする。こんな言葉や仕草も、どこかで覚えてきたものなのだろう。

胸元に向けられていた視線が、手元の皿にまで下がった。そこにあるのは、こちらがまだ手をつけていないエッグトースト。

「半分、食べるか？」

「うん！」

答えた声は、いつものアリスのそれだった。

＊

一、従業員や買い物客に迷惑をかけない。
一、たとえ麗舞の親が迎えに来ていなくても、午後七時には店を出る。
一、「副店長」という呼び方は癖になってしまっているので無理に変えなくてもいいが、自分が太郎の姪であるという「方便」だけは忘れない。

一、試食は一日一個まで。

二人で話し合って決めた約束を、「藤沢アリス」はどうやら忠実に守っているらしい。少なくとも、公休日を除く過去四日間で確認できた範囲ではそうだ。

手元のメモに並ぶ〈時限発火装置〉〈放火？〉〈手口、エスカレート〉といった物々しい単語を黙読しながらも、太郎はアリスの好奇心に満ちたまなざしを思い浮かべていた。

「きのう、ついにうちの売り場にも来ましたよ」

婦人服担当の増岡が、含み笑いをしながらこちらに歩み寄ってきた。

「ん？」

「姪御さんです」

虚を突かれた太郎は、おもわずあたりを見回した。もちろん、午前十一時のバックヤードにアリスの姿はない。

「なんで突然アリ――うちの姪の話を？」

「副店長、ニヤッとしてましたから」

三歳児の母として、思い出し笑いは身に覚えがあるのだろう。

メモに視線を落とすふりをして動揺を隠し、太郎は観察眼の鋭い部下に続きを促した。

「それで、アリスが何か迷惑かけなかった？」

「いえいえ。秋物のコートを試着させてあげたら期待以上に喜んでくれて、仕事中になんだか和《なご》んじゃいました」

「そうか。悪いね、相手してもらって」

増岡が、探りを入れるような笑みを浮かべた。

「そのコート、アリスちゃんすっごく欲しがってましたよ」

「そんな、姪の物欲を刺激しないでくれよ」

増岡はいよいよおもしろがっているようだ。

「お求めやすい価格帯の品ですよ。叔父様、姪御さんに一着いかがでしょう」

「えー。コートかー。まいったな」

冷え込む前に上着も用意してやったほうがいいかもしれない。そう考えかけたところで、太郎は「あ」と声を漏らしてしまった。コートが必要になる頃には、アリスの「ホームステイ」はもう終わっているはずだ。このまま「一人前の魔法使い」になれなかったとしたら、アリスはその後どう過ごしていくのだろう。

「どうしました？」

ダンボールを積んだフラットキャリーやストックカートが整然と並ぶバックヤードの中、増岡が小首をかしげる。

「いや、まあ、なんでもない。コートのことは考えとくよ」

「姪御さんの話ですか？　うちのフロアには毎日来てますよ」

横合いから、趣味と暮らしのフロア担当の藤本《ふじもと》が会話に加わってきた。

「そうか、毎日か。で、うちの姪は四階では何を狙ってるの？」

三十代半ばの中堅社員が、髭の剃《そ》り跡が青々と残る頬にえくぼを浮かべた。

「や、とくに何かを欲しがってる様子でもないんですけど、きのうショッキングなこと言われちゃいました」

「えっ……。まさか『空を飛んでどうこう』とか？」

「は？」

こちらの早合点だったらしい。これではアリス本人よりよほど脇が甘い。

「いやいや、ほら、たとえばの話。あれはちょっと変わってるというか、頭のてっぺんにお花が一輪咲いてるというか、ときどき突拍子もないこと言いだす子だから。姪のくせに俺のこと『叔父さん』じゃなくて『副店長』呼ばわりだし。それで、ショッキングなことって？」

「ええ、ハロウィンのディスプレイを追加設置してたときのことなんですけど、じーっとこっちを観察してたんですよね。それで、ひととおり終わったところでトコトコ歩み寄ってきたなーと思ったら、こっちの目をまっすぐ見つめて『おじさんは、カボチャの飾り付けをする人になりたかったの？』って」

聞くでもなく話を聞いていた社員やアルバイトたちが、くすくすと笑い声を漏らした。

「『俺がやりたかったのってなんだったたっけ』って、ちょっと自分の来し方を振り返っちゃいましたよ」

眉根を寄せてみせる藤本の表情は、むしろ愉快そうだ。

「ああ、あの子ね。おもしろいよね」

警備員の徳永が、後ろ手を組んだまましきりに頷く。

「えっ。徳永さんにまで、アリスが何か失礼なことを？」

「いやいや、私は見てただけ。二、三日前のことだけど、ほら、四階の刻正堂《こくせいどう》さん。あそこの売り場の目覚まし時計が十個かそこらいっせいに鳴りだしてね。十個ともなると相当にぎやかでさ、周りもびっくりしたけどセットしたあの子自身がいちばんびっくりしちゃって。もちろん親父《おやじ》さんに捕まって叱られてたんだけど、それも時間にしてせいぜい三分くらいかな？　ワーッと怒られたあとで解放されて、さすがにしょんぼりした様子で売り場から離れかけたところで、残りの一台が最後っ屁《ぺ》みたいに『ピピピピ』って鳴ったの。あの子、走って逃げてったよ」

従業員たちがいっせいに笑った。昼礼前のエアポケットのようなひとときを、その場にいないアリスがなごませる。

「あいつそんな話、ひと言もしてなかったのに」

「叔父」らしく憤ってみせはしたものの、太郎は胸の奥でひっそり安堵していた。突然存在が明かされた副店長の少々変わった「姪」を、いまのところ怪しんでいる者はいない様子だ。

アリスのほうはとりあえず問題ないとして、目下の問題は手元のメモに書かれた不審火の件だ。もう一度頭の中で整理しておこうと太郎がメモに目を落とすと同時に、新入社員の伊東がおずおずと手を挙げた。

「あの、副店長」

なかなか見事な間の悪さだ。

「なんだい」

「ひとつ質問してよろしいでしょうか」

「よろしいですよ」

「あの子のポシェットからときどき顔を出しているペット、あれはなんという種類でしょうか？」

メモに視線を向けたまま、太郎は表情を消した。

食品を扱う地階フロアでは、ペットの持ち込みは禁止されている。そのためまるるんには「地下にいるときは隠れてろ」と言っておいたのだが、その約束はおざなりにされたらしい。狭いポシェットの中で振り回される苦しさを思えば気持ちはわからなくもないが、アパートに戻ったら厳しく言い含めておかなければならないだろう。

「そうか、出ちゃってたか」弱りきったような渋面を作り、太郎は早口で弁解した。

「今日でも見つけたら、ちゃんとポシェットの中に隠れてるように言っておくよ」

伊東が首をかしげる。

「『隠れてるように』って、ペットに言うんでしょうか？」

冷や汗が背中に滲むのを感じながら、太郎はそしらぬ顔を通した。

「いや、『隠しておくように』って言ったはずだけど。さすがに伊東さあ、動物に直接言い含めたりするわけないでしょ」伊東に説明する形を取りながら、太郎は従業員たちをそれとなく牽制《けんせい》した。「たしかにあれはなかなか賢い生き物だし、しつけもしっかりされてるから、売り物に飛び掛かったりする心配はまあ、ないと思うよ」

こちらの気苦労も知らず、伊東は目を輝かせた。

「ほんとお利口さんでかわいいですよね、鼻ヒクヒクさせちゃって」

たとえ飼い主が上司の「姪」であれ、ペットの持ち込みは防ぐのが仕事なのだが、この加工食品部門の一年目は自分の立場をすっかり失念しているらしい。

「伊東、お前動物好きなの？」

日頃おどおどしてばかりいる新入社員が、だらしなく相好《そうごう》を崩した。

「はい、秋田の実家に猫が三匹と犬が一匹います」

「へー。知らなかった」

「あの子は、ペットショップで買ったんですか？　どこで売ってるんだろう。アリスちゃんに種類を尋ねても、『まるるんはまるるんだよ』ってとぼけられてしまうんです」

とぼけているのではなく、アリスとしては正直に答えているつもりなのだろう。

「うん、あー、種類ねえ。なんていったかな、聞いたけど忘れちゃったよ。ほら、あのペットも姪と一緒にこっちに来たから、日本じゃまだ売ってないのかもしれない」

「では、検疫とか大変だったんじゃないでしょうか」

妙なところで鋭い男だ。

「そうなのかなあ、俺はアリスとまとめて預かっただけだから、細かいことまではよく知らないんだけど」

二十ちかく年少の部下の無邪気な追及を打ち切ろうと、太郎は腕時計に目を落とした。十一時三分。これ以上は待ちきれないので昼礼を始めてしまおうと決めたところで、到着の遅れていた従業員たちが小走りでやってきた。

「姪」のことはひとまず頭の外に追い出し、意識を切り替える。これから話す案件は極めて重要なことなのだ。

各売り場から集まった十五人ほどの従業員たちを、太郎は素早く見回した。

「えー、みなさん、揃いましたね。昼礼を始めます」私語がやみ、従業員たちが顔を上げた。彼らの前に進み出て、声を心持ち声を張る。「おはようございます」

「おはようございます」

即座に返ってきたたくさんの声に、背筋がおのずと伸びた。メモの箇条書きに目を落とし、伝達事項を確認する。

「今朝は一つだけですが、えー、大事なお話です。三階更衣室前の掲示板とか、きのう今日のニュースですでに知っている人も多いかと思いますが、ええと、二週間くらい前からですね、近隣の商業施設で不審火が相次いでいます」

バックヤードの空気が引き締まるのを、太郎は肌で感じた。

県道沿いのホームセンターで発生した不審火がニュース番組で報じられたのは、きのうの夕方のことだった。わずか半月あまりで、これが三件目の不審火だ。

被害を受けたのは藤沢市と平塚市にあるショッピングモールと家電量販店、ホームセンターの三店舗。火元は駐輪場の自転車、トイレの清掃用具入れ、売り場から回収したゴミ袋とバラバラで、いずれも消防車の到着前に火は消し止められたものの、そのうち一店では消火に当たった従業員が両手に軽い火傷《やけど》を負ったという。

三店舗とも焼け跡から時計やライターの部品を流用した時限発火装置が発見されたことから、警察では同一人物による犯行と見て捜査本部を立ち上げたとのことだが、各店から提出を受けた防犯カメラの解析には時間を要することもあり、犯人逮捕に繋がる手がかりはまだ摑めていないらしい。

「えー、犯人像であるとか、動機であるとか、そのあたりはまだよくわかっていないんですが、大型店ばかりが狙われていることから考えて、犯人がこの店にやってくる可能性もゼロではありません」太郎が言葉を切ると、従業員たちの間にざわめきが広がった。囁き交わす声が途切れるのを待ち、説明を続ける。「ですので、不審な人物や不審物を見かけた場合は、まずはお客様の安全を確保した上で、警備に至急連絡してください。けっして、自分の判断で不審物に近づかないように。どうも報道によると、二件目、三件目と発火装置の威力が強まっているという話もあるようです。詳しいことはね、午後イチで簡単なレジュメを用意するので、全員必ず目を通してください。とりあえず、私からは以上です」

説明を終えて脇に下がると、代わって藤本が一同の前に進み出た。

藤本の話は、提携しているプロ野球チームに関連した特売についてのものだった。「優勝記念セール」と優勝を逃した場合の「応援ありがとうセール」とのちがいを説明する声を聞きながら、太郎は手元のメモに再び視線を落とした。不審火について必要なことは遺漏なく伝えたはずだが、案件の大きさのせいか、かえって危機感を抱きにくい。店では日常茶飯事になってしまっている万引きや駐車場での当て逃げといった行為もれっきとした犯罪なのだが、放火となるとそれらとは深刻さの度合いがちがう。今回の件についてすでにあらましを伝えてあるはずの藤本や増岡たちがアリスの話で屈託なく笑い合っていたのも、自分と同じく現実感をなかなか得られないからだろう。

対応策についてては明日にでも本部から指示があるはずだが、とりあえずこちらで打てる手は打ってしまおう。十数台ある防犯カメラの動作は今日中に再点検できるとして、課題は敷地内巡回の頻度と精度を高めることだ。

限られた時間と人員の中からパトロール要員を捻出《ねんしゅつ》する方法を思案しているうちに藤本の話は終わり、太郎の号令で昼礼は解散となった。

それぞれの持ち場に向かう従業員の中に一人、足を止めた者がいた。女性用肌着売り場の柳田だ。目が合うと、三階の主はこめかみ近くまで描かれた眉尻を下げながらこちらに近づいてきた。

「おつかれさまです。どうしました？」

太郎が水を向けると、ベテランパート従業員は挨拶もそこそこに「姪っ子ちゃんがね」と切り出した。

「アリスが何か、ご迷惑を……？」

「いえいえ、迷惑なんてぜんぜん」地下食品売り場の担当者たちを見遣ってから、柳田は声をひそめた。「一日一回は売り場に来てね、内緒で撫でさせてくれるの。お礼言っとこうと思って」

「はあ」

こちらのいぶかしげな表情を見て取り、柳田が説明を加えた。

「ほら、まるるんちゃん。もう、フワフワで私メロメロ」

とろけそうな表情とともに、ねっとりとした手つきで虚空を撫でてみせる。あの齧歯類は齧歯類で、それなりに苦労はしているらしい。

「まあ、かわいがってもらってアレもきっと喜んでいるでしょう。よかったら、心ゆくまで何時間でも撫でてもらって結構ですんで」

「あらそう？　ありがとうございます。うちの売り場はほら、食品扱ってないでしょ？　だから手の上に乗せるくらいまでなら外に出してもいいと思うのよね。ポシェットの中に押し込めとくのもかわいそうだし。まあ、お客さんとかほかのパートさんには見られないようにしてますけど」

「そうしてもらえると助かります」

「それからほら、いるじゃないですか、あの子。くらーい感じの男の子。ゲームコーナーの常連の」

麗舞のことだ。

「ああ、あの子」

「そう、あの子。きのうまた来たんだけど、アリスちゃんと一緒のときは顔つきが明るくなるんで私もほっとしてるの。アリスちゃん、人なつっこくてかわいいですね。誰に似たのかしら」

「さあ。叔父でないことは確実なようで」

「ほんとにねえ」深々と頷く。「きのうも『今度、新しい友達ができそうなんだ』って、ニッコニコしながら教えてくれたわよ」

「え？　そんな話、聞いてないんだけど」

麗舞のほかにも懸念材料を増やすつもりなのかと、太郎はいささかげんなりしながらかぶりを振った。

「あのね叔父さん、四つ五つならともかく、年頃の姪のすべてを把握できてると思ったら大間違いですよ」

まったくそのとおりだ。アリスのことはもちろん、魔法学校の所在地も小動物が人語を発する仕組みも、こちらはいっさい把握できていない。ただせめて、この店の中での振る舞いだけは摑んでおきたいところだ。従業員たちにおおむね好意的に受け入れられているとはいえ、アリスと血が繫がっていないことが判明してしまえば自分は終わりだ。

「その新しい友達って、どんな感じの子です？」

「さあ、そこまでは。売り場に連れてきたわけじゃないから」

「ああ、そうですよね」

「そういえば副店長、前にアリスちゃんの話をしたことってあったかしら」

「はい？」

「副店長の姪」が唐突に現れたことに、相手は引っかかりを覚えているのかもしれない。こちらが答えあぐねていると、柳田が続けた。

「副店長じゃなかったかしら。でも、めずらしい割にはなーんか聞き覚えのある名前でしょ、アリスって。誰に聞いたんだっけ」

柳田が、短い腕を組んで思案する。ここはひとつ、自分の口から姪の名が出たことにしてしまったほうが好都合だ。

「ああ、何かの拍子に一、二度話したかも。息子の話ほど頻繁じゃないけど」

「副店長、子煩悩だもんね」

まるるんにも指摘されたことだ。

「よく言われます」

太郎が真顔で頷くと、三階の主は銀歯を覗かせて高らかに笑った。

メールソフトと表計算ソフトを閉じ、伸びをした拍子に壁の時計を見上げる。早番の退勤時刻はとうに過ぎていた。

懸案の不審火対策については、今日の段階で打てる手はひととおり打った。そのうちもっとも手がかかったのが防犯カメラで、故障や不具合は幸い一台もなかったものの、店舗の外に設置された物のうち二台が社内の規定に反して敷地外をフレームに収めていたので、伊東に手伝わせて向きを修正しなければならなかった。しかしその件も含めて遅番の店長への引き継ぎは済んでおり、急ぎの案件はとくにない。

「よし。帰るか」

太郎のひとり言に、はす向かいの席の増岡が顔を上げた。

「おつかれさまです。アリスちゃん、さっきこだまブックスさんにいましたよ」

四階に入居している書店の名だ。

「またか。立ち読みばかりじゃお店の人に悪いと思って、土曜に漫画買ってやったばかりなのに。ちなみに、あの子も一緒だった？　麗舞」

「ああ、クリームパンの。いえ、一人でした」

「じゃあ今日は来てないのかな。よかったよかった」

「ええ、よかったです。親御さんも、ちょっとは改めたのかもしれませんね」

「何を？」

「何をって、麗舞くんへの接し方ですよ。放置するのやめて、それなりに面倒を見るようになったのかなって」

こちらはあの少年の暗い目を見ずに済んで「よかった」と漏らしたのだが、一児の母が発した「よかった」は、そんな自分勝手な発想によるものではなかったらしい。

「うん、まあ、うん。よかったよ。万引き事件のときは増岡いなかったけど、あの親の剣幕と理不尽さは見せてやりたかった」

器の差を見せつけられた気分になり、当事者でない者への皮肉のようなものをつい言葉の端に覗かせてしまった。が、やはり器がちがうのか増岡は意に介した様子もない。

「親といえばその後、児童相談所のほうは進展あったんですか？　副店長が通報されたんですよね」

「まあね。ただ、児相がどう対処したかは聞いてないなあ。俺は警察関係にちょっと伝手《つて》があって、そっち方面から手を回してもらったんだけど、その後の経過報告みたいな話はとくに」

「そうですか」

頷いた相手の目に、わずかに落胆の色が覗いた。

「個人情報の絡みとか、いろいろあるんでしょ？　まあ、金曜にその伝手と飲む予定なんで聞いてみるよ。向こうも忙しいみたいだから、キャンセルになるかもしれないけど」

「では、個人情報の漏洩《ろうえい》、お待ちしております」深々と頭を下げた増岡が、まるで自分の言葉に引っぱられるように顔を上げた。「あ、そうだ……」

「うん？」

あたりを見回した増岡につられ、太郎も頭をめぐらせる。数人の従業員が、それぞれのデスクで売り上げデータの確認や出勤表作成などの作業をしている。

「いえ、急ぎの提案でもないのでＰＣにメールします。明日読んでください」

どうやら、あまり聞かれたくはない内容の話らしい。あれこれと想像をめぐらせながら、太郎は曖昧《あいまい》に頷いた。

「わかった。じゃあ、おつかれ」

「おつかれさまです」

事務所を出た太郎は更衣室で制服からスーツに着替えると、従業員用階段を下りた先にある通用口のレコーダーにＩＤカードをかざした。毎度のことながら、「ピッ」

という信号音が試合終了のホイッスルのように聞こえる。それも、引き分けに終わった試合の笛だ。

ＩＤカードをビジネスバッグにしまうと、太郎は売り場に繋がるスイングドアに向かった。出退勤時は通用口から出入りするのが平時の決まりだが、今日からは事情がちがう。

スイングドアを押し開けると、店内の音と光が一度に押し寄せてきた。靴やバッグを見て回る買い物客たちの足取りはのんびりしていて、表情からも怯えた様子は見られない。従業員たちが放火への警戒を強めたことは悟られていないようだ。

と、正面入り口の方向からいやにきびきびした足取りで歩いてくる男が見えた。伊東だ。右に左にと首を動かし、怪しい人物がいないか睨みを利かせている。

エスカレーターの脇で新入社員を捕まえると、太郎は小声で問いただした。

「伊東、何やってんだよ」

「ええ。手が空きましたので、巡回を。建物の外周は異常ありませんでした」

芸を覚えたばかりの柴犬のような目で、こちらに報告する。

「うん、あのね、……まあ、ごくろうさん」

二十五や三十の自分であれば「客にどう見られているか考えろ」と小言の一つも口

にしただろうが、今は新入社員の空回りぶりも微笑ましいものに感じられてしまう。歳をとったのだろう。

「では、持ち場に戻ります」

「うん。おつかれさま。肩、力抜けよ」

伊東は「はい」と頷くと、たっぷり力の入った肩をそびやかして階段へと歩いて行った。小言はきっと、増岡あたりが言ってくれるだろう。

馬鹿真面目な新入社員を見送り、太郎は上りのエスカレーターに乗った。手すりに摑まりながら、それとなくあたりに視線を走らせる。

犯人はどういう人物なのだろうか。防犯カメラの台数も多い大型店舗ばかりをあえて狙うということは、自分の能力を誇示することが目的なのだろうか。ライターやマッチではなく時限発火装置を用いる手口にも、知識や能力をひけらかす意図があるように見える。

あるいは自己顕示が目的ではなく、各店に何らかの不満を持った人物による犯行という線も考えられる。太郎も入社以来、「十日前に買ったアボカドを切ってみたら中身が熟れすぎていた」とか「スナック菓子の袋が開けにくくて中身をこぼしてしまった」といった、店に落ち度があるとはいえぬ出来事をきっかけに怒りを爆発させる客を数多く見てきた。そういった他者には理解しづらい憤懣を溜め込んだ人物が、放火という極端な形で意思表示をしだしたのかもしれない。

　そこまで考えたところで、太郎は推測をやめた。警察関係者ならともかく、店舗側の人間にできることは捜査ではなく防犯だ。火を点けた人間を捕まえるのではなく、火を点けさせないことに力を注ぐべきだろう。従業員による巡回の特別スケジュールはどうにか組めたが、それだけではとても充分とはいえない。客への挨拶の励行はもとより、店内に無用の可燃物はないか、犯罪者に目をつけられそうな雑然とした一角はないか、テナントに協力してもらえることはないか、あらためて洗い出してみよう。

　とりあえずの結論が出たところで、ちょうど四階に到着した。エスカレーターを降り、「趣味と暮らしのフロア」を歩く。系列の生活雑貨店やホビー材料の専門店などが入居しているこの階は、店内では際立って客層が若い。学校帰りの学生が立ち寄るこの時間帯はとくにそうだ。

　エプロン姿の従業員に愛想笑いで目礼し、壁に沿ってL字形に延びるこだまブックスの店内を覗く。人の多い雑誌売り場や文庫売り場にアリスの姿はない。あたりを見回しながら文芸書の売り場を通り過ぎ、コミック売り場を歩き回っているうちに、店の端まで来てしまった。学習参考書や資格試験の問題集が並ぶ静かな一角で足を止め、もう別の場所に移ってしまったかと思案していると、書棚の反対側からあの幼い声が聞こえてきた。

「ほんとに、お金がいるの？」

アリスだ。やはりここにいたようだ。疑念を滲ませた問いに、青くさい男の声が答える。

「だから、さっきからそう言ってんじゃん」

中学生か高校生のようだ。

「なんか、よくわかんない」

見えなくとも、口を尖らせたアリスの顔が目に浮かぶ。

「わかんなくていいから、とにかく先に登録料払って」

今度は少女の声がした。少年とは別に、もう一人いるようだ。

「でも……」

アリスが口ごもる。

太郎は慎重に首を伸ばし、書棚の陰から様子を窺った。

売り場の隅にいたのは財布を手にしたアリスと、制服姿の男女。ワイシャツの胸に名札が付いているので、おそらく中学生だろう。とくに荒《すさ》んでいる様子もなければ、優等生タイプという印象でもない。見かけはいわゆる「普通の子」だ。アリスは二人と同年齢かそれ以上のはずだが、小柄なせいか三つか四つは幼く見える。

「はーやーく」

手のひらを突き出す少年を、アリスは上目遣いに尋ねた。

「ほんとにほんとに、友達になるのにお金が必要なの？」

「ああ。ほんとにほんとだって」

アリスの口調を真似て、少年はうっすらと笑ってみせた。相手の無知につけ込んで金を騙し取るつもりらしい。

「ほんとかなあ」

アリスもさすがに半信半疑のようだ。

「ほんとだって。で、今いくら持ってる？」

「千円」

「じゃあ、それぜんぶ出して。ほんとは登録料三千円なんだけど、特別に千円でいいから。お得でしょ」

「うん、まあ、お得だね」

やりとりを眺めていた少女が、にやつきながら顔をそむけた。

「こいつ、超バカ」

とたんに、うなじのあたりがカッと熱くなるのを感じた。自分でも意外なほどの激しい反応にたじろぎつつ、踏み出しかけた足をどうにか止める。腹立たしい中学生どもだが、アリスにとってはいい教材かもしれない。この人間界にいるのが善意の人ばかりではないことを、この馬鹿が付くほど素直な見習い魔法使いも知っておくべきだろう。ともかく、介入するのはもう少し様子を見てからだ。

「ほーら。はーやーく」

少年に急かされ、アリスが財布の口を開いた。中身をじっと見下ろし、逡巡をそのまま口からこぼす。

「でもこのお金、『必要なときだけ使いなさい』って言われたからなあ……」

少女が横合いから口を挟んだ。

「じゃあ、今が『必要なとき』なんじゃないの？　うちらと友達になりたいんでしょ？」

「うーん……」

考え込んでしまったアリスを、少年がせっつく。

「早く決めろよ」

手元の紙幣としばらくにらめっこをしていたアリスは視線を上げ、きっぱりと言い切った。

「やっぱりやめた。だって、変だもん。お金払って友達になるなんて、変だもん」

少年の目がすっと細くなる。

「変でもいいから渡せよ」

「やだ」

伸ばされた手が、財布を持ったアリスの手首を掴んだ。

「渡せっつってんだよ！」

財布を振り落とそうと、華奢な手首を乱暴に振り回す。

「やだ！」

叫んだ直後、アリスは歯を剝き出して相手の手に噛みついた。

「イッ……、痛い！　痛いって！　放せよ！」

相手の思いがけぬ反撃にたじろいだ少年が、アリスが力をゆるめた刹那に飛び退《の》いた。その目に、直前まではなかった怯えの色が浮いている。

「やあやあやあ！　やあやあやあ！」すかさず、太郎は子供たちの中に割って入った。とっさに発した声が、ひどく呑気に響く。「待たせたな、アリス。行こうか」

突然現れた「叔父」を見上げ、アリスの目に驚きと安堵の色が浮かんだ。

「ちょっと」少女が呼び止める。「その子の親？　なんかその子、人のこと噛んだんですけど」

「ああ、噛んだね」

太郎は素直に頷いてみせた。少年の手に歯型がくっきりとついている以上、とぼけられる余地はない。

「噛みつくとか、傷害罪なんじゃないの？」

顔だちに幼さをたっぷり残した少女が、なけなしの知識をぶつけてくる。法を躊《ちゅう》躇《ちょ》なく犯しておきながらいざとなるとその法を持ち出す浅ましさに、子供が相手ながら嫌悪感が湧いてくる。

「警察云々《うんぬん》って話になる前に忠告しておくけど、強盗未遂と詐欺未遂、ぜんぶあれに撮られてるぞ」

太郎は頭上を指さした。天井に設置された防犯カメラのレンズが、無言でこちらを見下ろしている。ようやくカメラの存在に気づいた少女が、それでも強気な態度は変えずにこちらを睨みつける。

「もういいよ、行こう」

少女の袖を引っぱり、少年が太郎の視線を避けるように歩きだした。噛みつかれたことで、すっかり戦意を削がれてしまったらしい。少女も一人では不利と悟ったのか、こちらに最後の一瞥を送ると少年のあとに続いた。

呼び止めて説教してやりたいところだが、太郎は黙って見送ることにした。中学生たちのためではない。人を疑うことを知らぬ見習い魔法使いの目に、いまにも溢れそうなほどの涙が溜まっていたからだ。

時と場所を選ばず発せられる大きな声には閉口させられることも多いが、それがぴたりと途絶えてしまうと、今度は逆に心配させられる。

会社や学校からそれぞれの家へと戻る乗客を詰め込んだ江ノ電の中、太郎はたびたびアリスの横顔を窺った。唇を引き結び、すでに日の落ちた町並みを睨んでいる。こだまブックスでの一件以来、地階で食料を買い込む間も藤沢駅まで歩く間もずっと塞ぎ込んだままだった。

「ああ、そうだ」背中を丸め、囁き声をいくぶん明るくする。「来週の日曜な、早番で確定した。だから行けるぞ、江の島の花火大会」

「うん」

わずかばかり微笑み、すぐに視線を落としてしまう。

混《こ》み合う車内で大きな声を出されることも半ば覚悟して伝えたのだが、塞いだ気持ちを一変させるほどの効果はなかったようだ。

中身の詰まったレジ袋を持ち替えながら、太郎はパートの柳田が発した言葉を思い出していた。

――きのうも「今度、新しい友達ができそうなんだ」って、ニッコニコしながら教えてくれたわよ。

期待が大きかった分、落胆もまた大きいのだろう。アリスの心情を推し量れば、こちらまでやるせない気分になってくる。ただ、十四にもなれば遠ざけるべき人間とそうでない人間の区別はおおよそつくはずだ。その程度の見極めもできず「登録料」などという見え透いた嘘に騙されかかる不用心さの背後には、性格や人柄といった資質だけでは説明できない事情があるのではないだろうか。

たとえ「魔法界」などという摩訶《まか》不思議な世界の住人であっても、成長の過程では心やさしい子ばかりではなく嘘をつく子や意地悪な子とも接してきたはずだ。しかしそういった経験を通じて備わるべき子供なりの処世術のようなものが、アリスにはまったく身についていない。

いったい、魔法界とはどういった所なのだろう。額に皺を寄せてイメージしてみるが、思い浮かぶのは箒に跨った人々が空を行き交うおとぎ話のような光景ばかりだ。自分の想像力の貧困さに呆れていると、柳小路駅への到着を告げる車内アナウンスとともに電車が減速を始めた。

「アリス、降りるぞ」

囁き掛けると、見習い魔法使いはこちらを見上げて頷いた。涙はすでに乾いているものの、まなざしに光は戻っていない。

電車のドアが開くのとポケットの中の携帯電話が短く振動するのは、ほぼ同時だった。アリスに続いてホームに降り立ち、画面を確認する。妻の久美子からのメッセージだ。

「あ」

短い声が出た。片目を赤く腫《は》らした拓弥の画像が添付されている。

「どうしたの？」

アリスが、張りのない声で尋ねてきた。

「いや、うちの奥さんから連絡」

降車客の流れを避け、ベンチの傍らで文面を読む。

〈眼科で診てもらいました。ものもらいだそうで、目薬を処方されました。腫れてるけど、最近は眼帯をさせないのが一般的なんだって〉

短い文章に添えられた拓弥の画像を、急いで拡大する。無事な右目を見開いておどけているが、赤く腫れて半分塞がった左目が痛々しい。

「ありゃー。かわいそうに」

気づけば太郎は左目をきつく閉じていた。息子の病気や怪我となると、軽いものであっても自分の体にまで痛みが伝わってくる気さえする。

「なになに？」

アリスが手元を覗き込んできた。画面を見せようにも、人がすれちがうのもやっとなほどの狭いホームで立ち止まっていては周囲に迷惑だ。

「ここ邪魔だな。いったん座ろう」

走りだした電車を見送り、二人は木製の長椅子に並んで腰掛けた。

手渡された携帯電話の画面を見つめ、アリスは小首をかしげた。

「この子、副店長の子なの？」

「ああ。拓弥っていうんだ。かわいいだろ？」

「うん。かわいいね。でも副店長には似てないね」

　アリスに憎まれ口を叩いているつもりはなく、率直な感想を述べているだけなのだろう。拓弥が母親似なのは事実なので、こちらとしても臍を曲げるに曲げられない。

「きい」

　ポシェットから、小動物の声が聞こえてきた。画面を見つめたまま、アリスが片手でポシェットの蓋を開ける。

「目、病気なの？　かわいそう」

「病気といっても普通のものもらいらしいから、一、二週間で治ると思うけど」

「痛いのかな？」

「まあ、多少は痛むだろうな。でも、大丈夫だろ？」

　楽観的な言葉に、つい力を込めてしまう。息子とじかに会って具合をたしかめられないのがもどかしい。

　ポシェットから這い出たまるるんが、おぼつかない肢の運びでアリスの肩までよじ登った。狭いバッグの中で振り回され、だいぶ消耗したようだ。

「ああ、いい風だ。今日一日の苦労が報われる。それにしても堪えるな、あの柳田とかいう従業員の愛玩責めには。鼻筋から尻尾までたっぷり撫で回されたおかげでまだムズムズする」

小動物の無防備な声に、太郎はあわてて周囲を見回した。わずかな降車客たちはすでに駅から去り、夜のホームには二人と一匹がいるだけだった。

「ねえまるるん、見て見て。副店長の子が目の病気なんだって」

相棒に促された小動物が、自分の胴体とほぼ同じ大きさの端末を一瞥する。

「へえ、ものもらいか」

「うん。腫れてて痛そうだね」

「どうなんだ？　何か気になる点とかないか？」

太郎は小動物に問いただした。我ながら滑稽《こっけい》に聞こえるほど真剣な声だ。

「なぜ私の見立てを尋ねる」

「だってお前、怪我を一瞬で治せる力を持ってるだろ？　だったら、症状の重さもわかるかと思って。で、どうなんだ？」

「どうもこうも、適切に処置されているじゃないか」

いつもと同じく、ぞんざいな答えが返ってきた。

「でも、あるだろ何か。『冷やしたほうがいい』とか『こういうものを食べさせると治りが早い』とか」

「ない。注意すべき点はあんたの妻が医者から聞いているはずだし、離れた場所にいる人間があれこれ嘴《くちばし》を挟んでも混乱させるだけだ。ほっとけ」

　そのとおりなのだろうが、口ぶりが気に入らない。

「お前、人を突き放すところあるよな。アリスがピンチのときも、ポシェットの中でだんまりを決め込んでいたし。あんな中学生、お前の力があれば簡単に追っ払えただろ」

「原則不介入だ」

「アリスが全財産を騙し取られるところだったんだぞ」

「ＩＣ乗車券があればアパートには帰れる」

「そういうもんじゃないだろ。肝心なところで役に立たない鵺だな」

「なんとでも言え。アリスが人というもののある一面を学べるのなら、千円くらい安いものだろう」

「あの千円はそもそも俺の金だ」

「……ごめんなさい」

　膝に目を落とし、か細い声でアリスが詫びる。

「いや、なんだ、千円も無事だったし、べつにアリスは悪くない。人を騙す奴が悪い。あと、見て見ぬふりをする奴も」

横目で睨んでやっても、まるるんは動じる様子もなく夜風に髭をそよがせている。

「そう言うあんたも、取っ組み合いが始まるまで棚の陰で様子を窺っていただろう」

「見てたのか？」

「じっと観察する気配を感じた。つまりあんたも、私と同じ考えだったわけだ」

「そうか？　だいぶちがうと思うけどな。俺は、ギリギリのところで止めに入った。お前は『原則不介入』を建前に、騒ぎの間ずっとポシェットの中で息を殺していた」

「内側からポシェットの蓋を開けるには魔法を使わなければならないし、あんたが介入するのはわかりきっていたからだ」

「それじゃなんだか、俺が余計なことしたみたいな口ぶりだな」

「いや、そんなことはまったくない。アリスを助けてくれてありがとう」

率直な感謝の言葉に虚を突かれ、口ごもってしまった。この皮肉屋のネズミもどきは、アリスのこととなると滑稽なほど真摯《しんし》になる瞬間がある。ただのお目付け役というにはアリスへの愛と慈しみはあまりに深く、ときとして切迫感を覚えさせることさえある。

その齧歯類に愛される少女が、弱々しい声を漏らした。

「あの子たち、お金が欲しかっただけなのかな」

「うん？」

揺れる目でこちらを見上げる。

「友達じゃなくて、千円が欲しかっただけなのかな。私と友達になる気なんて、最初からなかったのかな」

悪意のある人間の標的にされたことを、アリスはいまだに受け止めきれていないらしい。

「なんというか、たまにああいう人間もいる、ということだよ」

「『ああいう人間』って？」

アリスが不思議そうに小首をかしげる。

人を利用して裏切ることになんらの後ろめたさを覚えない人間が、世の中には少なからずいる。それは事実だ。ただ、この極端なまでに素直な少女に猜疑心《さいぎしん》を植えつけることに、太郎はためらいを覚えた。

「まあ、あんまり引きずるな。アリスよりも千円を選ぶ連中もいるけれど、そのー、なんだ、千円よりもアリスを選ぶ人だってたくさんいるんだから」

どんぐりまなこを夜空に向けて、アリスが思案する。もう沈んでしまったのか、晴れた空に月の姿はない。

「んー、よくわかんない」

「たとえば、そうだな、水嶋さんのおばあちゃんとか麗舞君と友達になったとき、お金をくれって言われたか？」

「ううん。言われなかった」

「だろ？　逆に、おばあちゃんの手伝いをしたり麗舞君と遊んだりするとき、アリスはお金をくれって言うか？」

「ううん、言わないよ」

「だよな？　じゃあ仮に、ほかの誰かに『千円あげるからおばあちゃんと口きくのやめなさい』ってお願いされたら、アリスは言うこと聞くか？」

「それはやだ」

「つまり、そういうことだよ。友達の間に金なんていらないし、金で仲良くなったり別れたりできる関係なんて、友達とは呼べないんだよ」

「そっか。なんとなくわかった」

　頷いたアリスが、短いホームを吹き抜けた風に身を震わせる。日中はまだ暑いくらいの日もあるが、夜はすでに秋のものになっているようだ。

「冷えてきたし、帰るか」

「うん」

揃えて伸ばした脚を振り子のように使い、アリスは軽やかに立ち上がった。不意を突かれて肩にしがみついたまるるんが、振り落とされるのをどうにか堪える。

少女のように身軽ではない太郎は、レジ袋を手にすると腰を屈めてのっそり立ち上がった。

低いホームから道路に下り、短い踏切を渡る。

金木犀《きんもくせい》の甘く柔らかな香りが、どこかの庭先から漂ってきた。

「いい匂いだね」

アリスが胸いっぱいに香りを吸い込む。

「ああ。いい匂いだ」

藤沢駅からわずか二駅とは思えぬほどひっそりとした住宅街に、テンポの異なる二つの足音が響く。

「副店長も？」

アリスが、唐突に質問を発した。

「ん？」

「副店長も、千円よりも私を選んだの？　私はお金払ってないけど、副店長はいっぱいお金使ってるよね。私の電車賃とか、毎日のご飯とか、この服とか」

「俺？」真顔で尋ねられるのは、少々照れくさい。「俺の場合は、ほら、そうせざるを得ないようにまるるんに仕組まれたから。養育費を請求できるものなら請求したいもんだ」

ハハハ、と笑ってみせたが、笑い声は返ってこない。傍らを窺うと、アリスはまるで首の腱《けん》が溶けてしまったかのように深くうなだれていた。照れ隠しのぼやきを真に受けてしまったらしい。

「いやいやいや！　冗談！　冗談だよ。金じゃない、うん、金じゃない。まあ、なんだ、日のあるうちに洗濯物取り込んでくれるのは助かるし、この前のハンバーグもうまかったし。何より、アリスたちが来てから部屋の中が明るくなったな、うん」

「ほんとに？」

「ああ」太郎はしっかりと頷いた。部屋が明るく感じられるようになったというのは、方便ではなく事実だ。「明るくなったよ、本当に。だから、次の満月までゆっくりしていきなさい。金はいらないから」

「うん！」この少女らしい、大きな声が返ってきた。「私、頑張って一人前の魔法使いになるね！」

あわててあたりを見回す。幸い、近くに人はいない。

「あれだ。元気なのは結構だけど、時と場所に応じて控えめな声で喋るのも、一人前の魔法使いの条件だと思うぞ」

「じゃあ、えーと、うん。……これくらい？」

「やればできるじゃないか」

「やった！」

ひときわ大きな声で、アリスは喜びを表した。

＊

「できないものはできないですよ」

パソコンのモニターに目を向けたまま、店長の飯島はにべもなく言った。

月曜からの五日連続勤務で溜まった疲労が、飯島のひと言でさらに重くなる。ひと呼吸置いてから、太郎はつとめて静かな声で意見した。

「お言葉ですが店長、万が一火を点けられてしまっては、来店客に被害が及ぶ可能性もゼロではありません。無駄は承知の上で、念には念を入れておくべきかと思います」

セルフレームの眼鏡の奥で、飯島の目がわずかに動いた。席の傍らに立つ太郎を観察し、すぐにモニターに戻る。画面には太郎が午後一番で送信した、不審火対策案の店内メールが表示されている。婦人服担当の増岡からの提案を叩き台にして、本人と協議の上自分の名義で上申したものだ。

「でもね、これ、悪質なクレーマーの顧客情報と防犯カメラ画像をリスト化して、その上みんなで共有するというのは、話が外部に漏れたりしたら大騒動になるんじゃないかなあ。店がお客様を容疑者扱いするわけでしょ？」

遅番の飯島が出勤してきたのが十一時。それから七時間も経ったというのに、まるでいま初めてメールを読んだかのような浅い理解しかできていない。こちらからせっつかなければ塩漬けにするつもりだったのか。

苛立ちを喉の奥に押し込み、おだやかな発声を意識しながらメールの内容を繰り返す。

「ええ、ですから、『みんな』ではありません。リストにアクセスできるのは社員と、パート・アルバイトの中でもチーフ以上に限定します」

「だけど、作ったところでそのリストに放火犯がいるとはかぎらないでしょ」

「もちろんおっしゃるとおりです。しかし──」

太郎が反論しかけたところに、「おつかれさまです」と伊東が入ってきた。事務所に立ち込めるざらついた空気を感じ取ったのか、小さくなって席に着く。

視線を戻し、あらためて意見を述べる。

「しかしこれまでの被害を見ても、犯人が大型店に何かしらの恨みなり敵意なりを抱いていることは充分考えられます。状況が状況ですし、火を点けられてからでは遅いんです。打てる手は打っておいて損はないと思います」

「いやいや、手を打った場合に生じるリスクのことも考えないと。だって、もしもアルバイトが面白半分でリストをネットに上げちゃったりしたら、下手をすると閉店レベルの騒ぎになるでしょ」

「きのう今日採用した学生ならともかく、長年この店で働いてきたチーフクラスのパートやアルバイトにそこまで愚かな人間はいないと信じています。もちろん、実施前には念入りにレクチャーはしますが」

「そうは言ってもねえ……」

飯島が言葉を切った。どうせ答えは決まっているはずだが、店舗運営の責任者としてもったいをつけているのだろう。

こんな問答を続けている時間が惜しい。各フロアから情報を吸い上げてリストを作成するのには、最短でも二日はかかる。その間に放火をされてしまったら、目の前のこの男はどう責任をとるというのか。

飯島が、背もたれに体をあずけた。年代物の椅子が「ギッ」と鳴る。

「店のためを思っての提案だということはわかるけどね、現に九段下の本部からそういう通達は来てないわけでしょ？　じゃあ、そこまでする必要はないのかなあっていう気がするよ。向こうが静観の構えでいるところに現場があれこれ突き上げたりしたら、九段下はどう受け取るか。まして、顧客の個人情報に関わりかねないことだし、ねえ」

でもね、だけど、いやいや、そうは言ってもねえ――。飯島の言葉はすべて否定から入る。前例のないことはするなと言わんばかりだ。

本部勤務歴の短いこの男は、それゆえに本部の反応を過剰に怖《おそ》れる傾向がある。旧知の仲と呼べる人物の少なさが、組織の中心部を顔のない怪物か何かのように錯覚させているのだろう。だから会社から指示があったこと以外にはいっさい手をつけようとせず、おざなりの店舗運営しかできない。そうして客をないがしろにし続けた結果が、おととしまでの売り上げの減少だ。

やはり、飯島に打診する前に本部の人間に根回しをしておくべきだったのかもしれない。

社員だけでなく一部のパートやアルバイトもリストを共有するというアイデアには、本部も難色を示す可能性がある。しかし、リストの作成そのものを頑《かたく》なに拒むとも思えない。本部が拒否するとすれば、リストに放火防止の実効性がないと判断した場合だろう。いずれにせよ、店舗に突き上げられて臍を曲げるなどということは、想像することさえむずかしい。理想の職場というにはほど遠い本部ではあるが、けっしてそこまで根腐れした組織でないことは、八年の勤務で体感している。目の前の飯島には伝手がないのかもしれないが、こちらはちがう。働きかければその趣旨の通達を店に下すよう取り計らってくれそうな顔を、自分は上司や同僚の中にいくつか思い浮かべることができる。

それでも、太郎は本部に連絡を取らなかった。連絡すれば、自分と店長との仲介役を第三者に頼む形になる。また、直属の上司と円満な関係を築くことができない人物と見られてしまうのもまずい。単身赴任に別れを告げて家族の元に帰るには、評価を下げかねないことは避けるべきだ。

なんだ――。

口元がゆるむのを、太郎は感じていた。

部下の提案を握り潰し、本部の顔色を窺って客をないがしろにしている点では、自分もまったく同じではないか。目の前のこの男と自分に、思っていたほどの差はないのだ。

飯島が眉をひそめる。

「どうしたの。そんな顔して」

「いえ」

とっさに表情を引き締めた太郎に、飯島は教え諭すようにゆっくりと告げた。

「個人情報はね、流出でもしたら全国ネットのニュースで扱われるほどの不祥事になるんですよ。たいした実害がなくても交通事故や傷害事件よりも派手に叩かれるし、それを見た客も離れるし、会社の株価にまで計り知れない影響が出る。ならば扱いは慎重すぎるくらい慎重でいい。共有どころか、リストを作成するだけでも危ない。だから、思うんだけどね、藤沢さんが言うような搦め手ではなく、正攻法で目前の防犯活動に取り組むべきなんじゃないかな、オール藤沢店で」

持論らしきものを滔々《とうとう》と述べているが、自分と同じく本部で半日ばかりの講習を受けたに過ぎない飯島に、個人情報保護についての特段の見識や信念があるようには思えない。つまりは「できない理由」を口から出まかせで並べ立てているだけで、部下の勇み足の累《るい》が自らに及ぶことを怖れているのだ。

「それにね」新しい口実を思いついたようで、飯島はさらに言葉を重ねた。「クレーマーの顔や氏名を知らせるということは、パートやアルバイトにリスクを背負わせることでもあるんですよ。逆恨みを買って待ち伏せでもされたらどうするんですか。藤沢さんだってそうだよ。姪御さんに怖い思いはさせたくないでしょう」

上司の前で悪感情を出すべきでないことはわかっているが、眉間に皺が寄るのを止められなかった。

「まるで脅迫のように聞こえますが」

「そんなわけないじゃない。『家族のことも考えましょうよ』という話だよ。うちだって小学生が二人いるんだし、従業員と家族の身の安全まで考えなければいけない立場でしょう、お互い」

この固陋《ころう》な店舗責任者が一度でも家族の心配をしてくれたことがあるとは思えないが、反論するのも馬鹿馬鹿しくなってきた。これ以上この場で押し問答を続けたところで、相手の考えを一変させることは不可能だろう。

薄い笑みで「参りました」のサインをこしらえ、太郎は領いた。出直しだ。

「わかりました。今回の提案は取り下げます」

「本当に？」

軽口とも挑発とも取れる口調で、飯島が語尾を上げた。

「は？」

聞き返す声が、必要以上に尖りを帯びた。

「だって、ねえ、独断専行型の藤沢さんにしては、いやに素直に引き下がるなと思って」

冗談めかした口調だが、こちらを見据える目には猜疑心が滲《にじ》んでいる。

「私はいつも素直ですよ」

冗談を返したつもりだが、飯島の目つきに変化はなかった。皮肉と受け取られたにちがいない。しかし、弁解や訂正をするつもりはなかった。「オール藤沢店で」などと取って付けたような美辞麗句を述べたその口で、部下に「独断専行型」のレッテルを貼る。飯島の考える「オール藤沢店」の中に、自分は入っていないのだろう。それならそれでいい。かえって動きやすいというものだ。

一礼して踵《きびす》を返す。伊東が、あわててパソコンのモニターに目を戻した。末席から聞き耳を立てていたようだ。ほかにも何人かの従業員たちが、顔を隠すようにしてそれぞれの作業に戻った。

気詰まりな沈黙を破ったのは、天井のスピーカーだった。トランペットの単純なイントロとギターの軽快なリズムが、地下食品売り場のレジ応援を要請する。「よくあることさ」という60年代の曲だということは、のべ十年も聴かされ続けているうちに自然と頭に入ってしまった。

周囲をのけぞらせるほどの勢いで立ち上がった伊東が、弾《はじ》き飛ばした椅子も引かずに事務所を飛び出す。遅れて席を離れた太郎も、真面目で素直だがどこか抜けた新入社員の椅子を元に戻してやってから、店長席の飯島を振り返ることなく廊下に出た。

小走りで廊下を通り抜けると、ちょうど階段を下りてきた増岡の姿が見えた。片手を手すりに置いたまま、階下の様子を窺っている。二階の事務所に向かうかそれとも地下の食品売り場に応援に行くか、逡巡している様子だ。

「おつかれ」

太郎の声に、退勤時刻を迎えた婦人服担当が会釈を返す。

「おつかれさまです。やっぱり私、ちょっとレジ応援行ってきますね」

「いや、いいよ。早くお子さん迎えに行ってあげな。レジなら、伊東がスーパーヒーローみたいに飛んでったから大丈夫」

インストゥルメンタル版の「よくあることさ」の陽気なメロディの中、増岡が苦笑した。

「すみません。助かります」

「それから、あれ」対策の提案者に伝えるのはばつが悪く、太郎の目は宙を泳いだ。

「今朝話した例のリスト、店長の回答が出たよ」

「あ、どうでした？」

「『よくあることさ』だよ」

「はい？」

「個人情報保護を盾に弾き返された」

「ああ、ダメでしたか、やっぱり」

増岡が、どこか達観したような微笑みを浮かべた。なにげなく発した「やっぱり」の言葉の奥に、太郎は相手の諦念を聞いた気がした。

まあ、機を見てもう一度つついてみるよ。

いつもの自分なら、そんな気休めを口にしているところだ。期限を切らず、確約をせず、必要以上のことは言わない。それでかまわないと思っていた。自分にとってこの藤沢店は、しょせん二年かぎりの腰掛けに過ぎないのだ。

　だが、増岡はちがう。藤沢店に配属されて四年。市内の分譲マンションで暮らし、横浜の企業で働く夫と家事と育児を分け合い、これから託児所まで娘を迎えに行くこの婦人服担当者は、上司の物言いの奥に何を聞いていただろう。

「なにが『オール藤沢店で』だよなあ」

　苦笑いの隙間から、そんな言葉がこぼれ落ちた。

「はい？」

　増岡が首を右にかしげる。

「俺は、搦め手で行く」

「はい？」

　今度は左にかしげる。

「ひとつ、奴が言うところの『店のためを思っての』行動ってやつをやってやろうじゃないか」

「すいません副店長、話がさっぱり見えないのですが」

　独白とも宣言ともつかないこちらの言葉に、増岡はますます困惑している。

「ああ、悪い悪い。いや、リストのことなんだけど、俺はやっぱり作るべきだと思う。何かしら手掛かりになるものがあったほうが、店内巡回にも張り合いが出るし」

首を伸ばして事務所の方向を窺ってから、増岡が小さく頭を下げた。

「ありがとうございます」

「とりあえず、本部から指示が下りる形にできないか伝手に相談してみるよ。週明けには共有できるようにしておきたい」

「副店長、いろんな伝手があるんですね」

これまでとはちがうぞとばかりにあえて期限を切ってみせたのだが、増岡はそこには気づかなかったようだ。

「まあ、上が理解のある人なら、伝手をわずらわせる必要もないんだけどねえ」

「そういえば、今夜食事会なんですよね、その、伝手というか、警察の人と」

「うん」

「アリスちゃんはお留守番ですか?」

「いや、今夜は水嶋さん――アパートの下の階のおばあちゃんと二人で食事会。カレーを作るんだって息巻いてた」

「へー」一児の母が目尻を下げた。「なんだか副店長、変わりましたね」

「えっ、俺? どこが」

部下の予想外のひと言に、声が副店長から本厄の一人の男に戻ってしまった。

「なんとなく、毎日楽しそうに見えます」

「はあ」

「じゃあ、リストの件、お手数ですがよろしくお願いします。伊東くんが待ってますよ」

増岡が「よくあることさ」を繰り返す天井のスピーカーを指さし、太郎はようやく当座の業務を思い出した。

「そうだった。じゃあ、おつかれ」

顎を引いて管理職らしい威儀を整えると、太郎は階段を駆け下りて地階のスイングドアを押し開けた。買い物客の邪魔にならないよう気を配りつつ、並びレジに向かう。伊東が加わったことで十二台のレジはすべて稼働しているが、客の列はまだ途切れていない。移動端末のボタンを操作して店内放送を通常の曲に戻してから、太郎は列の進みがもっとも遅いレジの補助に回った。「ヘルプ入ります」と囁き掛けると、軽く頷いた新人パートの背中からは目に見えてこわばりが抜けていった。

次々と手渡されるスキャン済みの商品を偏りなくカゴに収め、量に応じた枚数のレジ袋を用意し、会計をする。本部勤務の期間を除いても十年の経験があるので手は勝手に動くのだが、笑顔がぎこちなくなっているのが鏡を見るまでもなくわかる。管理職になってデスクワークの比率が増えたせいだろう。

事務所で聞かされた飯島のねちっこい声を頭の隅に押しやり、太郎は流れ作業に意識を振り向けた。野菜や鮮魚の見分けがまだおぼつかない新人パートを助けながら、ほかのレジの様子も目の端に捉えつつ作業に打ち込む。毎度のことながら、続けているうちにだんだんと楽しくなってきた。デスクワークとは性質のまったく異なる仕事なので新鮮に感じられるのだろう。窓のない事務所で愚鈍な上司と角を突き合わせているよりはずっと建設的だ。

やがて、レジ前に滞留していた客の波が徐々に退き始めた。補助を抜けるきっかけを計ろうと列に目を向けた太郎は、接客用の微笑の下に気まずい思いをどうにか押し止《とど》めた。

食品の詰まったカゴをカートからカウンターに移したのは、立花麗舞の母親だった。

相手がどこまで覚えているかは知らないが、こちらはあの夜の暴言の数々から始末書に書かれた「典子」という下の名前までしっかりと記憶している。

こちらの視線に気づいてたじろいだ典子の目が、すぐに刺々《とげとげ》しさを取り戻した。

「お待たせいたしました」

事情を知らぬパートが一礼し、太郎もあわてて「お待たせいたしました」と続いた。

混雑はほぼ解消したが、このタイミングでレジを離れるのはあまりに不自然だ。

「ママ、これもいい？」

声を弾ませつつ、麗舞が列の後ろから割って入ってきた。その手にはソフトキャンディのパッケージが握られている。

黙って頷いた母に異変を察したのか、麗舞があたりに目を走らせる。そしてこちらに気づいたとたん、少年はその目を伏せた。

「こんばんは」

できるかぎりおだやかな調子で声をかけてみたが、麗舞は手元に目を落としたままわずかに唇を動かしただけだった。怯えるのも無理はない。相手から見れば、こちらは窃盗の取調官のようなものだ。

わざとらしく咳払《せきばら》いをした典子に会釈して、太郎は仕事に戻った。カゴ二つ分の商品を、精算済み品のカゴに移す。牛乳、冷凍食品、カットサラダ、パスタと粉末ソース、半調理品のフライ用白身魚。調理に手間のかからない物が多いが、中には切り落とし牛肉の徳用パックや焼きそば用の蒸し麵もある。タイムセール品のキャベツや豚肉は、おそらく焼きそばの具に使うのだろう。

これだけ買えるカネ持ってんだから、息子にひもじい思いをさせるんじゃないよ。

嫌悪感を微笑の下に隠し、太郎は胸の中で悪態をついた。

差し出されたつり銭をぞんざいな手つきで受け取ると、典子は黙ってサッカー台へとカートを押していった。ひょっとしたらと期待したのだが、先日の非礼を詫びるつもりなどまったくないようだ。

勝手にしろよ、と胸中で悪態を重ねてから、太郎は接客に戻った。立花親子の次に並んでいたのは夕飯の弁当を買いにきた中年の男性客。その次が、「広告の品」の中でもとくに値引率の高い商品や特売品ばかりをカゴに収めた、従業員以上に商品知識のありそうな初老の主婦。どちらも、平日の夕方によく見られる客層だ。

二組の会計を済ませたところで、もう一度列に目を走らせる。混雑はほぼ解消していた。もう補助は必要ないだろう。

「それじゃ、抜けますすね」

「あ、はい」

顔は客の方に向けたまま、新人パートが目で頷いた。

並んでいる客たちにお辞儀をして、ブースを離れる。それぞれのレジの背後にうずたかく積み重ねられたカゴを片づけていると、背後から「すいません」と声をかけられた。

振り返ると、息子の拓弥と同じような背丈の少年がこちらを見上げていた。麗舞だ。

「………」

何か用件があるようだが、言葉が喉につかえた様子の少年はまた目を伏せてしまった。

「ん？　どうしたのかな？」

スラックスの腿《もも》に手を置き、視線の高さを相手に近づける。上目遣いでこちらを盗み見た麗舞が、口先をちょこちょこと動かした。

「……ごちそうさま」

「うん？」

「……ドーナツ」

相手の発した単語が夜の保安室で食べたドーナツに繋がるまで、わずかながら時間を要した。

「ああ、いえいえ。どういたしまして」

麗舞はその場に立ち尽くしている。用件は伝えたものの、どうしていいかわからないようだ。「気をつけて帰るんだよ」と言葉を掛けて肩を軽く叩いてやると、麗舞は戒めが解けたような安堵の表情を見せた。無言で頷き、エスカレーターの方向へと駆けてゆく。

小さな背中を目で追ってゆくと、典子と視線が重なった。そそくさと視線をそらした相手が、その後思い直したようにわずかに首を突き出し、会釈らしきものをした。

エスカレーターを上る二人の後ろ姿を見送ると、太郎は軽やかに踵を返した。

事務所へと戻る間、考えていたのは麗舞のお礼が自発的なものだったのか、あるいは母親に促されてのものだったのかということだった。どちらにせよ、それは多少なりとも明るい兆しのように思われた。

雑居ビルの窮屈なエレベーターに、太郎の乱れた息遣いが充満する。乗り合わせた客がいなかったのは幸いだった。

年齢のせいか、ほんの一、二分小走りしただけですっかり息が上がってしまった。しかし、スーツの下に汗はほとんどかいていない。日没後の大船駅周辺に夏の名残りはすでになく、夜風は冬の冷たさを忍ばせていた。

三階でエレベーターを降りると、指定された店の暖簾《のれん》はすぐ目の前にあった。ビルの外観から想像はついたが、だいぶ小ぢんまりとした店だ。若い男性店員に促されるまま下足箱に靴を入れ、鰻《うなぎ》の寝床のような店内を奥へと進む。「こちらです」と案内された厨房《ちゅうぼう》脇の半個室に、奥村はいた。家族で過ごす非番の日とはちがい、勤務を終えたばかりのせいか目つきが鋭い。

「先に始めてるぞ」

固太りの刑事が、中身が底をつきかけたビアタンブラーを持ち上げた。

「悪い。遅刻した」苦笑いで片手を挙げ、傍らの店員に「同じのもう一つ」と告げる。

「お兄さん、ついでにおかわり」

厨房に向かいかけた店員を、奥村の無骨な声が追いかけた。

掘りごたつ式のテーブルに着き、腕時計に目を落とす。八時十五分。

「十五分の遅刻か。悪かったな、そっちも忙しいのに。本部との電話連絡だの客からの問い合わせだの抜けられなかった」

「いや、俺も五分遅刻だから問題ないよ」

そう答え、奥村はタンブラーの中身を呷った。太い首の真ん中で、喉仏が大きく動く。

「てことは、十分でもう二杯目か」

「正確には、三杯目」

「俺、そのペースには付き合いきれないよ？」

「わかってるよ」

奥村はぶっきらぼうに答え、お通しのつぶ貝を口に放り込んだ。厚い唇の隙間に食べ物が消えていく様が、どこか魚のハタを思わせる。

「でも、飲んでて大丈夫なのか？　ほら、例の――」相手の職業を考え、言葉を濁す。「大型店連続ナントカのせいで御社もいまフル稼働だろ？　呼び出しとかあるんじゃないの？」

「その件は俺のとことは部署がちがうし、ここ何日かは動きもないから大丈夫。ただ、今後の取引先の動向しだいでは、うちの課も応援に駆り出されるかもしれないけど」

「まったく、迷惑な話だよな」

「ほんとだよ。でまあ、貴店にも影響のある事案だからできれば力になりたいところなんだけど、残念ながらそれに関しては手ぶらで来た」

「そうか。いや、現時点でうちの店は無関係だから、話せば情報漏洩になっちゃうもんな」

「得意になって披露できるほどのネタも持ってないんだけどね」

「部署がちがうとそんなもんだよな。気持ちだけ受け取っておくよ」

期待していなかったといえば嘘になるが、太郎はさして気落ちもしなかった。リークされた捜査情報をもとに新たな対策を提案したところで、店長の飯島に難癖をつけられるのが落ちだろう。

運ばれてきたタンブラーを合わせ、互いの一日の働きをねぎらう。まだ呼吸の整っていない体に、冷たいビールが沁みる。

「で、さっそく今日の本題なんだけど」奥村が声をひそめた。「お前から相談受けた男の子の件、児相から内々で連絡もらった」

「あ、動きがあったんだ」

箸でつまんだ蕪《かぶ》の浅漬けを、太郎は小皿に戻した。

「いや、食いながらでいいよ。ただ、口外無用で。メモも取らないでほしい」

「ああ、了解。わざわざとなり町の店を指定したのはこのためか。地元じゃ誰が聞いてるかわからないしな」

「うん。これに関しては藤沢も当事者だし、事件性もないから耳に入れておく。ただ、くれぐれもここだけの話にしてほしいんだ。捜査で知り得たことじゃないから守秘義務違反にはギリギリ当たらないと俺は勝手に解釈してるんだけど、内容がモロに個人情報なんで」

「まーた個人情報ときたか」

「ん？」

「いや、こっちの話。続けて」

ビールで喉を湿らせてから、奥村は打ち明けた。

「その親子、アパートで二人暮らししてるらしいんだけどさ、とにかく留守がちで、児童福祉司も捕まえるのに苦労したらしい」

「夜遊びか」

「いや、パート」

「夜遊びじゃなくて？」

つい、聞き返してしまった。

「だから、パートだって。繰り返しになるけど、藤沢が想像したような事件性はない」

「そうなの？」

「といっても、夜の八時まで子供をほったらかしにしてるんだから、国によってはれっきとした犯罪だけどな」

「確認するけど、虐待はないんだな？」

尋ねると、奥村はひどく神妙な面持ちで頷いた。

「少なくとも、自宅から母親の怒鳴り声とか子供の泣き叫ぶ声が毎晩聞こえてくるとか、子供の体に痣《あざ》があるとか、食事も与えられていないとか、そういった報告はない」

「そうか。いや、万引きの始末書に架空の住所を書いてたくらいだから、相当タチの悪い奴なんじゃないかと思ったんだけど、俺の早とちりだったか」

「そんなこともないよ。お前のおせっかいのおかげで、大きなトラブルの芽を摘めたのかもしれない」

「どういうこと？」

「もっと早く誰かが気づくべきではあるんだけど、その母親、疲労とストレスでとっくに限界だったみたいだからな。虐待が始まる条件は整っていた」

あらためて思い返してみると、保安室で典子が見せた激しい剣幕は磨り減った精神の表れだったようにも思える。

「たしかに、あの様子は尋常じゃなかった。で、パートってどんなとこ？」

「勤務先と業務内容までは聞かなかったけど、九時から六時のほぼ毎日、工場で働いているらしい。事務じゃなくて、作業のほう。そこがまた人手不足で残業の多い職場らしくて、遅くなる日は子供に小遣い渡して遊ばせていたんだと」

「だったら麗――、子供は学童保育にでも預ければいいじゃん」

「まあ、そういう発想になるよな」

こちらに目を向けたまま、奥村はビールを呷った。

「なんか、含みを持たせた言い方だな」

「いやその母親がさ、とにかく人との関わりを持ちたがらない人間らしいんだわ。息子の通ってる小学校だって、入学前の説明会で学童保育のことは話しているはずなんだけど、申し込んだ形跡もない。児童福祉司が質したら、『用紙は渡されたけど仕事に追われているうちに締切日を過ぎていて、どうしたらいいかわからなかった』というような説明をしたらしい。まあ、学童保育は最大延長が七時までだから、残業がある日まではカバーできないんだけどな」

「だったら、私営の託児所を探すとかさ」

「カネ」

一部上場企業の正社員が発した疑問は、刑事の二音に打ち消された。言葉を返せずにいると、奥村が続けた。

「離婚か未婚か知らないけど、その母親に夫はいない。息子の面倒を見てもらえるような身寄りもこっちにはいないらしい。だからどこかの施設に預けるしかないんだけど、月に四、五万かかるような私営の託児所は問題外だし、市が指定する学童保育だって、タダじゃないからな」

口に含んだビールが、急に苦くなった。

「でも、所得が低い家庭には市の助成とかもいろいろあるんだろ？　タダとはいかなくても、半額ぐらいでサービス受けられるんじゃないの？」

「そうなんだよ。まさしくそのとおり。児童福祉司も当然同じことを考えたらしくて、そういう説明をしたそうなんだよ。で、返ってきた答えが『知らなかった』」

「なんだそりゃ」

「母親にとぼけてる様子はなくて、本当に初耳だったらしい」

蛸《たこ》の唐揚げが運ばれてきた。奥村は店員に焼酎の水割りを注文し、相手がテーブルから離れるのを待って続けた。

「生きるのにせいいっぱいなのに、生きていくために必要な行動が伴わないんだよ。問題を一人で抱えて、疲れ果てて、追い詰められていく一方」

「そんなの、息子に対して無責任だろ。行動起こせよ」

親切心から秘密を打ち明けてくれた友人に向かって、つい語気を強めてしまった。

早くも残り少なくなった三杯目のビールを喉に流し込み、奥村は鼻から大きく息を吐いた。それから、声を一段とひそめる。

「生活安全課なんて所にいるとね、頻繁に目にするんだよ、そういう人たち。理由はいろいろなんだろうけど、自分から社会に働きかけることに極端に消極的で、社会からの働きかけも避けたがる。敵意すら抱いている場合もある」

「なんでそんな」

「だから、理由はいろいろだろ。もともとの性格だったり、幼時体験に原因があったり、学生時代に受けたいじめのせいで極端に消極的になったり、あとは、最初の就職で挫折《ざせつ》して気力をなくしちゃったとか。親とか配偶者といった経済的な支えを亡くして途方に暮れたまま、なんてケースもいくつか知ってるよ。その母親の場合も、大方そのどれかだろ。俺は実際に会って話したことないから、ただの推論だけどさ」

その推論を、太郎は否定しなかった。接触したのは今日と万引きがあった日の二度だけだが、事務所で見せた攻撃性と今日のぎこちない会釈を見るかぎり、典子の社会性が成熟していないことは明らかだった。

奥村が、蛸の唐揚げを咀嚼《そしゃく》しながら話を続けた。

「さっきお前、『行動起こせよ』って言ったけどさ、それができない人ってたしかにいるんだよ。市役所の福祉部に相談に行くとか、ハローワークでもっと条件のいい仕事を紹介してもらうとか、そういう当たり前のことをするのがむずかしい人が。お前みたいに大手総合スーパーの副店長が務まる人間なら、日々の生活における問題点の抽出と解決なんて造作もないいんだろうけどさ」

「ん？　いや、まあ、どうだろうな」

魔法使いとその相棒の存在は「日々の生活における問題点」に当たるのだろうかと迷った分、返事は曖昧になった。奥村は引っかかりを覚えなかったようで、かまわず続けた。

「たとえば工場よりも接客業のほうが、勤務時間の融通は利くよな。ファミレスとかコンビニとか、それこそスーパーとかなら朝から営業してるし、立地によっては子供を学校に送り出した直後から働けるし。でも、接客業って社交性が必要だろ？　パートとかバイトでも」

「そうだな。挨拶もろくにできないような希望者は、ほかの条件がぜんぶマッチしていたとしてもお引き取りいただくよ。どんなに人手不足でも、そこは譲れない」

「ああ、お前は会ったんだもんな、その母親に。でさ、べつに押しつける意思も義理も権限もないんだけど、もしもパートに応募してきたらどうする？」

「無理」

「だろうなあ」

「俺もパートとかアルバイトの志望者は何十人も面接してきたけど、適性がないと判断した人間は問答無用で落としてきた。人は見かけによらないものだけど、見かけは人によるんだよ」

「おもしろいこと言うじゃん」

「実際そんなもんだよ。明るくて元気な人なら知識も経験も不問で採用するけどさ、あの母親、あれは無理。接客業で採用する枠があるとしたら、来店者数の少ない深夜帯がせいぜいだよ」

「だろうなあ」奥村は同じ相槌を繰り返し、三杯目のビールを飲み干した。「小学生を家に残して夜勤てわけにもいかないよな。申請すれば経済的な助成のほうはある程度受けられるとして、やっぱり問題は勤務時間帯だな。せめて六時に上がれる職場なら、子供と過ごせる時間も増やせるんだけど」

「その条件なら、学童保育にも預けられるしな」

「ただそれも、施設に空きがあればの話だけどね」

「むずかしいの？」

「例の親子の学区の状況までは知らないけど、定員オーバーの所も少なくないらしい。

それでも母子家庭なら優先的に入れるはずだけど、年度の途中からだと、どうかなあ」

　言葉を切り、音を立てて蕪の浅漬けを齧る。

　手元のビールの泡が消えていく様を見つめながら、太郎は尋ねた。

「ていうことはこれからも、うちの店が託児所代わりにされるの？」

「立場上『そうなるでしょうね』とは言えないけど、まあ、そうなるでしょうね」

「まいったな」

「藤沢、最近『まいったな』って口癖になってる？」

「あ、そう？」

「うん。ものすごくおじさんっぽい」

「まいったな」

　焼酎と牛肉のたたきが運ばれてきた。店員に二杯目のビールを注文し、たたきに箸を伸ばす。

「うまいなこれ」

「うん。うまいな」

　料理で座の空気がいくらか和らぎ、奥村が初めて笑みを見せた。

「児童福祉司が、電話でめずらしく声を弾ませてたわ。『どん詰まりから抜け出すきっかけがなかった人に、きっかけを提供できたのかもしれない』って。支援のことを説明している間に表情がどんどん晴れていったらしい。お前の手柄だよ、藤沢」

面と向かって褒められ、太郎はビールを呷って照れをごまかした。

「いや、俺はあのとき腹立ちまぎれに奥村に電話しただけ。先生に告げ口する子供の心境だった」

奥村の肉厚の唇が横に広がる。

「まあ、きっかけは告げ口であれなんであれ、明るい兆しが見えてきたようで何よりだよ」

兆しという言葉に、太郎は勤務中に見た光景を思い出した。

「そうか。それでか」

「ん？」

「じつは今日、売り場で出くわしたんだよ、立《たち》ば——その親子と。残業がなかったのか早上がりだったのか、六時台に」

「へえ。で？」

「言葉は何もなかったけど、ほんの一瞬会釈された。あれは、あの母親なりの礼の尽くし方だったのかもしれない」

「なるほどな」

頷くと、奥村は焼酎のグラスを大きく傾けた。中身の減り方がビールのときとほとんど変わらない。

「おいおい、ペース速すぎない？」

「大丈夫だよ。カイシャの飲み会なんかいつもこんな感じだし」

水割りを持ち上げてみせる手つきはぞんざいで、酔いが回り始めていることを言葉よりも正直に物語っていた。

「無茶すんなよ？　俺たちもう大学生じゃないんだから」

「へいへい」頭《こうべ》を垂れつつ、なおもグラスを口に運ぶ。「とにかく、その親子が煮詰まった状態から脱出できるんなら何よりだよ。副店長さんの大活躍に乾杯だ」

奥村が、こちらにぐいとグラスを突き出してきた。

「やめてくれよ」

「ほら、乾杯」

酔っていてもまなざしの強さは刑事そのもので、太郎は渋々グラスをタンブラーで受けた。がちん、と大きな音が半個室に響く。

「奥村さあ、仕事でなんかあったの？」

「なんもねーよ」

「怖いよその口調」

「ほんとになんもねーよ。通常営業」

「ほんとかあ？」

「ほんとだよ。たとえば、服用しちゃいけないお薬が持ち込まれてるって噂の学校の周辺で、ほかのチームと合同で、あー、取材活動したり、書類上のどうでもいい細けえ数字で経理とやり合ったり、あとは、まだ危なっかしい若手が女子高生をヒアリングするのに立ち会ったり。まさにザ・通常営業」

太郎のビールを運んできた店員を呼び止めると、奥村は別の銘柄の焼酎を注文した。

「奥村、ほんとに潰れても知らないぞ」

「お前さ、信じられる？　世の中には日常的に男に体を売っている女子中高生が実在するんだぞ。一人や二人という数じゃなく」

こちらの忠告は耳に入らなかったようだ。

「ヒアリングっていうのは――」ひそめた声をいっそうひそめる。「いわゆる取り調べ？」

「そうとも言う。気が滅入ってしょうがないよ」

小学三年生の娘を持つ身として、他人事と割り切ることもできないのだろう。

「テレビとかでたまにその手の特集やってるけど、今どきはそんなに当たり前のことになっちゃってるのか」

「いや、あくまでも例外だよ、例外。俺たちがガキだった頃と同じで、縁のない子には一生縁のない話。実際にはそれがほとんど。でも、たしかに例外かもしれないけど、その例外は確実にいる」

太郎の鼻から、世の良識をそのまま音にしたような深い嘆息が漏れ出た。

「そんなさあ、売春してまで欲しい物ってなんなんだろうね。子供が買える物なんて、どうせ服とかバッグあたりがせいぜいだろ」

「生活費」

奥村が、吐き捨てるように言った。

「はい？」

「多いのは、家出した女の子がネットで知り合った男から寝床と小遣いの提供を受けるパターン。体と引き換えにな」

「ああ、そんなのばっかり見聞きしてると気が滅入るだろうな」

「正直、この仕事辞めちゃおうかって思うときもあるよ。うんざりさせられる。でも、ぜったいに辞めねえ」

歯の隙間から押し出すようにして、生活安全課の刑事が決意を表した。

「奥村、学生の頃からの憧れだったもんな」

「それだけじゃねえよ。許せねえんだよ、クズ野郎どもをよ」

「クズ野郎ども？」

「十五や十六の少女を食い物にしている奴らのことだよ。大半は性欲持て余した若造だけど、中には俺らと同じ四十代や五十代もいるんだわ。聞くだにどうしようもねえクズ野郎だろ？　十四の子供に部屋と飯を与えて、何か人助けでもした気になってる奴までいる。外道だよ、腐れ外道」

アパートの一室でカレーライスを頬張る十四歳の満面の笑みが、太郎の脳裏をよぎった。

「まあ、その、なんだ。売春は論外として、よくよく話を聞いてみればそりゃ致し方ないよねえと思えるケースだって、あるんじゃないかしらね」

言葉遣いが、気味が悪いほど柔らかくなってしまった。

「たとえば？」

ギロリと睨みつけられる。まるで取り調べだ。

「たとえば、ほら、体目的なんてことはまったくなくて、行き場のない子に本当に同情して泊めているようなケースだって、丁寧《ていねい》に探していけばあるんじゃないかなあ……なんて」

焼酎を啜り、刑事がつまらなそうに答える。

「監護権者の同意なしで未成年を宿泊させれば、口裏を合わせようが何をしようが自動的に略取・誘拐罪だ。なんだお前、身の回りでそういうケースを知ってるのか？」

酔いの回り始めた頭で、急場しのぎの答えを探す。

「いや、あー、ないない。聞いたこともない」

声色から動揺を聞き取ったのか、奥村は酒で充血した二つの眼《まなこ》をじっとこちらに向けた。

「いくら単身赴任が寂しいからって、馬鹿なことを考えるんじゃねえぞ」

「待ってくれよ。証拠もなしに妙な疑い掛けないでよ。俺だって家族も職も失いたくないし」

「ならいいんだけどさ」

十四歳の「姪」と同居していることを話すべきかとも思ったが、太郎は思い止まった。観察眼の鋭いこの男に話せば、かえって藪蛇《やぶへび》になってしまうかもしれない。話を聞いてひとつわかったのは、自室にアリスを住まわせていることがまぎれもない違法行為だということだ。露見すれば失職どころか目の前にいる親友に手錠を掛けられる事態にもなりかねない。もっとも、あの見習い魔法使いに戸籍や親権者というものが存在するかどうかはわからないが。

「……まいったな、どうにも」

やはり、口癖になっているようだ。奥村がかすかに笑みを浮かべる。

「なんだよ、冗談だよ。藤沢にそういう嗜好《しこう》がないことはわかってるつもりだよ」

「まったく冗談に聞こえなかった」

「クズ野郎どもを許せないって部分は、冗談抜きの本気だからな。この世に法律なんてものさえなければ、一人残らず蜂《はち》の巣にしてやる」

たちまち渇いた口中を、太郎はビールで潤した。

「まあ、気持ちはわかるけど、職業上そういう物言いはちょっとまずいんじゃない？　いくらプライベートでも」

「ええ、ええ。そうですね。おっしゃるとおりです」

背中を丸めて点頭してみせる。だいぶ酔っているようだ。

「うん、まあ、お前が仕事熱心ないい刑事だということは、話しぶりから伝わってきた」

「そりゃどうも」

「お前に追っかけられる強盗や殺人犯はたまったもんじゃないな」

太郎の軽口に、奥村は薄い笑みを浮かべて首を横に振った。

「それは基本的に俺の専門外。そういうのは刑事課の仕事だ」

「ああそうか、奥村は生活安全課か。そっちの組織のことはよく知らないんだけど、希望すれば刑事課への異動とかできんの？」

「どうして？」

「だってお前、大学の頃そっち志望だったじゃん。刑事ドラマ好きが高じて『日本の警察にも殺人課があればいいのに』なんて言ってた単純バカが地元の県警に採用されたのを見て、こっちは日本の治安の先行きに不安を覚えたものだけど」

なつかしそうに目を細め、焼酎を口に含む。

「そうだったなあ。殺人事件の現場に駆けつけてさっと白手袋を嵌める自分の姿なんて、たびたび妄想してたなあ」

「四十過ぎた今でも、やっぱり憧れがあったりするの？」

「いや、仮に刑事部長直々《じきじき》にご指名があったとしても、俺は今の部署から移るつもりはないよ」

酩酊《めいてい》しながらも、奥村はきっぱりと言い切った。

「そんなに居心地いいんだ、生活安全課」

「なわけねえじゃん。さっきも言ったけど、転職したくなるようなことばっかりだよ」

「お前疲れてんの？　聞いてるかぎり、職場への愛憎が分かちがたいほど入り乱れてるんだけど。もし限界ならうちのグループの警備会社に話通そうか？　給料はだいぶ下がると思うけど」

手にしていたグラスを、奥村は乱雑な手つきでテーブルに置いた。鋭い音に背筋が伸びる。

「いや、気に障ったんなら――」

「職務を放り出して辞めるなんて、あの子が許してくれないよ」

「え？」

聞き返すと、奥村がはっとした様子で顔を上げた。自分の口から漏れた言葉に驚いたのか、二、三度まばたきする。

奥村が発した「あの子」が軽々に混ぜ返したり茶々を入れたりすべきでない存在だということは、口の中の苦いものを持て余すような相手の表情から察することができた。

太郎が黙っていると、刑事はがっちりとした体つきには似合わぬ小さな声を発した。

「生活安全課ってなんだか業務内容が伝わりにくい部署だけど、元は『防犯課』って名前だったのよ。仕事の中身は名称が変わってからも基本的に同じで、文字どおり犯罪の防止。刑事課はたしかに派手だし花形の部署ではあるけれど、あそこは基本的に犯罪が起きてから動く所だ。どんなに鮮やかに事件を解決してみせたところで、被害者は被害を受ける前の平穏な毎日には戻れない。それは、あまりにも残酷じゃないか。だから俺は、事件を解決するよりも、事件になる前に解決でき得る仕事がしたいんだよ。ていうより、しなくちゃならない。事件にしちゃならない」

奥村はそこで言葉を切り、牛肉のたたきを口に運んだ。「うまい」と評したそれを、眉間に皺を寄せながら噛む。

しばらく、沈黙が続いた。ビールを飲み、タンブラーを置き、迷ってからまた手に取る。奥村の焼酎が運ばれてきた。店員に「同じ物を」と注文し、軽くなったタンブラーを口元に運ぶ。差し向かいの相手に、グラスを手に取る様子はない。氷の中に

「あの子」を見つけたかのように、俯いてただじっとしている。

「奥村、何があった？」

こちらの目を見た刑事は視線を天井に向け、大きく息を吸い、そして吐いた。ぽつりと、低い声を漏らす。

「俺、子供一人死なせてるんだよ」

すぐには言葉を返せなかった。

「それは、事件で？」

わずかに頷く。

「十二年前の、ちょうど今ごろ。餓死だった」

「待った。十二年前って、うちが結婚前だから奥村たしかまだ交番勤務だろ。場所、どこだったっけ？」

「横浜。夜中に通報があった。『近所の家から女の子の泣き声と、折檻するような声が聞こえる』って。しかもそれが毎晩のように続いているという話だった。急行したよ。狭くて古い家。借家だということはあとで知った。玄関先に出たのは父親。『寝るのをぐずったので叱ったけど、さっき寝ついたところだ』と、そういう話だった。遅れて奥から母親がパジャマ姿のまま出てきて、同じ内容の説明をした。二人とも折檻をした直後のような興奮状態ではなくて、頭髪や着衣にも乱れはなかった。それでも怪しいと思ったよ。息は乱れてなくても、目つきが普通じゃなかった。嗜虐《しぎゃく》的で、それでいてどこか怯えたような目をしていた。きっと良心の呵責《かしゃく》は覚えていたんだろう。だけど、それ以上は踏み込めなかった。踏み込む勇気が持てなかった。ほんの数歩先にあの子がいたのに。叩かれて泣き声を上げる体力もまだあったのに。まだ呼吸をしていたのに」

　初めて聞く話だった。顔を合わせるたびに陽気に笑い豪快に食べる親友が心に深い悔恨を忍ばせていたことに、自分はまったく気づいていなかった。

「でも、警察官が職権濫用《らんよう》するわけにはいかないし、奥村に責任はないと思うけど」

　どうにか発した言葉はひどく薄っぺらで、自分でも気休めにしか聞こえなかった。励みになった様子もなければ気を悪くした様子もなく、奥村が訥々《とつとつ》と続ける。

「上もそういう判断だったんだろうな、その後とくに叱責されるようなことはなかった。でも、俺があの子にしてやれることはもっとあったはずだ。パトロールの頻度だってもっと増やせたはずだし、近所の住人にもっとコンタクトを取れば、何か救出に繋がる情報を聞き出せたかもしれない。だけど結局、何もしてやれなかった。言い訳にしかならないけど、ちょうどその頃、管内で嘘の一一〇番通報が続いてたんだ。

『不審者がうろついてる』だの『道で人が倒れてる』だの、『叫び声を聞いた』だの。それが頭にあって、あの虐待の通報もその一つなんじゃないかと思い込むようになっていた。馬鹿正直に真に受ければよかったのに、類推と予断を履き違えていた。それから、こ……」言葉が途切れる。見ると、厚い唇がわなないていた。「九日後だよ、たったの。今度は病院からの通報だった。両親が娘を抱えて駆け込んで来たそうで、そのときにはもう亡くなっていた。体は細りきっていて、背中や腕や脚には複数の痣があったらしい。二歳の娘に暴力を振るえる鬼畜が、この世にはいるんだよ。たったの二歳だぞ、二歳」

続けるのが苦しいらしく、奥村は震える唇で呼吸を繰り返した。

太郎の脳裏に浮かんだのは、拓弥の顔だった。大きな声で執拗《しつよう》に駄々をこねたときなど、手を上げてしまいたくなる瞬間がこれまでなかったわけではない。しかし、痣が残るほど息子を殴打するなど、想像しただけで体が冷えてくる。

「俺には無理だ、そんなの。他人の子供だって無理だ」

「暴力だけじゃない。食事もろくに与えなかったんだよ。解剖したところ、胃に内容物はなし。両親の供述だと、食べさせたのは日にカップラーメン一つがせいぜいで、死の数日前からはそれすらやらなかったらしい」

「地獄だな」

「だろ？　地獄だよ。その獄卒ども、親としての自覚も責任感もまったくない奴らで、取り調べで発した言葉が『前にも丸一日食べさせなかったことがあったから、今度も大丈夫だと思っていた』だの、『こんなに簡単に死ぬとは思わなかった』だの。信じられるか？　信じられねえだろ。でも、そうやって殺されていった子が何十何百人といるんだよ。だから、職務を放り出して辞めるなんて俺にはできないんだよ。そんなのはあの子が許してくれない」

この刑事が麗舞のケースで積極的に動いた理由が、太郎にもようやく理解できた。つらい記憶は十年そこそこでは薄れようもなく、少女の命が尽きたというこの季節の風や色や音に触れるたびに、悔恨の思いもまた呼び覚まされるのだろう。自らを痛めつけるような飲み方にも合点がいく。

「繰り返しになるけど、奥村に責任はないと思う。なんていうか、俺の仕事に喩《たと》えるならば、メーカーの製品不良を小売店が謝罪するようなもんだよ」

奥村が、怪訝《けげん》そうに眉をひそめる。

「お前、慰めるの下手だな」

「まあ、今の喩えは的確じゃなかったと思う」

焼酎が運ばれてきた。凄惨《せいさん》な話を聞いた直後のためか、冷たいはずの水割りがほんの一瞬熱く感じられた。

奥村も、ようやく自分のグラスに口をつける。

「アリスちゃんも、生きてれば今年で十四か。俺の娘やお前んちの子よりも年上なんだな」

「ああ」頷いたあとで、引っかかりを覚えた。「……アリスちゃん？」

「そうか、名前までは聞いたことないか。なんだか外国人みたいな名前だけど、れっきとした日本人だよ。画数多いんだけど、ちょっとペンある？　いや、自分で持ってるわ」

奥村は鞄を探ると、箸袋にボールペンを走らせた。

乱れた筆跡の〈川上亜璃澄《かわかみありす》〉の文字に、目が釘づけになる。

「この五文字は俺、死ぬまで忘れないと思う。『亜璃澄ちゃん事件』、こっちじゃ当時はかなり騒がれたんだけどな」

奥村の声に、アパートの寝室で耳にした言葉が重なる。

――カップラーメン、嫌い。

あの洋菓子のような彩りの衣装のまま、ベッドに横たわっているアリスの姿が目に浮かぶ。口をへの字に結んだ少女に問いかけるのは、別の日にまるるんと交わした自分の言葉だ。

——十二年制の最終学年てことは、彼女は二歳か三歳でその、魔法学校に入学したってことか？

制服姿の柳田が、短い腕を組んで思案する。

——めずらしい割にはなーんか聞き覚えのある名前でしょ、アリスって。誰に聞いたんだっけ。

まるるんが、酒の入った醤油皿を前に呟く。

——新一年生なんか、もう一人も入って来なければいい。

＊

北の市街地から南の海岸まで続く街道を横切り、潮の香りのする川に架かった橋を渡る。東へ延びるバス通りはやがて、ユリノキの連なる長い上り坂となった。昼食をとったファミリーレストランからここまで、ざっと十分は歩いただろうか。秋の陽光に照らされた体に汗が滲む。

「おーい」

ニットの背中に掛けた声は、ためらいを映したように遠慮がちな響きを帯びた。

「なーにー？」

頭に乗せたまるるんごと、アリスがくるりと振り返る。太郎はとっさに、相手の膝あたりに視線を落とした。きのうまでとなんら変わらないはずのどんぐりまなこと、なかなか目を合わせられない。おかげで、昼食のときも気づまりな沈黙を何度も作ってしまった。もっともアリスはデミグラスソースのたっぷりかかったオムライスに夢中で、こちらの逡巡には気づかなかったようだが。

「なあ、あとどのくらい歩くんだ？」

「もうちょっとー」

呑気な声で答えると、アリスは前を向き直った。その頭の上で、まるるんが無言でこちらを窺う。態度の変化を察知しているようだ。

交差点を北に折れてなおも進むと、アリスの言葉どおりほどなく公園の入り口に着いた。「飛ぶ練習」をするためにアパートから毎日のように通っている場所らしいのだが、想像以上に広い。また、人も多い。土曜日の昼下がりとあってか、ブランコや滑り台などの遊具が点在する広場には子供たちのグループや親子連れの姿がいくつもあった。

思い思いに過ごす人々を眺めながら、傍らに立つ見習い魔法使いに尋ねる。

「ほんとに、ここで練習してるのか？」

「うん」

「目立っちゃうだろ」

「大丈夫だよ。山の中でやってるから」

「山の中？」

「こっち」

ひと息つきたいこちらの都合などお構いなしに、アリスは歩みを再開した。足取りは軽やかで、箒に跨らずとも空を飛べそうにさえ見える。太郎はコンビニエンスストアのレジ袋を持ち直し、ため息を漏らしながら再び歩きだした。

公園の北側には、様々な樹木を繁らせた小山が控えていた。公園との高低差は十メートルそこそこか。前を歩く少女の足取りに迷いは見られず、芝生の斜面を軽快に上って山に近づいてゆく。太郎の勤務先と同様、アリスはこんな所でも自分の知らぬうちに世界を広げていたらしい。

公園の入り口あたりからはよく見えなかったが、木立の中には遊歩道が整備されているらしく、土が剝き出しの道はすぐに丸太階段に変わった。

「また階段か」

江の島を思い出し、早くも泣き言が口をついて出た。

「んー？」

アリスはこちらを振り返りもせず、階段を跳ねるように上がっていく。長く続く段差も、まるで楽しいアスレチックのようだ。その後ろを進む太郎は、遊歩道に入って間もなく泣き言すら口にする余裕もなくなってしまった。高さも奥行きもまちまちな段の連続に、齢《よわい》四十を過ぎた体が軋む。

野鳥のさえずりと虫の音、そして自分の苦しげな息遣いの中、こんなに歩くんならあらかじめ言ってくれと胸の中でぼやきつつ、左右の膝を機械的に持ち上げる。途中、一度だけ人とすれちがった。「こんにちは」と挨拶されたが、こちらは挨拶とも呻きともつかない音を発するのがやっとだった。

三十段は上っただろうか。頭上から「おそーい」と叱咤する声が降ってきた。見上げると、呆れ顔を浮かべたアリスが階段の頂上らしき所からこちらを見下ろしていた。

返事の代わりに歩を進める。

小山の南面に拓《ひら》かれた丸太階段を上りきると、木漏れ日の中の散策路に合流した。

左右が下り斜面になっているところを見ると、道は山の尾根に設けられているようだ。しかし、緑が濃いため遠くまでは見通せない。

「そこだよ、練習場所」

道の先を指さし、アリスが歩きだす。ついて行くとほどなく右手の視界が開け、谷を望む空き地に突き当たった。丸太のベンチと小ぶりなテーブルが据えられた、アパートのダイニングキッチンほどの狭い平地だ。

落ち葉や小枝を払うと、太郎はベンチに腰を下ろした。景色を目にし、「おお」と声が漏れる。

眼下に広がるゆるやかな斜面は十歩ばかり先から急に落ち込み、大ぶりな雑草が生い茂る崖になっていた。すり鉢状になった谷に人工物はなく、雑木と雑草の緑に覆い尽くされている。アパートから徒歩圏内にあるとは思えない景色だ。

「ここなら目立たないでしょ？　向こうの山からも遠いし」

アリスに促され、疲労に下がり気味の視線を水平まで上げる。ずいぶん先に小山の頂上を削って造成された住宅地があるが、距離があるため人の動きまでは見えない。逆に考えれば、住宅地からもこちらの動きは判別しづらいはずだ。

「よく見つけたな、こんな場所」

相棒の頭からテーブルの上へと飛び移ったまるるんが、こちらの顔を覗き込んだ。

「なんだ、一年半も住んでいるのに近所の公園にも来たことがないのか」

「休日の行動範囲は、さっきのファミレスあたりまでがせいぜいだった」

「もったいない。ここは小山がほぼそのまま公園として利用されているらしくてな、遊歩道を北に下りていけば遊具のある広場や市内から移築された古民家などもあって、なかなか楽しいぞ」

「そうか。でも俺はしばらく歩きたくない」

「なるほど」

谷を飛び交うトンボたちを眺めていると、傍らで聞き覚えのある小さな爆発音がした。見れば、アリスが例の箒を抱《かか》えている。

「あれっ。いま掛け声言わなかったよな」

尋ねると、見習い魔法使いは得意げに胸を張った。

「黙ったまま出せるようになったんだよ、三回に一回くらい」

「へえ。たいしたもんだ」

「じゃあ、ちょっと飛んでくるね」

アリスは箒に跨ると、膝から下だけを動かすようなせわしない走りで斜面を駆け下りた。頭上に張った木の枝をくぐり、背中を屈めて地面を蹴る。黒髪がふわりと広がったかと思うと、小さな体は音もなく上昇を始めた。大人の背丈よりも高く浮き上がった見習い魔法使いを、秋の昼下がりの陽光が照らす。

「おおっ、ちゃんとコントロールできてる」

「えー?」

太郎の声に振り返ったアリスが、そのままの姿勢で失速した。

「お、おいっ」

ベンチから立ち上がり、落ちた先を窺う。すんでのところで墜落をまぬがれたアリスは草木をかすめ、今度は頭上はるか高くまで急上昇した。動揺をそのまま航跡にしたような乱高下がしばらく続き、やがて落ち着いてきた。恥ずかしかったようで、こちらに視線を向けることなくすまし顔で旋回する。

「やれやれ」本人に聞こえないように呟き、太郎は再びベンチに腰を下ろした。思いがけぬ山登りに熱くなった腿や腰が、じわりとほぐれる。「まいったな」

奥村に指摘された口癖が、ぽろりとこぼれ出た。

「ずいぶん歩かせてしまったな」

まるるんが、めずらしくねぎらいの言葉を掛けてきた。急なことに狼狽してしまい、太郎は傍らの小動物から目を逸《そ》らした。澄んだ青空の下を、見習い魔法使いが音もなく横切る。

「まあ、なんだ。アパートの前の道で飛ぶわけにもいかないしな」

「まったくそのとおりだ。ここなら人目も少ないし、厄介な電線もない。落ちたところで下は深い藪だ。練習するにはもってこいだろう」

「まあそうだけど、ここだって散歩中の人が寄り道することはあるだろう。あれを見たら腰抜かすぞ」

箒に跨って飛行する少女を指さすと、その相棒が質問に答えた。

「誰か来たときは私が例のきいきい声で叫び、同時にアリスは藪か木の陰に飛び込む段取りになっている。いまのところ、それでうまくいってる」

「なるほどな。でもほかの、そのー、留学生、は、どうしてるんだ?」ゆうべの奥村の話を意識するあまり、奥歯に物の挟まったような言い方になってしまった。「人目につかずに飛ぶのがむずかしい土地も多いだろう」

「それは問題ない。大半の子は飛ぶことはもちろん、人の目に映らないように姿を隠すことも会得してから人間界に来るからな」

「ああ、そうだったたな」

レジ袋からミネラルウォーターのペットボトルを取り出し、中身を飲む。「大半の子」という何気ない表現が、いまの太郎には重く感じられた。

「あ、私も飲むー」

太郎の戸惑いとは裏腹に呑気な声が空から聞こえ、アリスが空に弧を描いて降下してきた。速い。そんなにスピードが出ているのにうまく止まれるのだろうかという心配は的中し、見習い魔法使いは着地と同時につんのめり、箒が転がる音とともに両手を地面についた。

「大丈夫か？」

ベンチから腰が浮く。

「いったー……くない！」

それなりの覚悟を持って練習に取り組んでいるようで、泣き言を漏らしかけた唇を引き結ぶとアリスはすばやく立ち上がった。見ると、両手が土で真っ黒だ。

「汚れちゃったな。これで手を洗いな。ちょっともったいないけど」

太郎はアリスに両手を差し出させると、もう一本のペットボトルの中身を手のひらに少しずつ掛けた。

「うー、しみる」

かすり傷ができているらしく、見習い魔法使いは手を擦り合わせながら唇を歪めた。ボトルの四分の一ほどの水で土はおおむね流れ落ちたが、したたる水にはまだ濁りがある。

「待った。ほら、これ」

先にハンカチを渡して手を拭くように促し、それからペットボトルを渡す。まだ冷たさの残るミネラルウォーターを、アリスは目を細めてたっぷり飲んだ。

「あー、おいしい！」

あいかわらずの大きな声を発し、それから「ふう」とため息をつく。

「飛ぶのって、やっぱり疲れるのか？」

「うん。でも、体よりも頭が疲れる」

「頭？」

まるるんが補足する。

「慣れればなんてことないが、初心者のうちは集中力が必要なんだ。自転車だってそうだろう」

「なるほど」

相棒が説明する間にアリスは水をもうひと飲みし、「はい」とボトルを差し出してきた。

受け取る刹那、互いの指が触れた。皮膚は温かく弾力があり、小さな爪にはたしかな硬さが感じられた。

「どうしたの？」

指先のわずかな動きから動揺を感じ取ったのか、アリスが小首をかしげた。

「いや……」

それだけ答えるのがやっとだった。

「じゃあ、もうひとっ飛びしてくるね。まるるんもちゃんと見ててね」

「ああ」

斜面を向いて箒に跨ったアリスは、「あ」と呟くと体の向きを変え、箒を脚の間に挟んだまま横歩きでよちよちと近づいてきた。「これも。ハンカチ。持ったままだと飛びにくいから」

濡れたハンカチを押しつけてきたかと思うと、見習い魔法使いは「じゃあねー」とこちらに手を振りながら駆けだした。

「前見ろ、前！」

大きな声が出た。空の飛び方は知らないが、よそ見をしたまま谷に向かって走ることが危険なことは知っている。

あと一、二歩で崖に転落というところで、アリスはようやく正面に向き直った。不恰好に飛び上がり、目で追いきれないほどの速度で急上昇する。少女の影はたちまち頭上の梢の向こうに消え、次に見えたときには垂直にそそり立つ箒からぶら下がっていた。遅れて、わめく声が空から降ってくる。

「なんだ!?」

太郎は、ほぼ真上に向けた首をかしげた。

「あんたにいいところを見せようとしたんだよ」ため息まじりに呟くと、まるるんは頭上に向けて大声を発した。「アリス！　下を見るな！　落ち着いて、箒を胸に引き寄せなさい。そっとだ、そーっと」

再び、わめき声が降ってくる。そんなことできないよ、とでも言ったつもりなのだろうが言葉になっていない。

「頑張れ！　アリス！」

気づけば太郎は夢中で叫んでいた。

こちらの声が力になったわけではないのだろうが、空中であがいていたアリスはそのうちどうにか胸元まで箒をたぐり寄せることができた。肘の間に挟まれた箒の柄が、徐々に水平を取り戻す。本人ばかりでなく、下から見守っていたこちらもどっと虚脱した。

さすがに怖かったのか、アリスは両肘と両腿で柄をきつく挟み、不恰好に箒にしがみついたままゆっくりと降下してきた。いつもの飛行姿勢に戻ったのは、太郎たちの目の高さまで降りてからのことだった。まるるんの小言を避けるためか、距離は遠い。

「まったく、また喉が渇いちゃったよ」

ベンチに腰を下ろし、水を口に含む。キャップを閉めたところで、テーブルの上のまるるんがこちらを振り向いた。

「ハンカチといい、今日はまたずいぶんとアリスにやさしいんだな」

「からかうな」

睨んだところで、小動物は意に介さない。

「酒を飲んで帰ってきたわりには、ゆうべは静かだったな」

太郎はあらためて、テーブルに立つ不思議な生き物を見つめた。黒く大きな目は、やはりこちらの変化を見透かしているらしい。

手元に目を落とす。濡れたハンカチを握る手には、アリスの指の感触がまだ残っている。温かい血が毛細血管の先まで通った、十四の少女の指だ。

「なあ」

呼びかけると、まるるんは小豆《あずき》ほどの鼻をつんと上に向けた。

「なんだ」

「アリスがカップラーメンを毛嫌いするのは……」

「そうだよ、そればかり食べさせられていたからだ」

短い山歩きで火照《ほて》った体から、たちまち熱が奪われた。

「でも……、生きてるんだろ？」

「ああ、生きているさ。もう一度、生きている」

小動物が発した言葉を、太郎は頭の中で反芻《はんすう》した。

「『もう一度』ということは、つまり――」

その先を口にするのをためらっていると、まるるんが言葉を引き取った。

「つまり、そういうことだ。ゆうべ、友人の刑事から聞かされたんだろう？　いま空を飛んでいる魔法学校の十二年生は『亜璃澄ちゃん事件』の川上亜璃澄であり、彼女は二度目の生を生きている」

淡々とした、しかし冷厳な声だった。アリスと亜璃澄、二人の少女がまるるんの言葉に否応なく結び付けられる。

「ちょっと待て。ということは、たとえば俺もその……、死んだら、また生まれ変わるということか？」

「それはない。なぜならあんたには魔法学校に入る資格がない。魔法学校に入れるのは、事件や事故、そして戦争や災害などで命を奪われた幼い子供だけだ」

心臓が、痛いほど激しく動悸《どうき》した。

「整理させてくれ。アリスやお前の言う『魔法界』は、俗に言う『死後の世界』とか『あの世』のことなのか？」

「そう捉えてくれて結構だが、厳密には少々ちがう」

「少々って、どうちがうんだよ」

「あの世でありながらあの世ではない、というべきかな。魔法学校の卒業生、つまり魔法使いは、魔法界とこの世を往復しながら成長し、働き、暮らし、老いていく。そしてその後は、あんたが想像するところの『あの世』へ導かれる。もちろん、老いる前に病気や事故などで二度目の生が尽きることもある」

まるるんは気負った様子もなく説明を続けるが、こちらの頭が話を受け入れきれない。

「二度目って、でも、アリスは生きてるだろ？　どう見ても生きてる。指はあったかいし、ガラスでおでこ切ったら血が出たし、店の連中とか一階の水嶋さんにもちゃんと見えてるし、飯はよく食うし、服を洗わないと臭くなる」

混乱が、そのまま口をついて出た。

「生きているさ。もちろん生きている。人生はやり直しが利かないものだが、あの子の人生はろくろく始まりもしないうちに終わってしまった。だったら、例外があってもいいじゃないか」

まるるんが、白い体毛に覆われた胸を張った。居直ったかのようにも、少女を守ろうとしているかのようにも見える。

「例外って言うけど、アリスも元は普通の女の子なんだろ？　それをなんで、魔法使いなんかにするんだ」

「私が命じたんじゃない。本人が望んだんだよ」

「アリスが？」

「ああ。二歳の川上亜璃澄は、あの世で安楽に暮らすことよりも、魔法使いとしてこの世でもう一度生きることを望んだんだ。地獄のような日々のほぼ唯一の救いが、その種のテレビアニメだったらしい。そういう女の子はいつの時代もとても多いんだ。魔法学校が成り立ってしまうほど」

言葉の中で、たしかにまるるんは「あの世」と言った。

「まだぜんぜん納得してないけど、アリスの魔法界があの世とほぼ同じものだったとして、そこから来たということは、お前も、一度死んだということなのか？」

「いや。そうだな、まだかろうじて生きているといったところだ」

「かろうじて？」

「あんたたちの言葉でいえば、絶滅危惧《きぐ》種のようなものだ」

「はぐらかすな。そもそも、お前はなんなんだ。『人間界まで修行に来たアリスの相棒でお目付け役』と聞かされてきたけど、話を聞いてるとどうもそれだけじゃない感じがする。前にも『上司』がいるとかなんとか言ってたし、だいたい、そのネズミみたいな体でどうやって人語を発声してるんだよ。脳も喉も本来そこまでの機能はないだろ。誰なんだよ、お前」

「私か？　私は、アリスやほかの見習い魔法使いたちの教師であり、留学のお目付け役であり、この世とあの世の子供たちを守護する者——少なくとも、守護しようとする者だ。さまざまな姿でこの世とあの世、あらゆる宗教や信仰、信念の中に遍在する」

「回りくどいこと言ってないで、もっと目に見える形で示せ。スーパーの副店長にもわかるように」

「承知した」

まるるんの声とともに、強烈な金色の光に視界が塗り潰された。この小山に太陽が落ちてきたかのような眩しさだ。とてもではないが目を開けてなどいられない。

瞼《まぶた》を圧迫するほどの輝きはやがて、早春の川面《かわも》のそれのようなきらめきに変わっていった。これ以上待ってもさらなる変化は訪れないようだと悟ると、太郎はおそるおそる目を開けた。

木製テーブルの上に、剃髪《ていはつ》した僧侶《そうりょ》が立っていた。

右手に長い錫杖《しゃくじょう》を握り、左手には瑠璃色《るりいろ》に輝く宝珠。三本の皺が刻まれた首元にはゆったりと広がる精巧な首飾り。風にそよぐ法衣《ほうえ》は無数の襞《ひだ》を形作り、その下に覗く両足はテーブルからわずかに浮いている。

僧形をしたその存在が人のようでありながらけっして人ではないことは、発光する体や浮遊する足だけでなく、その相貌からも読み取れた。

半月形に弧を描く眉。大きく垂れた耳たぶ。額の中央に蓄えられた白毫《びゃくごう》。わずかに開かれた上下の瞼《まぶた》と、その隙間からまっすぐにこちらを見下ろすおだやかなまなざし。これらの特徴を備えた存在を、太郎は一つしか知らない。

「地蔵《じぞう》……」

かすれかかった呟きにわずかに首肯《しゅこう》すると、発光するその存在は一瞬で姿を消した。テーブルの上に立っているのは、いつもの姿のまるるん。

リスとモルモットとモモンガを掛け合わせたような小動物が、声に笑いを含ませた。

「なるほど。やはりそう捉えたか」

「はい？」

声が裏返る。

「地蔵菩薩《ぼさつ》に見えたのは、あんたが私をそう見たからだ」

「俺が、ですか？」

「そうだ。仮にあんたがパリの会計士だったり、ムンバイの土産物売りだったり、あるいはサンパウロの警察官であったならば、それぞれまったく異なる姿を私に見たことだろう。あるいは、姿を持たない場合もある。単に光や色、音、匂いのみということもあれば、それさえもなくいっさい感知できない者もいる。私はあまねく宇宙に存在すると同時にあんたの心の内に存在する者であり、その目にどう映るかはあんた次第だ」いったん言葉を切り、小動物は白い顎を反らせた。「そう、あんた次第だったのだが、なるほど地蔵菩薩か。埼玉に家を構えこの藤沢で単身赴任をしている日本の平凡なサラリーマンが私のような者に抱く印象としては……、うん、やはり平凡だな」

　帳尻合わせのような憎まれ口に、太郎のこわばりはいくぶんほどけた。

「その、うちはいわゆる葬式仏教なもんで、心の内に存在すると言われても平凡なイメージしか……、すいません」

　先日まで鵺呼ばわりをしていた小動物を相手に、今は繰り返し頭を下げてしまう。

「そう恐縮するな。あんたが私にいきなり敬語を使いだしたら、アリスが戸惑《とまど》ってしまう」

　まるるんの言うとおりだが、荘厳にして質朴な地蔵菩薩の姿を見せられたばかりでは、どうしても気が退《ひ》けてしまう。

「なんというか、まさか本当にあの世というものがあるとは思っていなかったんですが、いや、死んだあとはできれば地獄じゃなくて天国に行きたいものだなんて願ったりすることはあるけど、そうかといって大真面目に存在を信じていたわけでもなく、今はただただびっくりしている次第でして」

　弁解の声が小さくなった。寺や神社の境内《けいだい》で感じる厳粛さに似たものを、まるるんの佇まいに見てしまっているのだろう。

「繰り返すが、敬語はやめろ」

「でも、なんだか、ぞんざいに扱うと罰《ばち》が当たるような気がして」

「馬鹿馬鹿しい。前にも言ったが、あんたのアパートをアリスの居候先に選んだのは、あんたが子煩悩だからであってそれ以外の理由はない。あんた自身の信仰や私への態度などは二の次にして、今はアリスのことを考えてやってくれ。魔法使いになれるかどうかの瀬戸際にいるんだ」

言われてようやく、太郎はまるるんから視線を外すことができた。江の島で見上げたトビのように、アリスが秋空にくるりと輪を描く。

「なんというか、充分うまいと思いますけど。あれほど器用に箒に跨って空を飛ぶ十四歳、俺はほかに見たことがない」

冗談を口にしたつもりだったが、こわばりの解けない声のせいで我ながらまるで笑えない。

「飛ぶのはおおむね問題ないさ。堂々たる成長ぶりだ。ただ、あいかわらず姿を消せない。たとえ腕輪を変幻自在に操れても、一瞬で接ぎ木ができても、あるいは空を飛べても、それができなければ魔法使いとして生きていくことは無理だ」

生きていく、という声に力がこもっていた。

「無理って、このまま魔法使いになれなかった場合は――」

「かわいそうだが、あの世で暮らすことになるだろう。その場合もけっして悪いようにはしないが、望みはあきらめてもらう」

「人の目に映らないことが、そんなに大事なんですかね」発した声には、思いがけず強い憤《いきどお》りが入り混じっていた。「いつ決まったルールか知らないけど、今どきもう、見えたっていいと思うけどな。性別とか国籍とか民族とか信仰とかいろいろいるのとおんなじで、魔法使いってカテゴリーの人間がいてもいいじゃないか。アレだよ、多様性ってやつだよ。それに、これだけテクノロジーも発達してるんだから、最初は騒がれてもみんなすぐに見慣れるだろ。魔法使いが起こすちょっとやそっとの奇跡なんて、あっという間に日常の光景になるはずだよ」

黙って話を聞いていたまるるんが、小さな頭を左右に振った。

「それは不可能だ。魔法使いの存在を知らしめることは、あの世が存在することも広くこの世に知らしめることになる」

「それが何か問題でも?」

「死後の世界があると知られれば、救われる人間は多いだろう。一方で、安易なやり直し――つまり自殺を選ぶ人間は確実に増える。それだけでなく、人を殺《あや》めることへのためらいが薄れてしまう者も少なからず現れる。死への恐怖心はあんたら人間には厄介《やっかい》なものだろうが、取り去ってはならないものでもあるんだよ」

「たしかに、そのとおりかもしれない。でも、なんとかしてやれないのか。アリス、あんなに頑張ってるじゃん」

まるるんはもう一度、諭《さと》すようにゆっくりと頭を振った。

「願いをなんでも叶えてやれる力が私にあるのなら、みすみす死なせはしないよ。どんな人間も、いちばんの願いは『生きていたい』だからな」

「でも――」

勢いで出かけた反論が、すぐに途切れた。小動物の姿を借りたこの存在は、人の生き死にの理不尽さに嫌というほど悔しい思いをさせられてきたのだろう。

昂《たか》ぶる感情を抑えようと、太郎は束の間目を閉じた。いま相手を論難したところで、アリスの過去を変えられるわけではない。

「アリスはその、どのくらい覚えているんだろう、二歳だった当時のことを」

「幸い、ほとんど覚えていないようだ。私としても、ひどい出来事はできるかぎり忘れられるように育ててきたつもりだからな。その副作用が、あの素直すぎるほど素直な性格だ。ただあの子も、『よく思い出せないけど誰かと狭い所にいた』と話したことはある。切れ切れながら記憶は残っているらしい」

つまりは、親を親と認めていないのだろう。

聞きたいことや言いたいことがまだまだあるはずなのに、言葉が出てこない。考え続ければ息が詰まってしまいそうで、太郎は視線を外した。

空のどこにも、アリスがいない。太郎は立ち上がり、頭の上から左右の視界の隅まで目を凝らした。やはり、姿が見当たらない。

「消えた？」

姿を消すことができれば魔法使いになれる。しかし、兆《きざ》した希望はすぐに打ち消された。

「いや、落ちただけだ。ほら、左手の藪」

まるるんに促され、眼下の藪を見下ろす。鬱蒼《うっそう》とした樹冠が揺れ、たくさんの落葉を引き連れてアリスが飛び出してきた。猟犬に吠えかかられた野ウサギのようだ。

「大丈夫かな」

「なに、毎度のことだ」

いくらか落ち着きを取り戻したアリスは、低空をゆっくり飛びながら頭や肩の落ち葉を払い落とした。こちらをチラチラと見上げては、ばつが悪そうにそっぽを向く。

地蔵菩薩の化身が、ため息まじりに呟《つぶや》く。

「『おおむね問題ない』という評価は訂正しようかな」

声が聞こえたわけではないのだろうが、アリスは髪をなびかせながら様々な飛び方をしてみせた。

きっと魔法使いには必要な技術なのだろう、短い間隔で加速と減速を繰り返し、体を傾けて大きな8の字を描き、体を緊張させながら空中で静止する。どうやら一点に留まるのはとくにむずかしいようで、見習い魔法使いは何度も失速しかけては草木をかすめて浮上した。

「アレで落ちたのか」

こちらの問いに、小動物が黙って首肯する。

谷に射《さ》す午後の陽光を浴《あ》びながら、アリスは疲れた様子も見せず箒と格闘している。アパートでゴロゴロしている姿とも、店でいろいろな人にちょっかいを出している姿ともちがう、目標に向かって文字どおりに飛翔《ひしょう》する十四の少女がそこにはいた。

「なんだか、見てるだけというのはもどかしいな。息子の自転車は手取り足取り教えてやれたのに」

まるるんが失笑を漏らす。

「あんた、地面を掃くほかに箒の操り方は知らないだろう」

「そりゃそうだけど、事情を知っちゃった以上、何かしてやりたくなるのが人情じゃないか。飛び方は教えられないにしても、手助けできることがあればいいんだけど」

「その必要はない」

「冷たいな」

「そうじゃない。あんたには、今までどおりでいてほしいんだ」

「というと？」

小動物が、顎でアリスをさした。

「今のあの子にはあんたという父親と、それから祖母がいる。どちらも本物ではないけれど、なに、似たようなものさ」

そうかもしれないな、と素直に受け止められたのは、喧嘩をした夜に投げかけられた言葉が耳の奥に残っているからだろう。

——副店長のこと、本当のお父さんみたいに思ってたのに！

きっとアリスは、こちらが感じていた以上に慕ってくれていたのだ。しかしこれまでの自分の態度を振り返れば、その思いに充分に応えられてきたとはとても言い切れない。救いは、アパートの別の部屋に子供好きの老婦人がいてくれたことだ。

「祖母というのは、一階の水嶋さんのことだな」

「ああ。形こそ変則的だが、関係性としては祖母と孫そのものだろう。つまりアリスは、家族といえる存在を初めて得たんだよ。この先あんたが妙に気を遣えば、あの子には遠慮なく甘えたり駄々をこねたり喧嘩したりできる人間がいなくなる」

今度は、こちらが黙って首肯する番だった。

「ほら、本人が戻ってくる。その怖い顔をなんとかしろ」

まるるんに言われてようやく、自分が唇を固く引き結んでいることに気づいた。

螺旋《らせん》を描いて高度を稼ぐと、アリスはまっすぐこちらにやってきた。今度は充分に速度を落とし、つんのめりながらも転ぶことなく着地を決めてみせる。

「お水」

息をあえがせつつ欲求を一語で表現し、片手でペットボトルを摑む。飛行にはやはり体力を使うらしく、飲みっぷりが豪快だ。

口の端からこぼれた滴を手の甲で拭う姿に、これまでなら「行儀が悪いな」と小言の一つも発しただろう。しかし、声が出ない。自分のうろたえぶりにうろたえていると、まるるんが先に名前を呼んだ。

「アリス」

「ん？」

「まだ頭に枯葉がついてるぞ。お尻にも」

お目付け役に指摘され、いそいそと頭やキュロットスカートの落ち葉を払う。

「取れた？」

「だいたい。背中も見せてみなさい」

指示に従い、アリスはその場で体の向きを変えた。まだ新しいニットには、枯葉や枝切れがいくつも付いている。

「あーらら」

まるるんが、どこか楽しげに嘆いてみせた。

「そんなにいっぱい？」箒を置いて背中に手を回すが、鏡もないのでほとんど取れない。「副店長、取って」

小動物にはむずかしいと察したのか、こちらに背中を向けてきた。ここでためらいを見せたら、さすがのアリスも違和感を覚えるだろう。

「わかった。取りにくいから髪持ち上げて」

情けないことに、声がかすれてしまった。

肩を上下させて呼吸を整えつつ、アリスは髪を掻き上げた。ニットに付いた落ち葉は乾いた物ばかりで、払うだけで簡単に取れた。が、細かい枝や蔓草《つるくさ》の切れ端はしぶとく繊維《せんい》に食いついている。

「まだ？」

「もうちょい」

衣服に絡んだ植物を一つひとつつまんでいると、ふいにアリスが身をよじらせた。

肩甲骨に指を払われる。

「ひははははっ」

くすぐったかったらしい。

「じっとして。まだ残ってる」

「はーい」

肩をひくつかせながらも、どうにか身じろぎを止める。アリスはこちらを信頼しきっていて、まるるんの言葉にあったとおり遠慮がない。実父にされた仕打ちと同じことをされるかもしれないなどとは、露ほども考えていないようだ。

老眼の始まった目をこらし、植物の破片を丹念につまみ取る。そのうちに、ニットに付いた枝葉はおおむねなくなった。

「よし。だいたいこんなもんだ」

両手で肩を叩いた太郎は、そのまま動けなくなってしまった。陽射しをたっぷり浴びたアリスの肩は温かく、手のひらには女の子らしい薄さと丸みが伝わってくる。

この子の父親になろう。

体の奥から、そんな思いが噴き上がってきた。

居候扱いはもうおしまいだ。「本当のお父さんみたいに思って」くれて結構だ。次の満月までという短い間だが、そのつもりでこの子と向き合おう。だいたい、自分は男の子の父親をもう七年もやってきたのだ。娘が一人くらい増えたところでどうだというのだ。

「どうしたの？」

アリスが、不思議そうな目でこちらを振り仰いだ。

「いや」

あわてて手を離す。

「副店長、なんだかすごい顔してる。具合悪いの？」

「え？　そんなことない。大丈夫だよ」自分が吐いたごくありきたりな言葉が、今は強く耳に残る。「そう、大丈夫だ。何も心配ない。まかせとけ」

少女の目が、ますます当惑の色を帯びる。

「変なの」

「疲れただろう。そろそろ終わりにするか？」

まるるんに問われたアリスは、一度頷いてから首を横に振った。

「最後にあれやってみる。宙返り」

「行けそうか？」

相棒が声をひそめる。

「なんかね、今日は調子がいいからできそうな気がする」

鼻息荒く頷いてみせる少女をしばらく見据えてから、小動物は小さく頷いた。

「わかった。じゃあ、聞き飽きただろうがいくつか注意点を伝えておこう。まず、とにもかくにも充分な高度を稼ぎなさい。逆さになっても急に止まって落ちることはないからあわてないように。いちばん大事なのが、降下するときだ。どんなに怖くても、ゆっくりゆっくり箒の先を持ち上げなさい。あわてて水平に戻そうとすると、首に負荷がかかってむち打ちになるから。いいな。持ち上げはゆっくりだぞ」

「うん」

長い助言にひと言で応えると、アリスは箒に跨った。

「本当に、行けそうか？」

「頑張る」

短い言葉に決意を滲《にじ》ませ、斜面を駆けだす。三度目の離陸はこれまでよりもっとも滑《なめ》らかで、アリスの体は秋空に吸い込まれるように遠ざかっていった。

「宙返りって」

目を細めて少女の姿を追いながら、太郎は傍らの小動物に問いかけた。

「うん？」

「宙返りって、やっぱりむずかしいのか？」

「ああ。技術的な難度も高いが、何より恐怖に打ち克《か》つ勇気が必要だ。たとえばだな、手すりにさえ摑まっていれば振り落とされることはないとして、あんた、シートベルトも安全バーもないジェットコースターに乗る勇気はあるか？」

「ない」

「だろう？　魔法使いの場合、手すりに当たるのが箒だ。それも、怖さをまぎらそうとただやみくもに摑んでいてはだめなんだ」

「『ゆっくりゆっくり箒の先を持ち上げ』られる度胸がないと、コントロールできないってことか」

「そのとおり。携帯電話にせよ洗濯機にせよ電子レンジにせよ、あんたらの道具はボタンを押すだけでたいていのことをやってくれるが、本来、道具はそれを扱う人間に練度を要求する物なんだ。まして空飛ぶ箒となればなおさらだ」

あらためて、太郎はアリスの姿を探した。空を飛ぶ道具に跨った見習い魔法使いは、緑に覆われた谷の上空を繰り返し行き来している。

「ああやって、集中力を高めているのか」

「ああ」

「さっき『魔法使いも病気とか事故で死ぬこともある』って意味のこと言ってたけど、もしも宙返りに失敗して谷に落ちたら？」

「死ぬ。落ち方によってはな」

「だったらそんなのやめさせろよ」

「もちろん、危ないと思ったら私が助ける。魔法使いとはいっても、アリスはまだ見習いだからな。距離が開きすぎてしまえば私の魔法も届かなくなるが、まあ、うまくすればお宅のアパートの窓ガラスに突っ込んだときくらいの怪我で済むだろう」

「うまくすればって、おい——」

「質問はそのくらいにしてくれ。私も緊張しているんだ」

まるるんらしからぬ余裕のない物言いに、太郎は押し黙るほかなかった。

アリスは折り返しのたびに高度と速度を徐々に上げ、宙返りに挑む呼吸を計っている。表情までは見えないが、その鋭角的な飛び方には彼女なりの覚悟が見て取れた。

こちらに向かって滑空してきた少女は白い脛を見せて旋回すると、ぐっと背中を屈めて急加速した。

「行け」

まるるんが呟く。太郎も生唾《なまつば》を飲み込んだ。

黒髪を大きくなびかせ、少女が一気に上昇する。体の陰になっていた箒の柄が見えたかと思うと、そのまま垂直に空を駆け上がった。つられて太郎とまるるんの顔も上を向く。

アリスが首をのけぞらせ、上昇から縦旋回に移った。逆さまの姿勢でこちらの頭上に向かってくる。見上げようにも、手前にある梢が邪魔だ。視線を上空に向けたまま、太郎は斜面に足を踏み出した。草に足を取られて尻餅をつく。それでも目を離せない。

降下が始まる直前、アリスと目が合った気がした。しかし、それも気のせいだったかもしれない。上昇時よりもはるかに速いスピードで、見習い魔法使いが空を駆け下りる。

「持ち上げはゆっくり、ゆっくりだ。怖がるな」

急降下するアリスに、まるるんが遠くから囁きかける。

太郎の目の高さを、箒と一体となったアリスが一瞬で通過した。角度が変わる気配すらなく、吸い込まれるように地面へと落ちてゆく。

「お、おい――」

「しっ」

まるるんがこちらを咎《とが》めた瞬間、斜面を撫でるような滑らかさで箒が水平を取り戻した。巻き起こされた風に、谷底の藪が大きく波立つ。

「やっ――」

「よおぉぉぉっしっ！」

快哉《かいさい》の声が、まるるんの叫びにかき消された。

減速したアリスは転回すると、一目散にこちらにやってきた。箒から飛び下りるような勢いで地面に立つ。興奮のあまり、転ぶことさえ忘れてしまったようだ。興奮しているのはこちらも同じで、いつ立ち上がってベンチのそばまで戻ったのかもよく覚えていない。

「できた！　できた！　見てた!?」

付き合いの長さを比べれば、アリスがこちらではなくまるるんに駆け寄って行ったのは当然だろう。それでも少しばかり妬《や》けてしまう。

「やったな、アリス。持ち上げを始めるタイミングがもう少し早ければなおよかったが、怖さを堪《こら》えてよくやり遂げた。なに、一度できてしまえばこっちのものだ。二度目からはもっと簡単にできるようになるぞ。とにかくこれでまた一つ、壁を乗り越えたな。すごいぞ。立派なもんだ」

いつにない多弁ぶりが、克服した課題の大きさを物語っている。

「えへへ」と身をくねらせたアリスは、息を弾ませながらこちらに尋ねてきた。「副店長も見てた!?」

「ああ。年甲斐もなく緊張した」

「副店長、尻餅ついたでしょ」

「見えてたのか」

「うん。おかしかったけど、笑う余裕がなかった」

そう言って、おかしそうに笑う。

「笑うなよ。こっちは本気で心配してたんだぞ」

「ごめんなさーい」

まだ笑っている。この屈託のなさは美点と受け止められなくもない。

「まあ、逆さになっても俺が見えていたのは、落ち着いていた証拠ともいえるか。とにかくたいしたもんだよ。いっぱしの魔法使いみたいだった」

「ほんとに？」

「ああ。よく頑張ったな」

「やった！」

その場で飛び跳ねる少女を、木漏れ日がスポットライトのように照らしていた。

住宅街の中の小さな丁字路《ていじろ》を折れると、遅い午後の空に三日月が白く浮かんでいるのが見えた。

これまでなら気にも留めなかった眺めだが、今はただ静かに佇む月を見るだけでも気が急《せ》いてくる。あの月が満ちるまでに、アリスは消える魔法をものにできるのだろうか。

焦燥と長い散歩の疲労に黙り込む太郎のそばを、空飛ぶ少女は軽快な足取りで進んでいる。宙返りができた興奮は、二キロや三キロ歩いたくらいでは治まらないらしい。

やがてアパートが見えてきたところで、アリスは急に小走りになった。建物の横を通り過ぎ、フェンス越しに小さな庭に向かって手を振る。

「やっぱりいた。おばあちゃん、ただいま！」

追いついた太郎が視線の先を追うと、庭に並んだプランターの前で水嶋夫人が腰を伸ばしていた。花の手入れをしていたらしく、右手にはスコップが握られている。

「おかえりなさい。叔父さんとお散歩？」

アリスに尋ね、こちらに会釈する。

「うん。練習してきた」

「練習？　なんの？」

おい、と太郎が声をかけるより早く、アリスがたどたどしく言葉を繕《つくろ》った。

「あ、えーとね、歩く練習。散歩だから。いっぱい歩いた」

嘘をつくのが苦手なところも美点ではあるが、ときとして欠点にもなる。今がそのときだ。

「うん、まあ、練習というかほとんどトレーニングみたいだったな。いっぱい階段上り下りしたし」アリスが繕った言葉をさらに繕い、水嶋夫人に愛想笑いを向ける。

「あっちの、山になってる公園に行って来たんですよ、ハイキングコースのある。南から入って北に抜けたんだけど、これがけっこうな山道で」

「ああ。そんな公園があるそうですね。私、もともとこっちの人間じゃないから、あまり詳しくなくて」

皺の刻まれた夫人の顔を、遅い午後の陽光が照らす。ファミリーレストランを出たときはまだ頭上にあった太陽も、もうだいぶ西に傾いていた。

「おばあちゃん、昔長野に住んでたんだよ」

聞かれてもいないのに、アリスがこちらに説明した。

「昔といっても、本当のむかーしね」孫に向けるような微笑みでアリスに頷きかけ、夫人がこちらに説明する。「結婚してからは五十年ちかく、ずっと厚木にいたんです。主人が亡くなってからここに移ってきたんだけど、歳のせいかすっかり出不精になっちゃって。だからホリデーさんのネット宅配には助けられてます。あれ、便利ね」

「あ、ああ、どうもすみません、いつもご利用いただきまして」

会話の中にふいに勤め先の名が出てきて、声が小さくなってしまった。相棒の頭の上のまるるんが、毛づくろいのふりをしながらからかうようにこちらを盗み見る。

だしぬけに西風が吹き、二階のベランダからギシギシと軋んだ音が聞こえてきた。洗濯物を吊るしたピンチハンガーだ。

「あ、取り込まなくちゃ」

洗濯物の取り込み係を自任しているアリスが、自分の出番だとばかりにベランダを指さした。

「えらいわね、アリスちゃんは」

水嶋夫人が目を細める。

「洗濯物については本当に助かってます。取り込む人間がいると、帰りの時間を気にしないで干せるんで」

「働き者の姪っ子さんね。カレーも立ちっぱなしでかき混ぜてくれたのよ、焦げないようにって」

「あ、そうだ。お礼言い忘れてた。きのうはどうも、遅くまでアリスの面倒を見てもらってありがとうございました。カレー、今朝食べたんですけどおいしかったです」

「そんな、こっちが誘ったんですから」

おかしなものだ。「姪」を介することで接点の少なかった従業員との会話が増え、アパートの近所に大きな公園があることを知り、先日まで会釈をする程度の間柄に過ぎなかった人物と、こうして立ち話をしている。アリスの世界が広がってゆくのを半ば呆れながら見ていたつもりが、気づけば自分の世界までが広がっていた。

「副店長、洗濯物」

使命感に燃えた様子のアリスに肘をつつかれ、太郎と夫人は小さく笑い合った。

「それじゃあ」

「それじゃあどうも。またね、アリスちゃん」

「うん、またね」

　手を振って夫人と別れると、アリスは建物の反対側にある回り階段を軽快に上った。ポシェットから合鍵を取り出し、勝手知ったる手つきでドアを開錠する。

「ただいまー」

　居候という認識はもう消えかけているのだろう。それでもいいやと声を立てずに笑い、太郎は小さな同居人に続いて靴を脱いだ。

　取り込んだ衣類やタオルを寝室のカーペットに広げ、二人で囲むように座って畳む。着る物のないまるるんはシーツを交換したばかりのベッドで寝そべり、呑気にあくびなどしている。

　太郎は頭をめぐらせ、部屋を見回した。模様替えをしたわけでもないのに、一人で暮らしていたときよりもずいぶんカラフルになった気がする。

　ひととおり畳み終え、バスタオルを手に立ち上がりかけたところで玄関のチャイムが鳴った。

「誰だろ」

「おばあちゃんかな」

「こっちの顔見て用事を思い出したとか？」

バスタオルをベッドに置き、玄関に向かう。ドアスコープを覗くと、子供の頭が見えた。つむじのあたりの髪がピンと跳ねた、男の子の頭だ。

「なんだ？　ハロウィンってまだ先だよな」

いぶかしみつつ、ドアを押し開ける。

「パパ！」

幼い歓声とともに、小さな体が抱きついてきた。息子の拓弥だ。

「あれっ？　たっくん！　どうしたの。なんでいるの」

とろけるような声を発してしまい、太郎は後ろから様子を窺っているアリスとまるんを意識して調子を改めた。

「今日、来るって話だったっけ？　ママは？」

尋ねると、息子は腫れの残る左目を細めた。

「ママはねえ――」

「ここにいますけど」

怒気をはらんだ声が、開け放ったドアの陰から聞こえてきた。寝室の反応など探っている場合ではなかったと、太郎は遅まきながら状況を理解した。

ライトグレーのジャケットを羽織った妻の久美子が、こちらを見据えつつ拓弥の後ろに立つ。その表情に、太郎がよく知っているのんびりした気配はない。

太郎はこわごわ片手を挙げた。

「おう、久しぶり。……ご無沙汰《ぶさた》しております」

「ええ、ほんとに。いつ以来？」

「まあ、うん。だいぶ、空いたかな」

「廊下で立ち話もなんだし、入れてくれない？」

口だけを笑顔の形にする。憤懣《ふんまん》を溜め込んでいるときの癖だ。

「それもいいけど、ちょっと外にコーヒーでも飲みに行かない？」

「行かない」

「ああ、そう」

今この瞬間にアリスが姿を消す魔法を会得してくれないものか、などという馬鹿げた空想に囚われた隙に、拓弥が脇をすり抜けてしまった。

「あっ、たっくん……拓弥ダメ！」

声をかけたときには、拓弥は靴を脱ぎ捨てダイニングキッチンに上がり込んでいた。

開かれたままの引き戸の奥に見知らぬ少女を見つけ、急に立ち止まる。

「こ、こんにちは」

こういう状況でなければ、自分から挨拶ができる息子に鼻を高くしたことだろう。

「こんにちは」急にもたげた好奇心に引っぱられるようにして、アリスが立ち上がる。

「副店長、この子、副店長の子だよね。この前写真見せてもらった」

「ああ、うん。まあ」

「おじゃましまーす」

明るさを装った声を太郎の背後で発し、妻までもがダイニングキッチンに足を踏み入れてしまった。寝室に面識のない少女の姿を認めると静かに目を閉じ、鼻から大きく息を吐く。

「いや、ママ……、久美子。お前が想像してることはわかる。想像してることはわかるぞ。ちがうんだ。これはそういうアレじゃないんだよ。なんというか、いろいろと事情があって――」

「単身赴任、満喫してらっしゃるようで」

弁解する夫を笑顔で凍りつかせ、妻は肩をいからせつつ寝室に向かった。ただならぬ気配を察したのか、さすがのアリスも首をすくめている。

「こんにちは」

久美子は挨拶には応えず、まるで値踏みをするように少女の頭の先から下に向かってじっくりと観察した。視線は足元に重ねられた下着類でしばらく留まり、少女の顔に戻り、それから本棚の少女漫画雑誌に移る。

背後で様子を窺っている夫を牽制するように大きく頷くと、妻の視線はベッドに向けられた。

「ひっ」

小さな叫び声が上がる。寝そべる小動物をネズミか何かと見誤ったらしい。

「そうだ！　まるるんがいた！　おい、まるるん、お前から説明してくれ。これはそういうアレじゃないんだよな。深い深い事情があるんだよな」

ベッドに歩み寄り、藁《わら》にもすがる思いで齧歯類に話しかける。が、相手はこちらには一瞥もくれず、伸びをしたかと思うとのんびり顔の毛づくろいを始めた。この緊急時に不介入の原則を貫くつもりらしい。

「おい、そんな意地悪するなよ。なんとか言ってくれよ。頼むよ」

手乗りサイズの小動物を相手に懇願する夫に、妻が鋭い声をぶつけてきた。

「ちょっと、私のことからかってるの？　それともそのネズミが『深い深い事情』っていうのを知ってるとでも――」

「あ、モモンガだ！」

妻の追及の声を、息子がタイミングよく打ち消してくれた。太郎のそばまでやってくると拓弥は腰を屈め、めずらしい小動物をしげしげと観察する。

「パパ、モモンガ飼ってるの？」

「うん？　まあ、飼っているというか、なんというか」

「モモンガじゃないよ、まるるんだよ」

アリスの声に、息子が振り向いて尋ねる。

「まるるん？」

「そう、まるるん」

アリスに微笑みかけられ、拓弥はくすぐったそうにはにかんだ。年上の女の子を前に照れているらしい。

もじもじする息子の愛らしさにゆるんだ頬は、妻の声にたちまち引き締められた。

「たっくん、その、モモンガ？　それにあんまり近付いちゃダメ。目にバイ菌が入ったらまた痛くなっちゃうから」

ずいぶんな言われようだが、地蔵菩薩の化身は黙って毛づくろいに励んでいる。頬みのまるるんがこれでは、自力でこの場を切り抜けるしかないようだ。とりあえず、話題をそらそう。

「そういえば、ものもらいの具合は？　遠出させても大丈夫なの？」

久美子が事務的に頷く。

「大丈夫。体育の授業も出ていいってお医者さんに言われたし、南栗橋から藤沢なんて遠足みたいな距離だから」

「そうか。とにかく、症状が軽いみたいでよかった。心配してたんだよ」

太郎のとってつけたような気遣いに、久美子は口元をほころばせた。

「あらそう？　こっちも、拓弥のこととなったらすっ飛んで来るはずのパパがいつまでも栗橋に帰ってこないから、だいぶ心配してたの。ひょっとして浮気でもしてるんじゃないかって。でもよかったー、浮気じゃなくて」すべてを赦《ゆる》す慈母《じぼ》のような微笑が、たちまち鬼の如《ごと》き形相《ぎょうそう》に変化した。「まさか児童買春だったとはね！」

「だから、ちが――」

「最っ低！　これだったらまだ浮気の方がよかった。あなた最低のロリコン男だったんだ。いい歳して子供もいるのに、ほんと何やってんの？　自分がしてることわかってる!?」

ハンドバッグを振り回さんばかりの久美子の剣幕《けんまく》に、拓弥もアリスも棒切れのように背筋を伸ばした。子供たちの驚いた様子に怯《ひる》んだところに、どうにか言葉を滑り込ませる。

「聞いてくれよ。黙ってたことは謝る。でも、この共同生活も次の満月までの期間限定だし、彼女は彼女でこうしなくちゃならない事情があったわけで、久美子が想像していることはぜんぶ誤解なんだよ」

「誤解って？『一緒に住んでるけどまだ手は出してない』なんて言うつもり？」

「まさか！　それはぜったいにない。なあ！」

日頃の癖でまるるんに相槌を求めてしまったが、齧歯類は声に応じることもなく、後ろ肢で耳の裏を器用に掻いている。

「パパ、どうしちゃったの？」

怒りに紅潮《こうちょう》した久美子の顔に、当惑の色が滲む。

「だから、信じられないことがたくさん起きてるんだよ、俺の周りで」

こちらの曖昧な説明が災いし、妻はたちまち怒りを取り戻した。

「信じられないのはこっちなんですけど。一戸建てに女と子供だけで暮らすのがどれだけ心細いか知ってるの？　二人で『早くパパが帰ってくればいいね』なんて話してたのに、よりにもよって年端も行かない女の子囲って漫画とペットまで買い与えて、これ以上の裏切りってある!?」

これがただの夫婦喧嘩だったら、相手の勢いに押し切られて不承不承謝ってしまいかねないところだ。しかし、ここでその場しのぎの謝罪などしてしまえば家族を失いかねない。

「たしかに、たしかにこの状況はそう見えるかもしれない。でも、こっちにも言い分があるんだよ。話を聞いてくれよ。なじるんだったら、せめてそれからにしてくれ」

バッグのストラップをぐっと握りしめ、妻はどうにか反論を飲み込んだ。愚かな夫に最後のチャンスを与えてやろうということらしい。

太郎はベッドに視線を向けた。話すぞ、とまるるんに目で問う。齧歯類はなんの反応も示さない。黙認したものと受け取ることにする。

「ママも、拓弥も、驚かないで聞いてほしい。ここにいるこの子は——アリスっていうんだけど、この子は、けっしてそうは見えないかもしれないけど、じつは……、じつはな、魔法使いなんだ」

耳を圧する沈黙、というものがあることを、太郎はこのとき初めて思い知った。妻も息子も、言葉を発するどころか身じろぎひとつせず、家長の顔を静かに見上げている。

「いや、俺だって最初は――」

「へえ、魔法使いですか」

こちらの弁解を遮り、久美子は口元に硬い笑みを浮かべた。

「ああ、魔法使いなんだよ、正確には、見習い魔法使い」

「そっかー。魔法使いさんだったのかー。それならしょうがないわねー」歌うように繰り返し首肯したかと思うと、妻は一転して金切り声を発した。「はあっ⁉ 魔法使い？ やっと出てきた言い訳がそれ？ 馬鹿にするのもいいかげんにしてよ！」

「本当なんだって！ ついさっきまで箒に跨ってビュンビュン空飛んでたんだから。宙返りだってしたんだぞ」

これほど説得力のない弁明がほかにあるだろうかと、自分の言葉ながら呆れてしまう。

「じゃあ、飛んでみせるようにその子に言ってよ。そしたら信じてあげるから」

妻の投げやりな返答に、太郎はすかさず飛びついた。

「そうだ、実際に見てもらうのがいちばん早い。アリス、飛んでみせてくれ」

アリスがめずらしく苦笑いを浮かべた。久美子の勢いにたじろいでいるらしい。

「でも、部屋の中じゃ頭ぶつけちゃうよ」

「ああ、そうか。道で飛ぶわけにもいかないしな。じゃあ、あれ。あれやろう。ブレスレットを箒に変える魔法。頼む、やってくれ。人助けだと思って」

「う、うん。頑張る」アリスは手首から外したブレスレットを握り、声をうわずらせながら念じ始めた。「箒になーれ。箒になーれ」

突然の呪文に拓弥は興味津々の様子だが、久美子はすっかり白けた目で眺めている。この茶番にどこまで付き合うべきかと思案している様子だ。

声に出さずともブレスレットを箒に変えられるようになったはずのアリスだが、その手に握られた金属は変化の兆しも見せない。久美子の剣幕に動揺してしまったようだ。

「箒に、箒になーれ。箒になーれっ！」

銀色の装身具を強く握りしめ、アリスは繰り返し念じる。それでもやはり、手からは煙の一筋も立たない。

「ねえ」

妻が、少女の手元からこちらに視線を戻した。

「もうちょっと待ってやってよ」

こちらの懇願に、久美子は首を振った。

「もういいです。こんな、娘みたいに歳の離れた子に何やらせてるの。情けない。ほんとに情けない人。恥ずかしいと思わないの？」

「副店長はいい人だよ」ブレスレットから顔を上げ、アリスが口を挟んだ。「ぜんぜん情けなくないよ。あの夜からずっと泊めてくれてるし、お休みの日に江の島連れてってくれたし、服もいっぱい買ってくれたし、この前なんか、私より先に起きてたまごのパン焼いてくれたもん」

せいいっぱい庇《かば》ってくれたようだが、あまりに不用意な言葉はかえって妻の神経を逆撫でした。

「もうわかった。もうわかりました。魔法ごっこはもういいからあなた、おうちに帰りなさい」

「いや、彼女は——」

「いいから」夫をひと言で黙らせ、その傍らの息子をたしなめる。「たっくん、目を擦らないの。また痛くなっちゃうから」

「目、痛いの？」

見知らぬ少女から息子を守るように、久美子は硬い声で質問を返した。

「そうだ。今日はおいくら？」

「おいくらって？」

「『店外デート』とかいうんでしょ、こういうの。お金は払いますから、もうここには来ないでもらえます？」

ボンッ、というくぐもった音とともに、アリスの手元から煙が沸き立った。木製の細長い棒。箒だ。

「ほらっ、出た、箒！」

「おー」

無邪気に手を叩いてはしゃぐ副店長とその息子を尻目に、アリスは箒の柄をきつく握りしめた。厄介者扱いに、少なからず自尊心を傷つけられたようだ。

しかし相手の態度を挑戦と受け取ったのか、久美子がますます声を鋭くする。

「そんなの……、そんなのどうせ手品でしょ」驚くには驚いたようで、せわしなくまばたきをしながら煙を払っている。「それで、お金はいくら払えばいいの？　五万？　六万？」

「お金じゃないもん！」アリスが声を張り上げた。「副店長、千円いらないって言ってたもん！」

「千円？」

「千円！」

アリスの勢いに押されたのか、久美子は疑問を棚上げにして質問を変えた。

「じゃあなに？　二人の間に打算はなくて、本気で愛し合ってるとでも言うの？　そう信じてるとしたらあなた、この男に騙されてるのよ」

アリスは虚を突かれたような様子で小首をかしげると、ベッドの上の小動物に問いかけた。

「まるるん、私、騙されてるの？」

返事はない。言いたいことは山ほどあるが、こちらは声が喉でつかえてしまっている。妻に「この男」と指さされたことに、精神以上に肉体がショックを受けてしまったようだ。

妻が深々とため息をつく。

「さっきからまるるんまるるんって、二人でなんの呪文？　はぐらかさないで話を聞いて。あのね、この人は結婚していて子供もいる四十一歳のおじさんなの。あなた歳はいくつ？　小さいけど、いくらなんでも中学生にはなってるでしょ。何年生？」

「中学生じゃないよ。魔法学校の十二年生だよ」

「…………」

すれちがいばかりの会話に焦《じ》れ、久美子が下唇を噛みしめる。なんとか説得のきっかけを掴もうと、太郎は言葉を絞り出した。

「いや、嘘みたいな話だけど、どうも本当らしいんだよ」

「もう、いいかげんにして！」

妻の叫び声に、何か軽快な音が重なった。間を置いてもう一度。チャイムだ。

ここが共同住宅の一室であることを思い出したようで、久美子がばつの悪そうな顔でこちらを窺う。

「ちょっと見てくる」玄関に向かいかけた足を止め、太郎は振り返った。今の久美子と二人だけにしては、アリスが気の毒だ。「いや、アリス、悪いけど出てくれないか」

「うん」

箒を壁に立て掛けて妻のそばを逃げるようにすり抜けた少女が、アルミ製の扉を押し開ける。戸口には、水嶋夫人が立っていた。

「おばあちゃん！」

相手を認めると、アリスは靴脱ぎ場の履物を蹴散らすようにして「祖母」に抱きついた。

「あらあら。アリスちゃんどうしたの」

老婦人の問いには答えず、少女は相手の肩に顔を埋《うず》める。

拓弥がこちらの袖を引き、声をひそめた。

「あの子、どうしたの？」

太郎は問いには答えず、言葉の代わりに息子の頭を撫でた。

いつでも味方になってくれる人の顔を見て安心したのだろう。アリスはしがみついたまま離れようとしない。水嶋夫人も、驚いた表情のまま背中をさすっている。

ふいに訪れた静寂の中、太郎は足元に視線を落とした。アリスの父親になろうと誓ったはずなのに、いざ妻と息子を前にしたら保身《ほしん》のことばかりを考えてしまった。

「パパ」

久美子が囁きかけてきた。「この男」からいつもの呼び方に戻っている。見知らぬ少女に続いて見知らぬ老婦人まで現れ、怒りよりも戸惑いが大きくなったようだ。

「ねえ、パパ」

もう一度呼びかけられ、太郎はようやく「うん？」と応えた。

「あの人は？」

「水嶋さん。下の部屋の人」

「ああ」

妻もこのアパートには何度か来ているが、顔を合わせたのは初めてだ。

──私、一階の人に挨拶したほうがいいかな。

──いや、べつにいいだろ。俺も会釈くらいしかしてないし。

そういう会話を、この部屋で一、二度したはずだ。

洟を啜る音が聞こえ、夫婦は玄関に目を戻した。落ち着いてきたのか、アリスが夫人からそっと離れる。

こちらの視線に気づいた夫人が、硬い笑みを浮かべながら久美子に会釈した。

「あ、妻です。久美子です。こっちは息子の拓弥」

太郎の紹介に続いて、久美子がうやうやしく頭を下げた。

「藤沢の妻です。主人がいつもお世話になっております」

「ああ、ご家族の方でしたか。一階の水嶋です。こちらこそお世話になりっぱなしで」

夫人は会釈し、寝室に立ち尽くす家族とかたわらのアリスを順に見つめた。それから、手に提げたビニール袋に目を落とす。

「ああそうだ。りんごのおすそ分けに来たんだった。長野の甥《おい》が送ってきたんですけど──、ちょっとお邪魔していいかしら」

夫人はこちらの返事を待たずにサンダルを脱ぎ、アリスの背中に手を添えながらダイニングキッチンに上がり込んできた。この人物らしからぬ振る舞いに不意を突かれ、太郎は「どうぞ」のひと言も発せられずにいた。

「あ、お茶でいいですか」

寝室から飛び出して戸棚に向かう久美子を、夫人が「いえいえ、お構いなく」と押し止める。

「さっきお二人と挨拶したあとで、家にりんごがあったの思い出したものだから。テーブルに置いておきますんで、よかったらみなさんでどうぞ」

「どうも、わざわざすいません」

やっと言葉が出た。

「でも、四人で二個じゃ少なかったかしら。ごめんなさいね、これで終わりなの」

「あの──」

夫人に何か言いかけ、久美子は口ごもった。

「はい？」

「……いえ」

「きのうのカレーにも入れたんですけどね、そのまま食べてもおいしいから」相手の態度をいぶかる様子もなく続け、夫人は傍らのアリスに尋ねた。「アリスちゃん、カレーの残りはちゃんと冷蔵庫にしまった？」

「うん。副店長が」

「じゃあ安心ね」

「あの、その子はうちの人と――」

久美子は口を挟みながら、またも先を言い澱《よど》んだ。「うちの人とどういう関係なんですか」と尋ねようとしたのか「うちの人とは無関係です」と断りを入れようとしたのか、口調からは推し量れない。しかしいずれにしても、話せば相手の詮索を呼び込む。妻はそれをおそれたのだろう。

言葉の続きを待っていた夫人は、久美子が黙り込んでしまったのを見て取るとそっと微笑みかけた。

「やっぱり、そうでしたか」

「え？」

「アリスちゃん、藤沢さんの姪御さんじゃないのね」

「いや……」

夫人に見据えられ、否定の言葉が途中で止まってしまった。見ると、アリスは表情をなくし、まるで石にされてしまったかのように夫人の傍らで身を硬くしている。

「藤沢さんの言うことを最初は信じてたんですけどね、やっぱりだんだん、ちょっとおかしいなって」

「そんな嘘をついてたの!? ご近所さんに」

声を尖らせる妻に首を振ってみせ、夫人はおだやかな調子で続けた。

「でもね、本当の叔父さんと姪っ子ちゃんみたいでしたよ、とっても仲がよくて。少なくとも、奥さんが想像しているようなおかしな関係じゃないことは私が知ってます」

久美子のばつの悪そうな顔を見て、水嶋夫人は目尻の皺を増やした。

「ごめんなさいね、切れ切れだけど外まで声が聞こえちゃっていたから」

「すみません、ご迷惑をおかけしまして」

「ううん、こっちこそごめんなさい。強引に上がり込んだりして」

どうやら、りんごは仲裁のための口実だったようだ。

「あの、おかしな関係はないというのは、たしかなんでしょうか」

妻のおずおずとした問いかけに、しっかりと頷く。

「ええ。もしも藤沢さんが口止めしていたとしても、素直なアリスちゃんが漏らさないはずがないもの。じつは私もね、その線を疑って何度か水を向けてみたの。でも返ってくるのは『扉越しでもいびきがうるさくて困る』とか『副店長は台所で寝ているから、夜中にお手洗いに行くときに邪魔』とか、そんな話ばかり」

「そんなこと言ってたんですか」

大きな声が出てしまった。目が合ったとたん、アリスがぷいと視線を逸らす。

縮こまった少女の背中を、老婦人がいたわるように撫でる。

「親しみの裏返しでしょ。『お店の人たちからけっこう尊敬されているみたいでうれしい』とも言ってたし」

「そんなことまで言ってたんですか」

再び発した大きな声は、妻のもっと大きな声にかき消された。

「ちょっと、お店に連れて行ったの!?」

「大丈夫。大丈夫だって。そっちにはバレてない。社員もパートさんたちも水嶋さんよりずっと接触少ないし、姪だってみんな信じてるよ」

久美子が目を剝く。

「呆れた。同居している『姪』がほんとは赤の他人だなんて、もしも会社に知られたらまちがいなくクビじゃない。家族の知らないところで、そんな綱渡りみたいなことしないでよ」

「それは、うん、すまなかった」

「まったく」

眉根に皺を寄せてみせるが、まなざしに先ほどまでの刺々《とげとげ》しさはない。児童買春ではないと知っていくらか落ち着いたようだ。

「今どきの会社って、そんなに厳しいの」

会話を聞いていた夫人が声をひそめる。

「ええ、プライベートのこととはいっても、さすがに未成年が絡むとなると」

しゅんとうなだれてしまったアリスに、夫人が頷きかける。

「おかしな話ね、アリスちゃんはアリスちゃんで何か事情があるから一緒に住んでいるのに。ねえ」

自分は運がよかったのだと、太郎は今になって実感した。隣人が彼女のようなおおらかな人物でなかったら、自分もアリスもここにはいられなかったかもしれない。

「すみませんでした。これまで黙ってまして」

頭を下げると、夫人は苦笑いで両手を振った。

「いいのいいの。言いにくいことだもの。じゃあ、私はこれで」

入ってきたときと同様、こちらの返事を待たず靴脱ぎ場に下りる。

「どうも、お騒がせしました」

ドアの前まで見送りに来た久美子に、水嶋夫人が会釈を返した。

「僕ちゃんによろしくね。それじゃあどうも」

玄関の外に出た夫人が、腰を屈めながら扉を閉めた。

外階段を下りる音が遠ざかってようやく、久美子がこちらを振り返る。

「そういえば、たっくんは？」

「あ」

ダイニングキッチンに立ち尽くしていた夫婦と少女が、ひと塊になって寝室に移動する。息子はベッドに腰掛け、膝の上の小動物を一心に撫でていた。

「たっくん」

父親に呼びかけられてようやく、拓弥が顔を上げた。無事なほうの目尻が、だらしないほど下がっている。

「かわいいね、まるるん」

中年男の声と口調を持つ地蔵菩薩の化身は、少年の膝の上でおとなしく腹這いになっている。

「ちょっと、触らせて大丈夫なの？　咬《か》んだりしない？」

久美子が肘をつついてきた。

「まあ、それはない」

「そういえばさっきあれに話しかけてたけど——、あ、たっくん擦っちゃダメ！」

母親の叱声に驚いた息子が、目を擦っていた手をあわてて下ろす。

「痛いの？」

アリスに尋ねられ、拓弥はまるるんを膝に乗せたまま身をよじらせた。

「痛いのは少しだけになったけど、すごく痒《かゆ》い」

「目、見せて」アリスは拓弥の前に立ち、腰を屈めた。「まだ腫れてるね。かわいそう」

アリスが、右手を拓弥の左目に伸ばす。

「ちょっと、触らないで。雑菌が——」

止めに入ろうとした妻の肩を両手で押さえ、太郎はまるるんに視線を送った。あわてる様子はない。

「大丈夫」

「でも……」

「心配ないから」

抗おうとする肩を軽く叩き、太郎は妻をなだめた。

「いいって言うまで目を閉じて」

アリスの言葉に従い、拓弥が両目を閉じる。前後して、アリスの右の手のひらから
あの午後の陽射しのような光が発せられた。奇妙な光景に、久美子が息を止める。

赤く腫れた拓弥の左目に、アリスの右手が押し当てられる。隙間から、眩い光が放
射状にこぼれた。照らされた膝やまるるんの体毛が、黄金色に輝く。

「はい、もういいよ」

アリスが手を離すと同時に光は消え、拓弥は不思議そうにまばたきを繰り返した。

その目には、腫れも充血もまったく見当たらない。

「できた」

初めて折り鶴《おづる》を完成させた子供のように、アリスがはにかんだ得意顔でこちらを窺
う。太郎はごく当然のことのように頷いてみせてから、こわばっていた体からひそか
に力を抜いた。

「たっくん」久美子が息子の前に歩み寄る。「ママにちゃんと見せて。痛くない？

左目見える？　これ何本？」

目を閉じさせたり顔の前で指を立てたり上下左右を向かせたりと、妻は息子の目の状態を念入りにたしかめていたが、やがて大真面目な顔でこちらを振り返った。

「パパ、設定を詳しく教えて」

「ん？」

「この子のおじさんということで通してるんでしょ？　それは親の兄の『伯父』？　それとも弟の『叔父』？　あ、パパは二人きょうだいの弟だから、『シュクフ』って書くほうの叔父だよね？　あと、彼女の出身地とフルネーム、両親の近況、同居することになった経緯」

「それを聞いてどうするんだ？」

こわごわ尋ねると、妻はアリスを指さしながらまくし立てた。

「決まってるじゃない。この子連れてお店の人たちに挨拶に行くの。いくら事実でも『彼女は魔法使いなんです』じゃ正気を疑われるから、『姪』ってことで家族ぐるみで口裏合わせるの。次の満月までって言ってたっけ？　とにかくその間だけでも、従業員全員きっちり騙し通さないと」

副店長夫人直々の挨拶と店舗の正面玄関横のテナントで調達した合計四十個のドーナツは、太郎の嘘を補強するのに絶大な効果をもたらした。部下たちはもとより、あの尊大な店長の飯島でさえも「姪のアリスを主人ともどもよろしくお願いします」と深々と頭を下げられては、得意の嫌味も控えざるを得ない様子だった。

「いやはや、頼もしい」

スイングドアを押し開けて二階の売り場に出たところで、太郎は堪えきれず含み笑いをした。本物だと認めてしまえば魔法でさえもたちまち受け入れてしまう度量の大きさ、そして自らをも利用して夫のその場しのぎの嘘に真実味を持たせる機転の利かせようは、おかしな言い方だが自分ごときの妻にしておくのが惜しいくらいだ。

「『いやはや』じゃないでしょ」大きな度量と機転の持ち主が、小声で愚痴をこぼす。「営業時間中に事務所に押しかけたりして、出しゃばりな奥さんだと思われたかもしれないのに」

「それは大丈夫。今ごろもう、みんなの関心は俺の家族からドーナツに移ってるから」

「あの代金は精算しないからね。パパのお小遣いでなんとかして」

「……はい」

この出費で失職のリスクが減少したのならと、自らを励ます。

久美子はまだ言い足りないようで、売り場を歩きながら口を尖らせた。

「だいたい、『藤沢アリス』ってネーミングは何？　あなたお姉さんしかいないんだから、姪設定だったら『水谷《みずたに》アリス』じゃないと辻褄《つじつま》が合わないでしょ？　これまで誰にも突っ込まれなかったからよかったけど」

「聞かれたら、姉貴は離婚したことにする」

「うわ、ひどい弟」

エスカレーターを三階まで上がり、ゲームコーナーで息子と「姪」を探す。二人をここで待たせたのは拓弥が従業員たちの前で事実を漏らしてしまうのを避けるためだったのだが、子供が多くにぎやかなこのエリアのどこにも姿が見当たらない。久美子と首をかしげ合い、フロアを探して回る。

「いた。あっち」

妻が、トイレの入り口脇に設えられたベンチを指さした。アリスと拓弥が並んで座っている姿は、アリスの外見の幼さも手伝ってまるで姉弟《きょうだい》のようだ。

近づいていくと、拓弥が顔を上げた。膝に乗せたまるるんを飽きずに撫でている。

「用事、終わった？」

「終わったよ。ゲーム、飽きちゃったのか?」

尋ねると、息子は齧歯類をアリスに預けてからズボンのポケットを探った。出てきたのは、三枚の百円硬貨だった。別れ際に渡した物だ。促されるままに受け取り、アリスに目で尋ねる。

「ゲームよりまるるんがいいんだって」

「そうか」

金銭に執着しない息子の態度に、親馬鹿だとわかっていながら目尻が下がってしまった。

「パパ」

「ん?」

「ドーナツ食べたい」

金銭はともかく、食べ物への執着はしっかりとあるらしい。四十個も買い込んだドーナツに自分の分がなかったことが、拓弥には不服だったようだ。

「わかったわかった。みんなでもう一回ドーナツ屋さんに行こう。でも、もうすぐ晩ご飯の時間だから小さいやつだぞ」

「やったー!」

ベンチから飛び上がり、両手を振り回してはしゃぐ。

「たっくん、お店で騒いじゃダメだよ」

アリスにたしなめられ、息子がおとなしく従う。ますます姉弟みたいだと、予定外の出費をつかの間忘れて太郎は微笑んだ。

まるるんをポシェットに押し込んだアリスが、座ったまま上目遣いに尋ねてきた。姉の顔から、アパートにやってきたばかりの頃の心細げな顔つきに戻っている。

「私も、一緒に行っていい？」

「ん？」

「ドーナツ」

家族でのちょっとした外食に加わることに、彼女なりの遠慮があったらしい。答えるより先に笑ってしまった太郎の代わりに、久美子が頷く。

「もちろんもちろん。大きいのでも高いのでも、好きなの注文して。払うのこの人だから」

こちらを指さして微笑みかけたが、アリスの表情は硬い。初対面での強烈な印象が尾を引いているのだろう。

元来がのんびり屋で声を荒らげることの少ない妻にとって、この反応はずいぶん決まりの悪いものだったようだ。

「あー、ええと、アリス、ちゃん」

「うん？」

アパートでの言動を思い出したのか、久美子は恥ずかしさに小さくなりながら頭を下げた。

「ありがとう、拓弥の目を治してくれて。まだ狐につままれたような気分なんだけど、疑ってごめんなさい」

アリスは声も発せず、不思議そうな顔で久美子を見上げている。返事すらないことにたじろぎ、久美子も言葉が続かない。気づまりな沈黙に耐え兼ね、太郎はたまらず割って入った。

「まあ、なんだ。アリスがあらぬ誤解を受けたのも俺が家族に黙っていたせいだし、さっきはびっくりさせちゃってごめんな」ばつの悪さを胸の奥に押し込み、少女に詫びる。「出会いは最悪だったけど、付き合ってみるとけっこういい人よ、俺の奥さん。だからアリスも――」

何気なく表情を窺ったとたん、太郎までもが言葉を失ってしまった。アリスの両のどんぐりまなこから、大粒の涙がぽろぽろとこぼれ落ちていた。

「どうしたの？　大丈夫？」

久美子に肩を揺さぶられ、アリスは夢から覚めたようにまばたきを繰り返した。飛び散った涙が頬に触れ、指で拭っては不思議そうな顔でじっと見つめる。

「どっか痛いの？」

尋ねたのは拓弥だった。

「ううん、痛くないよ」揺れる声で答えてから、アリスは首をかしげた。「なんだろう、おばさんにお礼言われてびっくりしたのかな？」

「えっ、そんな、人に頭も下げない鬼婆に見えるの？　私」

うろたえる久美子に、アリスが首を振ってみせる。

「そんなことないよ。けっこういい人」

「けっこう……」

絶句する久美子をよそに、拓弥がシャツの袖を引っぱってきた。

「ねえ、ドーナツ」

「そうだ、ドーナツ！　早く行こ」

涙の筋が残る顔を輝かせ、アリスは勢いよく立ちあがった。おそるべき切り替えの早さだ。

太郎は妻と苦笑いで頷き合い、「じゃあ、行くか」と子供たちに声をかけた。折よくやってきたエレベーターに乗り、一階で降りる。帽子やバッグ、アクセサリーなどの売り場を抜けて、ハロウィンのディスプレイでオレンジ色に染められた吹き抜けまで来たところで、アリスが「あっ」と正面玄関を指さした。すでに暗くなった街から明るい店内へと入ってくる人の流れの中に、太郎もよく知っている顔があった。麗舞だ。母親は一緒ではないらしい。

麗舞も誘ってドーナツを食べようなどという話になったら厄介だな、などと思案しているうちに、アリスが正面玄関へと駆け出してしまった。

「おーい、麗舞くん」

顔を上げた麗舞が、アリスを見つけてニコッと微笑んだ。トレーナーの両肩には太いストラップ。普段は手ぶらだが、今日はデイパックを背負っているらしい。

玄関を入ってすぐの所で立ち止まった二人は、自分たちが客の出入りの妨げになっていることに気づいていない。

「あの二人、ちょっと脇にどかしてくる」

妻にそう告げ、小走りで正面玄関に向かう。突然、ネズミの断末魔のような鋭い声が耳に突き刺さった。「ギィーッ、ギィーッ」というすさまじい鳴き声に、周囲の客が驚いた顔でアリスを振り返る。太郎は狼狽する二人のそばに駆けつけ、金切り声に負けぬよう声を張り上げた。

「どうした、まるるんか!?」

ポシェットの中から発せられる悲鳴が、声に呼応していっそう大きくなる。同時に、鼻の粘膜に絡みつくような刺激臭がどこかから漂ってきた。微《かす》かだが、強烈な違和感を発する油の臭い。

平時の勤務中であれば、それはど気には留めなかっただろう。移動端末で清掃スタッフに連絡を取りつつ、床に目を凝らすくらいのものだ。しかし、今はちがう。「放火」の二文字が脳裏で燃え上がる。だが、見回してみてもあたりに火の気《け》はない。

麗舞の背中に目が留まった。小学一年生には大きすぎる、大人用の黒いデイパック。

「麗舞君、そのリュックは?」

よほど険しい形相で尋ねたのだろう、麗舞は怯えた様子で一、二歩後ずさった。

「知らない人が……」

それだけ聞けば充分だ。

「貸して!」

背中から剝ぎ取るようにデイパックを下ろさせ、ファスナーを開ける。立ち上る油臭さの奥に見えたのは、金属製のボトル。ボトルはプラスチックのケースと結束されており、半透明のケースの中には小型の時計やライターの部品らしきものが見えた。

　どこか、人気のない場所へ――。

　ガランとした屋上の光景が頭をよぎったが、その発想はすぐに打ち消した。客でごったがえす店内に、今この瞬間にも火を噴きかねない装置を持ち込むのは無謀だ。ならば、玄関の外に運ぶしかない。

　アリスの肩を叩き、そばに立ち尽くす麗舞とまとめて強く言い含める。

「ここにいろ。外に出るな」

「……うん」

　事態を飲み込めぬ顔のまま、アリスが頷く。太郎は頷き返し、玄関扉に向かった。

「どいて、どいて、どいて！」

　突き出した手で来店客たちを払いのけ、デイパックを揺らさぬよう慎重な足取りで風除室を通り抜ける。日が落ちて店外はだいぶ気温が下がっているはずだが、首筋を撫でる風に不思議と冷たさは感じられない。自分はおそらく気が動転しているのだろうと頭のどこかで考えながら、太郎はエントランスの中央まで進んだ。ここが、店からも道路からももっとも距離がある。

「みんな下がって。下がって！　火が点くかもしれない！」足元に置いたデイパックを指さし、周囲に向かって続ける。「それと、誰か一一九番して！　あと、誰でもいいから店員捕まえて、消火器持ってくるように言って！　とにかく一一九番！」

呼びかけても、太郎を遠巻きに環視する人々の中に携帯電話を耳に当てる姿は見られない。大型スーパーの正面玄関前で突然騒ぎだした男の正気を疑っているのか、あるいは、何かのパフォーマンスが始まったとでも思っているのか。

いっそ自分の携帯電話で消防に連絡しようかとも思ったが、人払いを中断するのは危険だ。足元から立ち上るむせ返るような異臭の中で、太郎はさらに叫んだ。

「早く！　早く消防に電話してよ！　通報が四人五人重なったっていいんだよ。『ホリデーの藤沢店』って言えば場所は伝わるから。大型店の連続不審火、ニュースでやってただろ！」

中年男のわめき声とテレビや新聞の報道内容が、それぞれの頭の中で繋がったようだ。数人が携帯電話で通話を始めた。ようやく状況を察知したのか、子供の手を引いて遠ざかる姿も見える。

「もっと離れて！　もっと、もっとだよ。危ないから。これ、たぶんガソリンだから！」

周りを取り囲む三、四十人の人垣が、いまだ半信半疑のまま後ずさる。その輪に一箇所だけ、動きのない部分があった。緑色のブルゾンを着た中年の男性が、周囲と肩がぶつかるのも気づかぬ様子で腕時計に目を落としている。

「そこの人、下がって！」

太郎に呼びかけられた男性は目を白黒させ、人を掻き分けて輪の外へと歩いていった。何かが引っかかる。顔見知りではないが、どこかで会った気がする。しかし接客業をしていれば、なんとなく見覚えのある顔など二桁《けた》では収まらない。今の男性もその一人だろうか。

頭の隅で記憶をたどっていると、背後から妻の叫ぶ声がした。

「パパ！」

出入りする客と野次馬とでごった返す正面玄関から、久美子が体を引き抜くようにしてエントランスに飛び出てきた。つかの間忘れていた刺激臭が、鼻と喉に突き刺さる。

「来るな！　危な――」

突然、腰に強い衝撃を受けた。息が詰まり、脚が宙を搔く。踏んばりきれず倒れると、横になった体はタイル敷きのエントランスをなすすべもなく滑《すべ》った。

引火した油に吹き飛ばされたのかと思ったが、そうではないようだ。誰かが腰にしがみついている。店の制服。首を持ち上げると、相手と目が合った。

「……伊東？」

「はい。副店長、お怪我はございませんか」

巡回中の新入社員が、馬鹿に丁寧な言葉でこちらを気遣った。

「お前、タックルは大袈裟《おおげさ》だよ」

笑いかけたが、相手は表情を崩さない。

「ガソリンは、危険だと思いまして」

直後のことだった。

骨を震わす地響きとともに、たった今自分が立っていた場所から巨大で真っ赤な火炎が上がった。反射的に顔を伏せる。頭や脚に、小さな物がいくつか当たった。

轟音《ごうおん》は残響を引き連れて消え、あとには焦げ臭さと舞い上がった埃、そして耳鳴りが残った。

驚きに声を失った様子の伊東に頷きかけ、四肢の無事をたしかめながら立ち上がる。

次の爆発を怖れたのか、人々が我先に逃げていくのが目に映った。しかし見たところ、炎に巻き込まれた人間はいないようだ。

「パパ！　パパ！」悲鳴のような声を発しながら、久美子が飛びついてきた。「大丈夫？　怪我してない？」

この感触も、ずいぶん久しぶりだな。

騒然とした空気の中で抱いた呑気な感想に、太郎は心の中で鼻を鳴らした。衝撃があまりに大きく、怯えることすら忘れているらしい。

「ねえ、パパ」

両の二の腕を揺さぶられ、小刻みに頷く。

「ああ、大丈夫。社員の敷地内巡回、始めといてよかった。おかげで部下に助けられた」

足元でへたり込んだままの伊東に目配せすると、相手は首をすくめるように会釈した。すかさず久美子がタイルに膝をつき、感謝の言葉を繰り返す。

「ありがとうございます。藤沢の妻です。主人を助けていただいて本当にありがとうございます。もう、なんてお礼を言ったらいいか。いえ、うちの人に向かって突進する姿を見たときは、てっきり暴漢かと思って大きな声を出してしまったんですけど、社員さんだったんですね。誤解してしまってごめんなさい。それであの、事務所にドーナツがありますので、よかったらどうぞ召し上がってください」

気が動転しているのは妻も同じようだ。

地面に尻をつけたまま、伊東が頭を下げる。

「あ、はい、どうも。歩けるようになったらいただきます」

「まさか、どこか怪我でも——」

「いえ、怪我はないのですが、腰が抜けておりまして」

真面目くさった返答に、こわばっていた夫婦の頬がやっとゆるんだ。

バタバタと、小刻みな足音がいくつか駆け寄ってくる。拓弥とアリス、そして、アリスに手を引かれた麗舞だった。

「副店長副店長、『ドオーン』ってものすごい大きな音がしたけど、何かあったの？」

アリスが、不安と好奇心の入り混じった目で尋ねてきた。玄関の人だかりに阻まれ、一連の出来事は見えなかったらしい。気楽なものだと呆れてしまうが、正直に話せばきっと怯えさせてしまうだろう。

「まあ、大人になるといろいろあるんだよ」

強引なごまかしに怪訝そうな顔をしたアリスが、こちらの頭を指さした。

「なんか、黒いのがペロンて垂れてるよ」

言われて初めて、柔らかい感触に気づいた。名刺ほどの大きさのそれを、手に取って観察してみる。黒くて薄い、いびつな形に破れたナイロンの切れ端。四散したデイパックの生地だった。

ふいに、体が大きな振動を感じ取った。再度の爆発の予兆かとデイパックのあった場所に視線を走らせたが、そこには細かい破片のほかに何も残っていない。

足元に目を落とす。激しく震えているのは地面ではなく、自分の膝だった。

エントランスに面した道路に、様々な警察車輌が並んでいる。数台の赤色灯は今も点灯したままで、建物や樹木を繰り返し撫でる赤い光はあたりに騒然とした雰囲気を醸《かも》し出していた。

黄色いテープで区切られたエントランスでは、出動服やスーツ姿の警察官たちが投光器の光を浴びながら立ち働いている。十や二十という人数ではない。それぞれの厳しい顔つきが、事の重大さを物語っているようだ。

正面玄関脇のベンチに座ったまま、太郎は勤務先に出現した物々しい光景を黙って見つめていた。見慣れた職場に規制線が張られ、その内側に自分がいることが、どこか夢の中の出来事のようにも思えてくる。

〈立入禁止 神奈川県警〉の文字が印刷されたテープを、夜の風が揺らした。首筋が震えたのは空気の冷たさのためか、それとも治まらぬ恐怖のためか。

刑事たちと言葉を交わしていた奥村が、太郎の様子を見て声をかけてきた。

「いま、店の人に上着取りに行ってもらってるから」

「ああ。悪いね」

捜査員たちの中に古くからの親友がいることも、この現実感の薄さに拍車を掛けているのだろう。本人から聞かされたところによると、出動命令が発せられた直後の情報が錯綜《さくそう》する署内で「ホリデー藤沢店の副店長が爆発に巻き込まれた」と聞き、半ば強引に捜査車輛に乗り込んだのだそうだ。

太郎は息を一つ吐き、ベンチの端で身を硬くしている麗舞に声をかけた。

「麗舞君、上着が来るって。もうちょっとの我慢だからね」

「うん」

麗舞はこちらを見上げ、生真面目な顔で頷いた。まともに視線が合ったのは、今日が初めてではないだろうか。爆発の瞬間こそ目にしなかったものの、異常な事態に巻き込まれたことはこの少年も充分理解しているらしい。しかし彼が心を許すアリスは久美子や拓弥と店内で待機させられており、母親もまだこちらには到着していない。苦手であろうが気まずかろうが、この場で頼れるのはアリスの叔父しかいないのだろう。

麗舞の頭越しに、正面玄関から人が出てくるのが見えた。立哨中《りっしょうちゅう》の警察官に断りを入れて規制線をくぐったのは、パートの柳田だった。警察の要請で店は急遽《きゅうきょ》営業を取りやめたが、従業員たちの多くは店内で待機しているらしい。

「副店長、はいこれ」

三階の主が、抱えてきた灰色のジャンパーを差し出してきた。バックヤードでの作業用の物だ。

「どうも、すいません」

「はい、あなたも。ここ寒かったでしょ」

麗舞は頭を下げると、半ば押しつけられたジャンパーをいそいそと着込んだ。大人用はさすがに大きく、袖の先から手が出ない。柳田がこめかみ近くまで引かれた眉をひそめて「ごめんね、こんなのしかなくて」と袖まくりを手伝いだし、太郎ももう一方の袖をたくし上げた。ベンチにひととき親密な空気が流れ、非現実的でいながら張り詰めた感覚もいくぶんやわらいだ。

「柳田さん。店内、どんな感じですか？」

自分以外のことに意識を振り向けられる余裕が、多少は戻ってきたようだ。

「そうね、地下はさすがに時間がかかってるみたいだけど、一階から上はもうお客さんの誘導も済んでます。ほかに大変そうなのはネット宅配のほうと、あとは立駐の交通整理くらいじゃない？　でもパニックみたいにはなってないし、わりと整然としてましたよ」

「土曜のこの時間帯に営業終了か。きついなー」

「あのね副店長、公休日なんだし、売り上げのことは忘れましょうよ。それじゃなくても一歩まちがえれば死ぬところだったんだから。伊東さんに聞いたわよ、ドッカーンって、ものすごい火柱が立ったんでしょ？」

麗舞が体をこわばらせるのを見て、太郎は人差し指を唇に当てた。柳田が気まずそうに口をつぐむ。

膝の上で握った拳を見つめる麗舞の横顔に、幼いながら思いつめた様子が窺えた。この場に騒動を持ち込んだことに責任を感じている様子だ。

太郎は少年の肩に腕を回し、自分のそばまで引き寄せた。麗舞の気持ちを思いやってしたことだが、半分は自分のためでもあった。誰かに摑まっていないと、あの激しい震えがぶり返してしまいそうなのだ。麗舞も同じ心境なのか、嫌がる様子はない。

柳田が、ぎこちない笑顔で言葉を取り繕う。

「まあ、みんな無事でほんとよかったですよ、うん。めでたしめでたし。ええと、じゃあ、私はいったん戻ります」

「ああ、それじゃあ、店のみんなにも心配しないように伝えてください。こっちはかすり傷ひとつないですから。ジャンパー、わざわざすいません」

「いえいえ。じゃ、失礼します」

三階の主は「バイバイ」と麗舞に手を振り、客のいない店舗の中へ戻っていった。柳田と入れ替わりに、今度は警察官たちが近づいてきた。奥村と、刑事課らしき二人の男性と、制服姿の若い女性警官。少年の動揺が治まるのを辛抱強く待っていたのだ。

麗舞のそばにしゃがみ、女性警官は柔らかい声で小学一年生に話しかけた。

「麗舞君のお母さん、今こっちに来る途中だって。だからもう少しだけ、ここで待ってようね」

麗舞がぎこちなく頷くのを待ってから、女性警官は言葉を続けた。

「今日はびっくりしちゃったね。でもね、こーんなにたくさんのお巡りさんが麗舞君を守りに来てくれたから、もう大丈夫だよ」

女性警官に見つめられ、麗舞がどぎまぎした様子でもう一度頷く。

「ごめんね、こんな、夜になるまで付き合わせちゃって。お姉さん、もうおなかペコペコ。麗舞君は？」

「わからない」

やせ我慢をしているのではなく、警察が出動する事態を前に食事のことなど忘れていた様子だ。

「お昼は何食べたの？」

「……おにぎり」

「そっかー。お姉さんは鮭《しゃけ》のおにぎりが好き。麗舞君は？」

「ツナマヨ」

「なるほどー。ツナマヨもおいしいよね。おうちで食べたの？」

小さく頷く。

「おにぎり食べたあとは？」

「……ゲーム」その答えでは叱られると思ったのか、麗舞は首をすくめて続けた。

「あと、宿題もやった。ちょっとだけ」

「へー。ちょっとだけでもえらいよ、麗舞君。すごいなあ。それで、そのあとはどうしたの？」

「四時三十分になるまで待って、歩いてここに来た」

捜査員たちの間に走った緊張が、太郎にまで伝わってきた。女性警官に目で尋ねられた刑事が、無言で首肯して先を促す。

「麗舞君。その時間まで待ちなさいって、もしかして誰かに言われたの？」

小さな頭が上下する。

「誰？」

「ママ……お母さん。『お店の人に悪いから、四時三十分までは我慢してうちにいなさい』って」

捜査員たちには期待外れの返答だったようだが、太郎にとっては耳に残る言葉だった。麗舞の母の典子も、子供を店に押しつけていることには引け目を覚えているらしい。そんな当たり前のことに感じ入ってしまうのは、彼女の息子の命が危険にさらされた直後だからだろうか。

束の間鋭い目をしていた女性警官が、表情を戻してから麗舞に顔を向けた。

「じゃあお姉さん、お母さんがここに来たら教えてあげるね、『麗舞君、ちゃんと約束守りましたよ』って」

女性警官の言葉をじっと聞いていた麗舞は、初めて首を横に振った。

「いい。言わないで」

「どうして？」

「約束、守れなかったから」

「でも、四時半まで待ったんでしょ？」

問われた麗舞はジャンパーの裾から覗く膝に視線を落とし、黙りこくってしまった。

小学一年生が親と交わしそうな約束を頭の中で数えているうちに、太郎は麗舞がクリームパンを盗んだ夜のやりとりを思い出した。

「麗舞君は、『知らない人から物をもらわない』ってお母さんと約束しているんだよね」

うまく助け舟を出せたらしく、少年は素直に頷いた。

「じゃあ、ひょっとしてあのリュックも、誰かにもらった物なのかな？」

「……ごめんなさい」

「いや、謝らなくていいんだよ」首を振る太郎の脳裏をよぎったのは、後ずさりする人垣をよそに腕時計を見つめていた男の姿だ。「それで、リュックを渡した男は――」

勢い込んで質問を重ねようとすると、奥村がこちらに手を伸ばしてきた。肩を叩き、厳しい顔で首を振る。刑事の目配せを受けた女性警官が、質問を引き取った。

「リュックをくれたのは、どんな人だった？　思い出せるかな？」

「おじさんだった」

二人のやり取りを見て、太郎は奥村に制止された理由が理解できた。「男」と断定した自分の質問は、麗舞の回答を誘導してしまいかねないものだった。

刑事たちが顔を見合わせるのを見て不安になったのか、少年が言葉を付け加えた。

「でも、自分から欲しいって言ったんじゃないよ。『よくこのお店に来てるよね』って言われて、それで頼まれたんだよ」

「それは、なんて頼まれたの？」

「おじさんの子が地下の食べ物売り場にいるから、リュックを届けてあげてって」

女性警官は目を細め、小学一年生に頷きかけた。

「そうだったんだ。麗舞君はやさしいね」

その言葉が彼女の本心からのものなのか、あるいは規定されたマニュアルに沿ったものなのかは、部外者である自分にはわからない。しかしその「やさしいね」が、背負いきれるはずもない責任を麗舞の背中から下ろすひと言になることは、一人の父として充分に想像できた。

女性警官が、微笑みを浮かべたまま問いかけを続けた。

「思い出せたらでいいんだけど、そのおじさん、どんな服着てたかわかる？」

「緑の、えーと、こういう感じの長袖」着せられたジャンパーを、麗舞が叩いてみせる。「でも、もっとシャリシャリしてた」

「シャリシャリ？」

「こんなにモコモコしてない感じの、薄いやつ」

ブルゾンだ。自分が見た男の着衣と一致する。

「藤沢」

奥村に手招きされ、太郎は麗舞の頭をひと撫でしてから立ち上がった。ベンチから十歩ばかり離れた所まで、奥村と刑事に誘い出される。女性警官ともう一人の若手の刑事は、引き続き麗舞への聞き込みに当たるらしい。

「すみませんけどもう一度、腕時計を見ていたという男の特徴を教えてもらえませんか」

年配の刑事に促され、太郎は爆発直前の光景を目に浮かぶままに話した。人垣からはみ出したその男と面識はないが、どことなく見覚えはある。眼鏡は掛けておらず、身長は人並み。緑のブルゾンは覚えているものの、パンツの種類までは思い出せない。年齢は自分と同じくらいで、体型は若干太め。おとなしそうな顔だち。黒い頭髪は接客業をしている自分から見れば少々長めだが、耳が隠れるほどではない。傷や痣、ほくろなどの目立つ特徴はない。

「そのさ、『どことなく見覚えはある』って、もうちょっと具体的にならない？」奥村が眉間に皺を寄せる。「たとえば店の中で見たとか、アパートの近所で見たとか、電車の中とか」

「たぶん、店の中、かなあ」

「『かなあ』、か」ため息まじりに頷く。「店の中だとすれば、その男はここの客？話によるとどうも、あの子の行動パターンを把握していた節があるけど」

「どこで見たか、確信はない。特徴らしい特徴もない男だったから」

表情を曇らせる奥村に「とりあえず、いったんこれで追加報告してくるわ」と手帳を示し、刑事がパトカーに駆けていった。

上役の背中を見つめていた生活安全課の刑事は、こちらを振り返るとふいに親友の顔を覗かせた。

「まあ藤沢も、発火カウントダウン中の可燃物を股ぐらに据えた状況で、よくそこまで冷静に観察したと思うよ」

「からかうなよ」

「あとは、そいつの姿が防犯カメラに映ってたらビンゴなんだけどな」

「それなら期待していいと思う。ついこの前、店にあるカメラをぜんぶ動作確認したから」

「さすが副店長」

「からかうなって」

軽口を合図に立ち話を切り上げ、二人でベンチのそばまで戻る。麗舞と女性警官の話題は、ゲームコーナーにあるメダルゲームに移っていた。立ち会っていた若手の刑事が、小声で奥村に説明する。

「ちょっとひと休みです。緑の服の男ですけど、話によるとどうも焦っている様子だったみたいですね。彼、『荷物を早く届けて』とずいぶん急《せ》き立てられたようで」

「声をかけてきた場所は？」

奥村が尋ねる。

「エントランスから道路に出て、せいぜい二、三十メートルの所だそうです。もう少し落ち着いたら案内してもらいます」

刑事はそう言い、駅方向に向かう道を指さした。ブルゾンの男が去って行った方向だ。奥村がひときわ声をひそめる。

「じゃあ、リュック渡されてほんの数分でドカン？」

「ええ」

麗舞が爆発に巻き込まれるのを承知の上で、男はデイパックを託したのだろう。そして、炎が届かない安全な場所に立ち、腕時計で爆発までの時間を計っていたのだ。

「……クズ野郎」

腹の底で沸き立った憤りが、言葉になって喉から漏れ出た。

「まあ、そんな顔するな。ほら、怖がらせちゃうぞ」

奥村が麗舞を顎でさし、太郎は押し黙った。幸いなことにこちらの会話は耳に届いていないようで、女性警官の話にコクコクと頷いている。

「麗舞！」

悲痛な叫びが背中に刺さり、太郎と奥村は揃って肩を震わせた。道路の方からだ。振り向くと、女が警察官たちに行く手を阻まれていた。作業着の上下を着ているのでとっさにはわからなかったが、麗舞の母の典子だった。

目で尋ねてきた奥村に頷きかける。親友は制止する警察官たちに向かって両手を振り、それから頭の上で大きく丸を作ってみせた。解放された典子が、警察官たちの間を縫ってこちらに走ってくる。

「ママ！」

ベンチから飛び出した麗舞が、母に駆け寄ろうとしたものの躊躇する様子を見せた。叱られると思ったのだろう。太郎の脳裏にも、典子が保安室で見せた激しい剣幕がよぎった。しかし、その心配は無用だった。ほとんど転ぶようにしてベンチの前にひざまずいた典子が、繰り返し名前を呼びながら息子をきつく抱きしめる。

されるがままに抱擁を受けていた麗舞は、まばたきを二つ三つすると急に顔を歪《ゆが》ませた。みるみる溜まった涙を両目から溢れさせ、日頃の陰気なほどのおとなしさからは想像もつかないような大きな声で泣きわめく。

典子は息子の頭に頬ずりし、小さな背中を撫でさすった。

「生きててよかった。生きててよかったよ、麗舞。あんたがいなくなったらママ、どうしていいかわかんないよ」

そうなんだよな。

太郎は口の中でそう呟いた。世間との接し方も子育てもひどく無器用な人物だが、彼女もまた、子を喪《うしな》うことを何よりも怖れる親の一人なのだ。自分と同じだ。

視線に気づいた典子が、神妙な面持ちで立ち上がった。

「あの、ありがとうございます、うちの子を助けてくださって」

　その先の言葉は考えていなかったようで、典子は「ほんとに、どうも……」としどろもどろで謝意を述べると、深々と頭を下げた。足りない言葉は態度で補おうということらしい。

「いえ、どうぞ頭を上げてください。こんな大事《おおごと》になるとは私も思っていなくて、ただもう驚いているところでして」

　太郎がなだめると、典子はおずおずと顔を上げた。しゃくり上げる息子の頭を撫でながら、「生きててよかった。生きててよかった」と繰り返す。

　親子の様子を黙って見ていた奥村が、呟くように話しかけてきた。

「なんか、娘の顔が見たくなってきた。このまま家に帰っていい？」

「お宅の署長に聞いてくれ」

　軽口を返した太郎は、自分が拳を握りしめていることに気づいた。頭が熱くなり、動悸《どうき》も速まっていた。急に湧《わ》いてきた怒りに戸惑いながら、感情の出所を探る。もちろん、奥村の言葉に憤ったのではない。放火犯への憎しみは当然ある。が、そればかりではない。

　なんでなんだよ。

　典子の作業着に顔を押しつけて泣きじゃくる麗舞を見つめながら、太郎は奥歯を食いしばった。

奥村の娘にも、部下の増岡の娘にも、ありったけの愛情を注《そそ》いでくれる親がいる。本人にどこまで自覚があるかはわからないが、息子の拓弥にも自分と久美子という、けっして立派ではないがものもらいの痛みをおのれの痛みと感じる親がいる。

それなのに、アリスはどうだ。なぜあの子は、情の欠落した親の元に生まれなければならなかったのだ。なぜ、死ぬまで親に痛めつけられなければならなかったのだ。


これほどにぎやかで笑いの絶えなかった夜は何ヵ月ぶりだろう。

拓弥のリクエストで入った中華料理店では、食べそこねたドーナツの代わりにと注文した胡麻《ごま》団子の熱さに皆で飛び上がって笑い合い、アパートに戻ってからは水嶋夫人から借りた客用布団の意外に派手な柄に笑い合い、1DKの狭いアパートでどうやって四人が寝るかを相談した際には、拓弥の「じゃあ、パパは男だから台所ね」の言葉に笑い合った。本人が言うには、自分も男ではあるけれど「まだ小学生だから」アリスと同じ部屋で寝ても問題ないのだそうだ。久しぶりの対面なのだからできれば一緒に寝たかったが、父のささやかな望みを汲み取るには息子はまだ幼すぎたらしい。

しかしこうして横になってみるとテーブルのあるダイニングキッチンはやはり狭く、

二人以上が熟睡するのはむずかしそうだ。

薄闇にぼんやり浮かぶ天井を見つめ、冷蔵庫の運転音を聞くともなしに聞いていると、つい一、二時間前に聞いた息子や妻、そしてアリスの声が代わる代わる耳を撫でていく。思いがけず家族と触れ合えたことに、体が興奮しているらしい。そのおかげで、夜半を過ぎてもなかなか寝つけない。

ただ、目が冴《さ》えてしまった理由はもちろんそれだけではない。瞼を閉じれば大人用のデイパックを背負った麗舞の姿や油の刺激臭、横殴りに叩きつけてくるような爆発音、警察車輌が放つ物々しい回転灯の光などが次々と脳裏をよぎる。

自分も麗舞も家族も、そして助けてくれた部下の伊東もみな無事だったのだから怖がることはないじゃないか。何度も自らにそう言い聞かせてみたが、布団の中の体はこわばり、呼吸は浅くなってしまう。

明日はきっと忙しくなる。少しでも早く寝てしまおう。そう考えれば考えるほど、かえって眠気は遠のいていく。焦れた太郎は布団をはだけ、寝室の三人を起こさぬようにそっと立ち上がった。冷蔵庫の扉を開け、庫内灯の眩しさに顔をしかめながら缶ビールを取り出す。

喉を鳴らしてビールを飲み、半分ほどの重さになった缶をテーブルに置いたところで、寝室の仕切り戸が静かに開いた。妻が起きてきたのかと首を伸ばしてみたが、戸の奥に人影はない。ならばアリスがついに姿を消す術を会得したのかと、太郎は腰を浮かせかけた。しかし、衣擦《きぬず》れの音も足音もしない。いぶかしんでいるうちに引き戸が閉まり、テーブルの向かいの椅子が細かく揺れた。まるるんだ。

背もたれまで駆け上ってきた小動物が、飛び移るなりテーブルに突っ伏す。

「何か飲み物と、カシューナッツを大至急。腹が鳴ってかなわない」

言われて初めて、この小動物が昼から何も口にしていないことに気づいた。昼食をとったファミリーレストランにいる間はポシェットの中で辛抱してもらい、「飛ぶ練習」から帰ってきてから食事を提供するつもりだったのだが、妻子の突然の訪問ですっかり吹き飛んでしまった。しかも間の悪いことに騒ぎはその後も続き、夜の中華料理店でも存在をつい忘れていた。罰当たり、という言葉が脳裏をかすめる。

「悪かった。喉も渇いただろう」

常夜灯を点けて戸棚を探り、太郎はカシューナッツをいつもより多めに皿に盛った。詫びの意味も込めて、醬油皿にビールを注ぐ。橙色《だいだいいろ》のほのかな光の下、地蔵菩薩の化身は得意の皮肉も発せずビールを舌で掬い取り、両手で挟み持ったナッツをむさぼった。

「もっと早く言ってくれればよかったのに」

小声でそう漏らすと、小動物は鼻で笑うように顎を上げてみせた。

「あんたの妻はなかなかの肝っ玉の持ち主のようだが、私が人の言葉を話したりしたら、さすがに卒倒してしまうんじゃないか？」

「ああ、それもそうだ」

まるるんは寝室の方を見遣り、誰も目を覚ました気配がないのをたしかめてから声をひそめた。

「妻だけでなく、息子に聞かせるのもまずい。あんたが妻子の前で魔法を披露するようアリスに迫ったのには内心あわてたが、それでも黙っていた。ここで体験したのがアリスの魔法だけならば、いみじくもあんたの妻が言ったとおり『どうせそんなの手品』だと、そのうち解釈するようにもなるだろう。処世のためには、そのほうが息子のためでもある。そんな具合に考えてな」

「たしかに、『おしゃべりするネズミさん』はインパクトが強すぎるな。だからガソリン騒ぎのときも、言葉じゃなくて鳴き声で知らせてくれたわけか」

「ああ」

「原則不介入じゃなかったのか？」

尋ねると、小動物はナッツをひと齧りしてから答えた。

「異臭を嗅《か》ぎ取った動物が騒ぐのは習性であり、魔法ではない。したがってあれはアリスへの介入でもない」

詭弁《きべん》だが、それを揶揄《やゆ》するつもりなどない。まるるんが頑なに原則を守っていたら、少なくない人間が爆風に吹き飛ばされていただろう。その中には確実に麗舞とアリスがいたはずだ。そう考えると、さして寒くもないダイニングキッチンにいながら背筋が震えた。

「とにかく、助かったよ」

「ほんの習性さ」

小動物は短く答え、耳かき大の舌でビールをひと掬いした。醬油皿の中で揺れる常夜灯の淡い光を見つめながら、太郎はおもねり混じりの声で尋ねた。

「これを聞くのはさすがに原則破りかもしれないけど、放火犯、どこの誰なんだ？　せめてヒントだけでも教えてくれよ」

「原則も何も、正体など知るものか」顔を上げ、髭についた滴を前肢で拭う。「私はこの世のすべてを把握しているわけではない。知っていることなどほんのわずかさ。前にも言ったとおり、あんたが妻に掛けた口説き文句すら知らないくらいだ」

とぼけているわけではないらしく、口調にはどこか歯痒さのようなものが漂ってい
た。
「そうか。そうだったな」
きっとこうしている間にも、警察は自分や麗舞の証言、そして提供された防犯カメ
ラの画像などを元に捜査を続けているのだろう。また犯人も、犯行を失敗した場所か
らはしばらく距離を置きたがるはずだ。そう考えれば、身内が再び凶行に巻き込まれ
る可能性は低い。
それでもなお、懸念は体にべったりと貼りついたまま離れようとしない。今夜はこ
こに泊まると妻が決めたのも、不特定多数が集まる駅の雑踏や電車内の混雑に不安を
覚えたからだろう。夫の体を焼き尽くしたはずの炎を目の当たりにした衝撃が、そう
やすやすと消えるはずもない。
妻だけではないだろう。負傷者こそ出なかったものの、デイパックに詰め込まれた
可燃性の悪意は周囲の人々の心に大小の火傷を残していったはずだ。
「なんで、放火なんて馬鹿なことをするんだろうな」
尋ねるでもなく尋ねると、まるるんは黒く大きな目でこちらを見上げた。
「むしろこちらが聞きたいくらいだ。教えてくれ。なぜ、人間は虐待などという惨《むご》い

ことをするんだ」柔らかそうな体毛が、薄暗がりの中で見る見るうちに膨らむ。「家族の間だけではない。今日、麗舞がされたことを思い出してみろ。なぜ、人間は子供にひどい仕打ちをするんだ。享楽のためか。恐怖のためか。それとも、独善的な教義のためか」

「それは……」

ぶつけられた問いへの答えを探しあぐね、太郎は口ごもった。こちらを睨みつけていた小動物が、醤油皿に目を落とした。

「いや、悪かった。あんたに当たってしまった。酔ったかな」

ばつの悪そうな声に体の緊張を解かれ、太郎はビールを啜った。

「神様にも、ずいぶん人間くさいところがあるんだな」

「言っておくが、私は神ではなく子供の守護者だ。それ以上の力はないし、その使命にしてもまるで果たせていない。情けない話だよ」

「お前、飲むと愚痴っぽくなるのね」

「そうか？　自覚はないぞ」

「だって、前にふたりで飲んだときも――」

その晩のやりとりを思い出し、太郎は言葉を止めた。

「どうした？」

「たしかお前、ボスの働きが杜撰だってぼやいてたけど、ということはつまり、そのボスっていうのが、神様ってこと？」

まるるんが、もったいぶる様子もなく頷いた。

「あんたが私に地蔵菩薩の姿を見たように、捉え方は人それぞれだが、そう呼ぶ者もいる」

「いやちょっと、あのさ、神様を杜撰だの腹立たしいだのと批判して大丈夫なの？神様だよ？」

「ありのままを評したまでだ。前にも言ったが、あれじゃいてもいなくても一緒だ」

この小動物が暮らす世界でも相当な暴言のはずだが、幼い川上亜璃澄が受けた仕打ちを思えば、そう断じたくなる気持ちは理解できる。

「なんだ、俺が言うのもおこがましいけど、ボスはともかくお前はなかなかよくやってるんじゃないか？　アリスのお姉ちゃんぶりも、あれでなかなか様になってるし」

丸まっていたまるるんの背中が、すっと伸びた。

「あの成長ぶりは私にとってもうれしい誤算だ。ここに来るまでは、こちらが頭を抱《かか》えてしまいたくなるほど子供子供していたんだがな」

「今もたっぷり子供っぽいけどな」アリスの表情を思い出し、無意識に口元がゆるんだ。「あんなに夢中になって飯を食う十四歳の女の子なんて、探したところでなかなか見つからないぞ。今日のファミレスも中華も、皿が運ばれてくるたびに目をキラキラさせてたし。出費は痛いけど、ああやって全面的に幸せそうな顔をされるとこっちもおごり甲斐がある」

「事実、幸せなんだろう。食べたい物を食べたいだけ食べさせてもらえるなんて、あの子にとってはこの上もない幸福なんだよ」

静かに語るまるるんの声の奥に、太郎は奥村の呻きにも似た声を聞きとった。

――両親の供述だと、食べさせたのは日にカップラーメン一つがせいぜいで、死の数日前からはそれすらやらなかったらしい。

「許せないな、そんなの。許せない」

会話としてはまったく嚙み合わぬ受け答えだったが、まるるんはこちらの心情を察したらしい。

「親を庇うつもりはないが、見習い魔法使いになる前のあの子にだって、幸せな瞬間がなかったわけでもないんだ」

「というと？」

「魔に取り憑《つ》かれたような人間ではあっても、ごくまれに正気に戻ることもあったようでな。そんなとき、アリスのためにこさえてやった料理がある。わかるか？」

思い浮かんだのは、夕暮れどきの寝室でアリスがリクエストした料理の名だった。

「『たまごのパン』——エッグトーストか」

「そのとおり。はっきりとした記憶はなくても、舌が覚えているんだろう。人間の知覚の執念深さには驚かされるよ。ただ、一度行っただけの江の島のことまで覚えている様子だったのにはもっと驚かされたがな」

「そうか。それで、潮だまりまで道案内ができたわけか」

「ああ。たまごのパンにせよ江の島にせよ、あの子にとっては砂金のように希少で眩《まばゆ》い幸福の原体験なんだ。それを、ここに来てからもう一度体験できた。しかも今度の父親は、これがまあ、疑り深くて保身に走りがちで自任しているほどには仕事もできない上に、発火寸前の可燃物を足元に置いて客の避難誘導をするようなとんだマヌケだが、憂さ晴らしに子供を折檻することもなければ、夜中に子供を置き去りにして遊びに出掛けることもない。そんな絶対の味方でいてくれる親と一緒に食べる好物がどれほどおいしく、一緒に出掛ける散歩がどんなに楽しいか。あんたの存在は、悔しいがお目付け役では埋められないものなんだ」

思いがけずまるるんに「悔しい」と羨《うらや》まれ、太郎は仏頂面を作ってみせた。

「俺はべつに、そんな立派な人間じゃないよ」

「それは知っている」いつものようにからかってから、地蔵菩薩の化身はカシューナッツを齧った。「あんたの実感はどうであれ、私はアリスの留学先があんたの所でよかったと思っているよ。何がいいって、お宅のスーパーで売っているこのカシューナッツ、これが最高だ」

「ああそうかい」

「あんたに未練はないが、これが食べられなくなるのは寂しい」

聞き慣れた憎まれ口に、太郎は別れの日が遠くないことを強く意識させられた。

「あと一週間、だよな。次の満月まで」

「そうだ。今しがた日付が変わったから、ちょうど一週間後だ。日曜日。以前あんたとアリスが話していた、江の島の花火大会がある日だ」

「そうだな」残された時間の短さに静かに打ちのめされながらも、太郎はどうにか表情を保った。「俺たち、どんな気持ちで花火を見ることになるんだろう。その日までにアリスが消える魔法をマスターしていればいいんだけど」

「ああ」

まるるんが頷くのと前後して、寝室から物音が聞こえてきた。ふたりが揃って口をつぐむ。

引き戸を開けて出てきたのは、寝ぼけ顔のアリスだった。

「起こしちゃったか？」

小声で尋ねると、少女は寝癖のついた頭を掻きながら「おしっこ」とだけ答え、トイレに入っていった。

開けっ放しになった引き戸の隙間から、常夜灯の淡い光が寝室に射し込んでいる。テーブルを回り込んで戸を閉めた太郎に、まるるんが笑いかけた。

「あの子もすっかり、遠慮がなくなったな」

「とくに、寝ぼけているときはな」

同居を始めた頃は朝まで我慢していたようだが、このごろのアリスは夜中でも遠慮なしに布団を跨いでくる。おおむね好ましい変化ではあるが、腕や脚を踏まれることも少なくないので考え物でもある。

ほどなく、水音とともにアリスが個室から出てきた。布団の上で足を止め、眠たげな目でこちらの顔とビールの缶、そしてまるるんを見つめ、かすれた声で尋ねる。

「牛乳、飲んでもいい？」

もう夜半過ぎだが、酒を飲んでいる手前、子供が牛乳を飲むのを禁じるのはきまりが悪い。

「ちゃんと歯を磨くんだぞ」

「はーい」

冷蔵庫から取り出した牛乳をコップに注ぎ、慎重な足取りで太郎の背後を回り込む。着たきりの衣装から漂う異臭を無造作に指摘してしまった日にも似た状況だが、今夜のアリスからはシャンプーの甘い香りがした。

向かいの席に着いた見習い魔法使いが、冷たい牛乳を口に運ぶ。湿り気を残した髪や小さく動く喉、コップを持った華奢な指が、ほんのり発光しているように見える。見たところ、アリスに魔法を使っている様子はない。きっと、こちらが勝手に魔法にかかっているのだろう。この共同生活がもっと続けばいい。この子の成長をもう少し見ていたい。そういう思いが、いつもの光景をいつもとはちがうものにしているのだ。

視線に気づいたアリスが、コップを置いて小首をかしげた。

「なに？」

「いや」とっさに表情を取り繕う。「うまいか？」

「うん」

「そうか」

「ねえねえ、ふたりでなんの話してたの？」

アリスに問われ、太郎はまるるんと顔を見合わせた。答えを待たず、少女はニコニコしながら続けた。

「最近、副店長とまるるん仲いいね」

笑顔でうれしそうに指摘されてしまえば、自嘲《じちょう》や皮肉で煙《けむ》に巻くのもためらわれる。

「……まあ、なあ」

言葉を濁す太郎に代わって、まるるんが説明した。

「なにしろ三週間も同居を続けてきたからな。出窓のサボテンや天井の隅の蜘蛛《くも》とだって多少は気心が通じてくるというものだ」

この齧歯類の口の悪さは三週間程度では改まらないようだが、慣れっこなのかアリスは適当に聞き流すと嘆息した。

「あーあ」

「どうした？」

太郎が尋ねると、唇の上に白い髭をつけた少女は不満げにこぼした。

「花火大会、一日早ければいいのに」

「なんで？」

「だってそうなれば、最後の夜は消える練習にぜんぶ使えるもん」

そう言い、牛乳を一口飲む。

アリスは時間切れ直前まで粘るつもりらしいが、それは裏を返せば消える魔法を体得できる見込みがいまだに立っていないということだ。

「じゃあ、花火大会行くのはやめて、そのぶん練習に充てるか？　付き合うぞ」

「ううん、花火は見る。ずっと楽しみにしてたんだもん。それが終わってから、また一生懸命練習する」

自分に確認するように頷いてみせる。

頑張れ、とは軽々には言えなかった。残りは一週間。努力が結果に結びつかないことも覚悟しなければならない時期に来ている。

「じゃあ、日曜は定時退勤できるように、明日から段取りつけておかないとな」

そんな気休めの言葉にも、アリスは屈託なく微笑む。

「約束だからね」

「まかせとけ」

胸を叩いてみせた太郎に、アリスは打ち明け話をするように囁きかけた。

「なんか、こうしてるの楽しいね」

「そうか?」

「だって、ベッドの部屋でたっくんとお母さんが寝てて、こっちには副店長とまるるんがいる。人だらけ」

「人だらけなのが、楽しいのか」

「楽しいよ。なんかワクワクする」

「そんなもんかねえ」

ミルク色の髭を蓄えたまま、少女は頷いてみせた。

「それにね、楽しいだけじゃなくて、なーんか安心する」

「安心?」

「うん。今日みたいな怖いことがあっても、みんなが一緒なら大丈夫な気がするから」

常夜灯の光にぼんやりと浮かぶダイニングキッチンが、遠い日の実家の光景と重なった。停電の夜だ。まだ六つか七つの頃、台風の影響でずいぶん長く続いた停電があった。あのときも今夜と同じように家族がテーブルを囲み、蠟燭の光ひとつを頼りに言葉を交わしていた覚えがある。

それが、不思議と楽しかったのだ。家の屋根や雨戸を叩く風雨の音は怖ろしかったが、家族と一緒にここにいるかぎりは悪いことは何も起こらないという、妙に確信めいた感覚があった。

思えば父も母も、そして四つちがいの姉も、末っ子が怯えないようにつとめて明るく振る舞っていたのだろう。今夜のよく笑っていた妻の中にも、きっと同じ意識があったにちがいない。

スーッと息を長く吸う音に、太郎の意識ははるか昔の実家から深夜のアパートに引き戻された。見れば、アリスがコップを大きく傾けて牛乳の最後の一滴を啜っていた。

細い喉を無防備に晒《さら》す姿は、なるほど安心しきった子供のものだ。

見習い魔法使いになる以前のアリスにとって、親は無邪気に頼れるような存在ではなかっただろう。仮初《かりそ》めのものとはいえ、自分たち家族がこの少女にとって初めての寄る辺となれたのならば、こちらも少しは報われた思いがする。

牛乳を飲み終えたアリスは、椅子を引きずらないように用心しながら立ち上がった。階下への迷惑も考えずにお尻からベッドに飛び込んでいた頃を思えば、まるるんが自慢するのも頷ける成長ぶりだ。

「アリス」

「ん？」

「今度また、たまごのパン食べような」

「うん」常夜灯の鈍い明かりの下で、見習い魔法使いが眩しいほどの笑顔を見せた。

「そしたら、玉子たっぷり乗せて。ずっしり重くなるくらい」

すかさずリクエストを付け加える。機を見るに敏な教え子の成長ぶりに、まるるんが誇らしげに胸を反らした。

*

事件翌日の日曜日から、太郎はこれまでとはちがう種類の忙しさに追われ続けた。

こちらの都合などお構いなしに電話を掛けてくるマスコミの対応に手を焼き、予想以上の売り上げの減少に呻き、再度証言の聴取に来た刑事たちに土曜日と同じ話を繰り返し、「不審な荷物を積んだ車が立体駐車場に停《と》まっている」という客からの通報に階段を駆け上り、結局はただの思い込みと判明して胸を撫で下ろした。さらには出勤日前日や当日になって「怖いので休みたい」と連絡してくるパートやアルバイトが何人かいて、足りなくなった人手を補う段取りをつける作業にも時間と気力を吸い取られた。その間にも本部からやってきた渉外部長と広報課長に事件当時の対応を説明しなければならず、二人からは口々にねぎらいの言葉を掛けられたものの、上司たちの声は雑談の時間も惜しいこちらの耳を素通りしていった。

分けても厄介だったのは、インターネット宅配部門の対応だった。

事件当日、警察はほかにも可燃物が仕掛けられている可能性があるとして、従業員に建物からの退去を命じた。結局不審物は見つからなかったものの、その間作業が止まったために配達の休止が相次いだのだ。

事務所に居残った社員たちは電話とメールで顧客に事情を説明し、幸いにもそのほとんどから承諾を得ることができた。それればかりか報道で事件を知った客から電話越しに激励されることさえあり、おもわず涙ぐむ者もいたという。

しかし、案の定「ご理解いただけないお客様」も数人おり、その対応に注力する間に、今度は宅配とは別の部門でトラブルが発生してしまった。

週が明けた月曜日の開店時刻と同時に電話を掛けてきたのは、三十代半ばの女性だった。クレームの内容は「息子がピアノの発表会で着るスーツを新調したのに、発表会前日に店まで行ったら閉まっていたので受け取れなかった」というもので、電話で応対した担当者がどれほど説明し、謝罪しても、相手はまったく矛《ほこ》を収める気配を見せなかった。

伝票を調べてみたところ、スーツの引き渡しにとくに日時の指定はなく、そればかりか事件のあった土曜日の時点で「お渡し日」からはすでに二週間ちかくも経過していた。常識的に考えれば息子が普段着で発表会に出演しなければならなかったのは親の落ち度なのだが、不可抗力とはいえ引き渡し期間中に予告なく閉店したのは事実であり、最終的には副店長の太郎が客の自宅まで詫びに行くことで話がまとまった。

そういう人の親もいるのかと思うと気が滅入り、蕎麦《そば》を啜る太郎の手は何度も止まった。

「おつかれさまです。ここ、空いてますか？」

声をかけられ、丼から視線を上げる。従業員食堂のテーブルの向かいには、トレーを手にした婦人服担当の増岡が立っていた。

「ああ、どうぞ。いま昼メシ？」

「ええ」

混み合う午後一時台を過ぎてのんびりとした気配の漂う食堂の中、増岡は席に着くと日替わりランチに向かって手を合わせた。

「いやー、ちょっとうれしい出来事がありまして、休憩入るの遅れました」

「何？　うれしい出来事って」

よくぞ聞いてくれました、とばかりに婦人服担当者は勢い込んで続けた。

「土曜の一件で、採寸の途中で警察に帰らされちゃったお客さんがいたんですけど、さっきあらためて買いに来てくれたんです。大袈裟ですけど、『うちの店、まだ見捨てられてなかったんだ』って思ったら、なんだかぐっときちゃって」

笑いながら、唇を小刻みに震わせる。

「そりゃたしかにうれしい出来事だけど、そんな悲壮感漂う表現は勘弁してよ。売り上げだって、今日になって平年並みまで持ち直してきたんだから」

「あ、ほんとですか。よかった」ほっとした様子で味噌汁に口をつける。「今日は火曜だから、事件から三日ですか。これでやっとひと息つけますね」

太郎は曖昧に頷いてから蕎麦を啜った。

「俺のほうはあと一軒、週末に菓子折持って挨拶に行く所が残ってるけどね」

「ああ、お子様用スーツ」

「そう。平日は忙しいから日曜にしてくれだとさ」

口に運んだつゆが、ひどく苦い。

増岡が眉をひそめる。

「日曜ってたしか、アリスちゃんと花火観に行くんですよね？　江の島まで」

「あ、増岡も聞かされた？」海の見える食堂で交わした約束を、アリスは誰彼となく従業員を捕まえては吹聴しているらしい。「まあ、客には昼前に来いって言われてるし、さすがに夜まで軟禁されることはないでしょ。怖いのは、退勤時刻直前に何かトラブルが起こることだよ」

「うわー。私、アリスちゃんがしょんぼりするところ見たくない」

「でしょ？　反応がやたらと素直だから、期待に応えられないことがあるとてつもなく申し訳ない気分にさせられるんだよな」

アジフライを齧った増岡が、深々と頷いた。

「何事もないことを祈りますけど、そもそも被害を防いだ本人が直々にお詫びの挨拶回りというのも、なんだか不条理ですね」

「そのへんが、サラリーマンの哀しさだよ」

薄く笑い、丼の底に沈んだ蕎麦の切れ端を寄せ集めて口に運ぶ。

「でも、渉外部長なんか大絶賛でしたよ。ひょっとしたら、社長賞あるんじゃないですか？」

一児の母が、からかうような目でこちらを窺った。

「どうかねえ。もし貰《もら》ったら伊東と山分けだな」

「ものすごいタックルだったそうですね」

「やっぱり、あいつには一円もやらない」

笑い合っていると、テーブルの上で移動端末が震えた。

『飯島です。ちょっと事務所までお願いできます？』

店長だ。声のトーンを仕事用に変えて「了解しました」と応じ、通話を切る。

「店長ですか？」

「そう。店長賞でもくれるのかしら」

「案外、県警からの感謝状だったりして。警察の人たち来てましたから」

「また？」

太郎はコップの水を飲み干すと渋々立ち上がり、背もたれに掛けておいたジャケットを羽織った。重い。疲れが溜まっているときに感じる、どこか湿った重さだ。手にしたトレーまで重い。

「じゃあ、お先に」

「おつかれさまです」

従業員食堂のある四階から二階まで階段を下り、呼吸を整えてから事務所に入る。パーティションの陰になった応接セットに歩み寄ると、二人の刑事がソファから立ち上がってこちらに会釈した。担当部署が異なる奥村は同行していない。挨拶もそこそこに、年配の刑事がテーブルに数枚の写真を並べる。感謝状ではなかったようだ。

「いまそちらの店長さんにも見ていただいたんですが、この中で見覚えのある人物っていますかね」

提示された五枚の写真には、二十歳そこそこのように見える青年から五十の坂を越えたとおぼしき人物まで、様々な年代の男が写っていた。しかし、どの顔にも心当たりはない。

「いやちょっと、見覚えはないですね」

「そうですか」

さほどの期待はしていなかったようで、刑事は食い下がることもなく写真を封筒にしまった。男たちの年恰好はバラバラで、警察がいまだ容疑者を絞り切れていないことが窺えた。

「あの、そちらに提供した防犯カメラの映像ですが、お役には――」

「ええ、腕時計を見ていたというブルゾンの男ですけどね、一台だけ、どうもそれらしいのが映ってはいたんですけど、これがかなり部分的でして」

刑事は別のファイルから一枚の白黒写真を抜き出し、テーブルに置いた。動画の一コマをプリントした物らしい。正面玄関脇の壁に設置されたカメラは、エントランスを見つめる人々の頭を手前に、太郎の背中と破裂する直前の黒いデイパックを奥に写していた。

太郎は紙焼きを手に取り、画像を凝視した。フレームの上辺に写っているのは、いくつかの人々の足先。自然に形成されたその輪の中から数歩手前に飛び出しているのが、おそらくあの男の足だろう。しかし、カメラにはパンツの脛あたりまでしか写っておらず、遠いこともあって靴の種類なども判然としない。

余計なことを。

紙焼きを握り潰したい衝動をどうにか抑え、太郎は腹の中で自らを責めた。動作確認をした際、伊東に手伝わせてカメラの向きを変えたのは自分だ。元の角度のままだったら、動画にはあの男の全身が映っていただろう。

よほどひどい顔をしていたのか、若い刑事が気休めを口にした。

「もともと、玄関に出入りする人をチェックするのが目的のカメラですしね。体の一部でも見えれば御の字ですよ。靴とかズボンのメーカーが特定できないか、いま鑑識に調べさせているところです。ほかにも、確認が済んでいない動画はありますし」

太郎がテーブルに戻した紙焼きに、飯島が目を落とした。何か言ってくるのではないかと反射的に身構えたが、刑事たちの手前とあってか相手は無言を通した。

「まあ、カメラの方はひとまず置くとして、どうでしょう」年配の刑事が身を乗り出す。「こちらもね、ブルゾンの男が何か事情を知っているんじゃないかと考えているんですが、そのことについて、たとえば店員さんたちから何か聞いたりはしていませんか。『嫌がらせをされた』とか『しつこいクレームがあった』といった、噂話の類でもなんでもけっこうなんですが」

なんだよ。俺が提案したのと同じじゃん。

太郎は、となりに座る上司に聞かれるのを承知で嘆息した。四日前に飯島に却下された提案を、いま目の前の刑事が切り出してきたのだ。もしもこの男に妨害されていなければ、今ごろ犯人は取調室の中にいたのかもしれない。

歯噛みするこちらをよそに、飯島は眉ひとつ動かさず刑事の問いかけに答えた。

「とくに、そういう報告は聞いていないですね。それこそ火を点けられるような大きなトラブルも、少なくとも私が着任して以来起きてないですし」

報告を聞いてないのは、あんたが吸い上げないからだよ。

太郎は首をねじり、飯島の横顔をまじまじと見つめた。挑戦的、と受け取られてもかまわない。こちらは殺されかけたのだ。

店内の微妙な力関係を知らぬ刑事たちは「では、何かあったらお知らせください」と話をまとめ、席を立った。横合いから視線をぶつける副店長にはいっさい反応を示さず、飯島も立ち上がる。

出勤後に降りだした雨は午後になって強まったようで、通用口を陰気に濡らしていた。

傘の下で会釈した刑事たちを見送ってから、太郎はあたりに目を配った。蛍光灯の灯された搬入口に大型輸送車はなく、宅配の軽ワゴンも大方出払っていて、近くに従業員の姿はない。言ってやろう。

「やるべきでしたね」

「はい?」

「クレーマーの情報共有です。やっていれば、今回の被害は防げたかもしれません」

「いや、待って待って。それはおかしい。藤沢さんが提案してきたのは、たしか金曜でしょ？　仮にその日のうちにリストを作成したとして、事件が起きた土曜の夕方までに周知徹底できたとでも？」

　理屈はそのとおりだ。こちらとしては念のため本部に根回しをし、リストの共有は週明けに行うつもりでいた。その前に事件を起こされてしまったのは誤算だったが、それは結果論だ。

「では、あらためてリストを作りましょう。先日提案した物をアレンジして、男性に絞った形で。うまくすれば、何か犯人に繋がる証言が出てくるかもしれません。やりましょう」

　思案するポーズすら取らず、飯島は冷たく撥ねつけた。

「やりません」

「お言葉ですが店長、少し意地になっているんじゃありませんか？」

　太郎の挑発に、飯島がめずらしく顔をしかめた。

「それはあなたのほうだよ、藤沢さん。悪質なクレーマーをリストアップして、それでどうするの。警察に報告して、それで？　先方は喜ぶだろうけど、本業を脇に置いて時間と労力を割《さ》いたところで店になんの利益が？　たしか、『火を点けられてからでは遅い』と言ってたのは藤沢さんでしょ？　そう、遅いんですよ。リスト云々という段階は過ぎてるの。幸いにもあなたのおかげで被害は防げたし、今は警察官が重点的にパトロールしてくれているから、もう一度被害に遭う可能性は極めて低い。プロ中のプロが防犯活動をしてくれているのに、我々素人が推理ごっこにうつつを抜かしてどうするんですか。もしもわかっていないのなら教えるけどね、うちは捜査機関じゃなくて小売業なんだよ」

畳みかけられ、声が反射的に大きくなる。

「だけど、これだけのことがあったのに何もしないのはどうなんですか。従業員みんな、程度の差こそあれ動揺してますよ。言わせてもらいますけど、こういう状況のときに店長がそんな木で鼻をくくったような態度でいていいんですか。店のリーダーはあなたでしょう」

雨音の中、顔をみるみる赤くした飯島が、これまで聞いたことのない荒々しい声を発した。

「じゃあ、リーダーとして言わせてもらうけどね、副店長がそんなにバタバタしていてどうするんですか。この期《ご》に及んでパートやアルバイトにまでリストを見せるなんて、そんな物々しい対応、怯えて店に出て来られなくなった人たちをますます不安にさせるだけでしょう。命拾いして気が立っているのはわかるけど、その提案に私憤はまぎれていないって言い切れるの？　業務と無関係の個人的な復讐《ふくしゅうしん》心や功名心に店を巻き込むつもりなら、こっちはリーダーとして店と従業員を守るまでだよ」

視線がぶつかる。先に目を逸らしたのは、太郎だった。

こちらの反論を待っていた飯島はしばらくしてから視線を外し、「先に戻ってますよ」と告げると廊下の奥に消えていった。


デパートのエスカレーターを上り、建物の二階にある江ノ島電鉄藤沢駅の改札口に出る。

通り抜けてきたデパートは「ホリデー」の競合店に当たるので、用事がないかぎりこういう利用の仕方は避けているのだが、今夜は特別だ。胸には襷《たすき》掛《が》けにしたビジネスバッグ、右手には雨を吸って重くなった傘、左手には、食パンや卵のパックなどの食料が詰め込まれたレジ袋。ペデストリアンデッキの濡れた階段を駅の入り口まで上るには、身も心も疲れすぎていた。

「な？　ちょっと遠回りだけど、あのエレベーター使うと楽だろ」

切符売り場の前で、アリスに語りかける。

「ほんとだ。副店長、頭いいね」

だろ？　と言うつもりが、声が出てこなかった。尊敬のまなざしで見上げられてしまい、自分の至らなさがつくづく情けなくなる。

アリスの言うような頭のいい副店長なら、ぐうの音《ね》も出ぬほど上司に論破されることもないはずだ。あの男のものの言い方は気に食わないが、彼が「リーダーとして」発した言葉はすべて図星だった。自分は私憤に駆られて物を言っていた。

「まあ、デパートの人に悪いから、今のルートは特別なとき以外は使わないように」

気落ちした様子を見せぬように手短に伝え、改札を通る。

ホームに立つと、ほどなく電車の接近を伝えるアナウンスが聞こえてきた。濡れたレールを輝かせながら近づいてくる前照灯の丸い光を指さし、アリスが話しかけてくる。

「座る？」

「そうだな、座ろう。もし寝ちゃったら柳小路の手前で起こしてくれ」

「わかった。私まで寝ちゃわないように頑張って起きてるね」

「なんだ、アリスも眠いのか」

「ううん。眠くないよ。でも万が一のことがあるから、着くまでぱっちり目開いてる」

そう言って、大きく丸い目をひときわ大きく開いてみせる。

おどけた表情に笑ったところで、電車がホームに入ってきた。先に乗り込んだアリスが、「ここ、ここ」と自分のそばのシートを叩く。まるでこれから遊園地にでも行くような元気のよさだが、彼女の場合はこれがいつもの姿だということはこちらも織り込み済みだ。

シートに座ると、朝からの立ち仕事で張った腰からゆるゆると力が抜けた。乗客たちが次々と乗り込む電車は心地のよいリズムで揺れていて、話でもしていないと本当に眠ってしまいそうになる。

「日曜日、晴れるよね？」

窓を伝う雨粒を目で追いかけ、アリスが声に不安を滲ませた。心から楽しみにしているらしい。

「ちょっと待って」ポケットから携帯電話を取り出し、天気予報をたしかめる。「予報だと曇りだな。降水確率30パーセント」

「えー。けっこう高い。てるてる坊主作らなきゃ」

魔法も天候には歯が立たないらしく、まじないでどうにかするつもりのようだ。

「まあ、ちょっとの雨なら決行するらしいから、雲行きが怪しかったら百円ショップで合羽《かっぱ》でも買っていこう」

「わかった。ねえ副店長、今日は火曜日だよね？」こちらに確認してから、アリスは指を折った。「明日は公休日だし、土曜日はぜんぶ消え——練習に使うから、お店に行けるのは木、金、日の三回だけか」

公休日という用語をよどみなく口にするあたり、すっかり店の関係者めいてきた。

「アリスは、ずいぶんうちの店が気に入ったんだな」

「うん。だって、売り物がいろいろあっておもしろいし、みんなやさしいし、友達もいるし。……友達は、来なくなっちゃったけど」

この少女らしからぬ沈んだ声が、唇の隙間からこぼれた。

「麗舞君、今日も来なかったか」

アリスが頷く。

爆発騒ぎ以降、太郎も三階のゲームコーナーあたりをときおり覗いているが、あの少年の姿は一度も見ていない。あの怖ろしい出来事からまだ日も浅く、麗舞が怖がって店に近づかないのかもしれないし、母親の典子が店に来るのを止めているのかもしれない。事情は推し量るしかないが、どちらにせよ心情は理解できる。太郎自身、事件の翌朝に出勤した際にはタイル敷きのエントランスを目にしただけで胸の鼓動が速まったくらいだ。

「また、来るかなあ」

問われたが、答えるまで時間がかかってしまった。

「ちょっと、むずかしいかもしれないな」

「……うん。そうだよね」

アリスは手元のビニール傘を見つめ、自分に言い聞かせるように頷いた。

気休めでも何か言葉を掛けてやりたいが、疲れも重なってどうにも頭が働かない。

迷っていると、傍らのアリスがひょいと立ち上がった。

「どうぞ」

乗車してきた年配の男性に、いくぶん硬い声で席を勧める。

うちのアリスが勇気を出して譲ったんだから断ってくれるなよ、という太郎の願いが通じたわけでもないのだろうが、男性は「ありがとう」と会釈すると空いた席に座った。

手すりを摑んだアリスが、しきりにこちらを窺う。頷きかけると、少女は唇を引き結んでぷいと視線を逸らした。誇らしさと照れくささが頭の中で渦を巻いているらしい。

建物の横腹から雨の中へとのっそり踏み出した電車は、坂を下ると夜の住宅街を静かに駆け、小さな駅で太郎たちを降ろしていった。

ポシェットから放たれたまるるんが、アリスの頭上で周囲を窺ってから口を開いた。

「聞いてたぞ。ちゃんと人に席を譲るとは、えらいなアリスは」

「そんなの、普通のことだよ」

見習い魔法使いは少しばかり大人びた声を発し、ホームから下りるとビニール傘を開いた。

「いやいや、なかなかできることじゃないぞ。魔法使いとしてだけではなく、人としてもここに来てぐんと磨きがかかったな」

「それほどでも」

軽く受け流す。

褒めるときはくどいほど褒めちぎるのがこの小動物のやり方のようだが、「人としても磨きがかかった」アリスには通用しなくなりつつあるようだ。

踏切を渡ったところで、アリスがお目付け役に尋ねた。

「まるるんは、どう思う？」

「何がだ？」

「麗舞くん、またお店に来ると思う？」

子供の守護者にもむずかしい質問だったようで、まるるんは浮かれた声からいつもの中年男のそれへと調子を変えた。

「あの子は無事だった。しかもかすり傷ひとつ負わず、爆発の瞬間を目にすることもなく。それは、とても幸運なことなんだよ。だからいま周りの人間がすべきは、けっして焦らず急かさず、彼の幸運を喜ぶことなのだと私は思う」

道を歩きながらまるるんの言葉を咀嚼していたアリスは、小首をかしげてから頷いた。

「よくわかんないけど、なんとなくわかった。なんとなくだけど、わかったことにする」

雨音の中、太郎は濡れそぼったビニール傘越しに見習い魔法使いの横顔を見つめた。街灯の光の下で、滲んで歪んで揺れている。

アパートに飛び込んできた頃を思えば、アリスがしっかりしてきたのはたしかだ。生活面だけではない。ブレスレットを様々な物に変化させることはできるし、課題だった空を飛ぶことも、とりあえず形にはなった。しかし、いまだに姿を消す魔法は体得できていないようだ。

傘の下から夜空を見上げる。分厚い雨雲に隠れているが、月は夜ごと着実に満ちてきているのだろう。

ため息を漏らさぬように呼吸を整え、太郎は「たまごのパン」の材料が入ったレジ袋を持ち直した。

「一人前の魔法使い」になるための最後の課題が克服できぬまま、別れの夜が近づいている。

＊

ようやく電話が繋がったのは、退勤時刻の午後五時間際のことだった。

『ああ、そうね、忘れちゃってたみたい。今日は午前中から外に出てて。そう、先週スーツを着られなかった息子への埋め合わせで。なので今はちょっと疲れてて休みたいし、来るのはあとにしてくれます？　そうですね、六時ごろとか。ううん、明日は都合が悪いから無理。じゃ、そういうことで。はいはい。はーい』

子供用スーツの注文主は、悪びれる様子もなくそう言うと電話を切った。

叩きつけたい衝動を堪え、藤沢太郎は受話器を静かに置いた。今の通話相手の自宅は、江の島とはまるで反対側の住宅地にある。車で片道十五分ほどの距離だ。

デスクに置かれた小さなスーツカバーと菓子折の紙袋を睨み、太郎は下唇を噛んだ。日曜日の昼前に挨拶に来いと日時を指定してきたのは客の方だ。しかし言われたとおりに訪れた先は留守で、玄関先で十分あまり待ってみても相手は戻ってこなかった。一筆添えた名刺をポストに入れていったん店に戻ったものの連絡はなく、業務の合間に二度ばかり電話をしてみたが、いずれも繋がることはなかった。それが、詫びの言葉のひとつもなく時間の変更を要求してきた。

「どう、でしたか？」

おそるおそるといった様子で、はす向かいの席の増岡が尋ねてきた。

「今度は『六時に来い』だってさ」

「えっ。でもそしたら、花火大会……」

アリスが楽しみにしている花火大会は午後六時から始まり、四十五分ほどで終わる。

どうあがいても間に合わない。

「しょうがないよ。これもサラリーマンの哀しさだよ」

笑ってみせたつもりだったが、声はひどく沈んだものになった。

発表会のために新調したスーツが無駄になってしまった悔しさは想像できなくもない。けっして安い品ではないし、来年の発表会までにはもうサイズが合わなくなっているだろう。あの土曜日に臨時閉店したのは警察の強い要請に従ってのことだったが、そんな店側の事情など客には関係がない。客に息子がいるように、太郎には今夜が「留学」最後の夜になるアリスがいるが、そんな個人の事情も客には関係がない。

ガン、と末席で鈍い音がした。デスクに両手をつき、伊東が苦悶《くもん》の表情を浮かべている。立ち上がった拍子に膝でもぶつけたらしい。

新入社員は痛みを堪え、歯の隙間からいつもの馬鹿丁寧な言葉を押し出した。

「あの、私でよろしければ、そのお客様のお宅にお伺いに行って参りますが」

「いや、『本来なら店長が来るべきだけど、副店長のあなたでも仕方がない』なんて言われてるくらいだから、伊東じゃちょっと」そう断ってから、太郎は勇気を奮って名乗り出たであろう新入社員にひと言付け加えた。「ありがとうな」

「あ、いえ」

着席した伊東に微笑みかけてから、増岡がデスクの上座に視線を走らせた。遅番の飯島はとうに出勤しているが、今は売り場に出ているらしく事務所に姿はない。

おそらく増岡は、副店長の代わりとして店長が挨拶に行けないかと考えたのだろう。そうなれば太郎は退勤できるし、クレームの主も納得させられる。しかしお世辞にも親分肌とはいえない飯島の性格を知っている彼女は、開きかけた口を閉じざるを得なかったようだ。

壁の時計が午後五時をさしたのを確認すると、太郎は椅子から立ち上がった。

「ちょっと外すよ。姪に話してくる」

掛ける言葉もないといった様子で会釈する部下たちを残し、事務所を出る。

アリスが待っているのはゲームコーナーのある三階か、それとも書店や生活雑貨店などが並ぶ四階か。どちらにしろ、従業員に尋ねればすぐにわかることだ。

花火大会に行けなくなったと知れば、アリスはきっと悲しむだろう。見たくはないが、泣きべそくらいはかくかもしれない。しかし、丁寧に事情を話せばきっと理解してくれるだろう。

自らを励ますように大きく息を吐き、従業員用階段を上る。

二階と三階との間にある踊り場に差し掛かったところで、上から下りてきた人影が目に入った。

「あ」

踊り場で立ち止まったのは、飯島だった。

「おつかれさまです」

二人きりで顔を合わせるのは、通用口でやり合って以来だ。最悪の気分のときに、最悪の人物と鉢合わせになってしまった。

「ああ、おつかれさま。藤沢さん、まだいたの？」

いちゃ悪いかよ、という憎まれ口を飲み込み、「ええ」と頷く。相手は何か言いたげな顔だ。しかしここでこの男に構っていたら、何が起こるかわからない。

「失礼します」

歩みを止めずに段を上り、店長の脇をすり抜ける。

「あ、ちょっとちょっと」

呼び止める声が踊り場から掛けられた。いっそ聞こえなかったふりをして立ち去ろうかとも思ったが、副店長という立場がかろうじて足を止めさせた。舌打ちを堪えて振り向き、踊り場まで下りる。

「ご用でしょうか」

尋ねると、飯島は声をひそめた。

「例のスーツのお渡しの件、どうなりました？」

クレームに乗じて叱責でもする気かと身構えつつ、太郎は簡単に説明した。

「ええ。やっと連絡がつきまして、六時にもう一度行くことになりました」

「あそう。六時に。いや、それならあなたは行かなくて結構」

飯島が、有無を言わさぬ調子で言い放った。

「はい？」

「地図と連絡先のデータをください。私が行きます」

「店長が、ですか？」

話の筋が読めず、子供のように聞き返してしまった。

視線を逸らして指の先で頬を掻きながら、飯島は意外な言葉を口にした。

「花火大会、行くんでしょ？」

この男とは、仕事以外の話をしたことがほとんどない。すると、誰か従業員が喋ったのだろうか。考えを巡らせていると、飯島が話を続けた。

「姪御さんに言われたんですよ。『日曜は花火観に行くから残業させないでね』って」

「えっ。そんなことを、アリスが」

「ええ。あんなに真剣な顔でお願いされたら、無下《むげ》に断るわけにはいきませんよ」

そう言うと、飯島は初めて含みのない笑顔を見せた。アリスが「やさしい」と評していた「みんな」の中には、どうやらこの飯島も含まれていたようだ。

「どうも、うちのアリスがご迷惑をお掛けしまして」

飯島が、少し躊躇する様子を見せてから言った。

「まあそれはそれとして、あなたに『木で鼻をくったような態度』と言われたのはショックでした」

不意打ちに、心臓が飛び上がった。

「あのときは失礼しました。感情でものを言いまして」

「いえ、事実ですから。自分が従業員たちからどう思われているかは知っているつもりだったんですけど、真正面から言われるとさすがにね」

気持ちの通じぬ冷血漢だと思っていたが、そうでない一面もあるようだ。

「重ね重ね、失礼なことを申し上げました」

「うん、まあ、おかげで目が覚めた部分もあるんですよ。たしかに私には、無駄に敵を作る言動があった。なにしろ日頃の接客のストレスが溜まって、なんて言うとまた敵を作ってしまうか」飯島は不器用に自嘲し、話を続けた。「そんなタイミングでお宅の姪御さんに釘を刺されたものだから、ここはひとつ、行動で示さなければと思って」

「あの、トラブルのあったお宅なんですが、電話で話したかぎりでは、ちょっとストレスが溜まりそうな印象だったんですが……」

「そういう、決意が挫《くじ》けるようなことを言わないで。日曜だけは叔父さんには残業させないって、姪御さんと約束しちゃったんだから」

「なるほど。あの子にはどうも、人を動かす才能があるようで」

「たしかに、不思議な子だよね。私は敵を作りやすいけれど、あの子は味方を作りやすい。誰彼となくあっという間に友達にしてしまう」思いがけず柔和な笑みを浮かべた飯島は、すぐに表情を引き締めた。「ただ、けっして情にほだされたというわけではないからね。店のためでもあるんですよ。花火大会のことを知らされてしまった以上、あなたを残業させたとなったら従業員たちの士気にも響くでしょ」

「いえそんな、店長のせいだと言いふらしたりはしませんから」

予想外の申し出を受けたせいか、妙なことを確約してしまった。

「わかってますよ。とにかく、これでイーブンです。借りを作ったとかどうとか思わないでください」

「はい。では、遠慮なく」

「ええ、そうしてください。私もね、子供と出掛ける約束を守れなかったときのつらさは知っていますから」

「ああ、そうだったんですね」

忘れていた。この人物もまた、人の親なのだ。

「ということなので、行ってらっしゃい。早く行かないと花火、始まっちゃうから」

「はい」階段を上りかけた太郎は、足を止めると飯島に向き直った。「ありがとうございます」


詰め込めるだけの客を詰め込んだ四輌編成の電車は、江ノ島駅に到着すると花火見物の人々を一気に吐き出した。

「あー、苦しかったー」

ほうほうの体でホームに降りたアリスが、乱れた髪を整えるのも忘れて虚脱した声を発した。

「アリスも、これで少しは私の苦労がわかっただろう」

胸元で呟くポシェットを小突き、太郎は「さあ、行くぞ」と告げた。

いつもなら「はーい」と素直についてくるアリスが、ホームの端に立ち止まったまま微笑んでいる。

「うふふふふ」

「どうした」

「副店長、似合ってる」

「は？」

アリスに指さされ、太郎は胸元に目を落とした。チェック柄のポシェットが、スーツの前で揺れている。混雑する電車の中で押し潰されぬよう、アリスから預かった物だ。

「これか。返すよ」

「いい。副店長持ってて。花火の会場、大混雑なんでしょ？」

「まあ、なあ」

昨年の様子を思い出し、太郎は浅く頷いた。背が低いアリスのポシェットの中にいるのは、まるるんにとっては危険ですらある。しかし、日頃そうしているようにアリスの頭の上に座らせるのも考えものだ。今夜の人出は平日の比ではなく、希少種中の希少種に集まる視線の数もまた比ではないだろう。面倒を避けるためには、自分が管理していたほうがよさそうだ。周りの人々はローティーン向けのポシェットを提げたサラリーマンの姿にぎょっとするかもしれないが、アリスと一緒にいればすぐに事情を察してくれるだろう。

「それじゃあ」太郎はリズムよくポシェットを叩いた。「行くか」

駅から海辺へと続く細道はまるで縁日のように人が多く、出店を構えたいくつかの飲食店からは焼き貝やフランクフルトの食欲をそそる匂いが漂っていた。きっと「食べたい」と言いだすだろうと太郎はおそるおそるアリスの横顔を窺ったが、見習い魔法使いはただ前だけを見据えて黙々と歩を進めていた。まるで、立ち止まりでもしたら花火が始まってしまうと思い込んでいるかのようだ。

太郎を引き離しかねないほどの歩みで細道を抜けたアリスは、薄暮に木立を滲ませる江の島を目にしたところでようやく歩調をゆるめた。小田急電鉄の片瀬江ノ島駅からやってくる人の群れと合流し、花火大会らしい賑わいがさらに増す。

「雨、降らないよね？」

昼の名残りをわずかに留めた空には、厚い雲が隙間なく敷き詰められている。

「降ったとしても、ちょっとくらいなら大丈夫だよ。雨合羽持ってきたし」

太郎はビジネスバッグを持ち上げてみせたが、アリスは眉根を寄せたままだ。

「でも、降ってたら集中できない」

「そこまで花火が楽しみなのか」

太郎が笑うと、アリスは首を横に振った。

「花火じゃなくて、そのあと。消える魔法、月が沈むまでにできるようにならないと」

太郎はあたりを見回したが、こちらを見て不審がる顔はない。ハンドマイク越しの係員のアナウンスと海辺に満ちる無数の話し声が、少女の言葉をかき消してくれたようだ。

江ノ電の車内でたしかめた携帯電話の天気予報には、少雨《しょうう》を示す半開きの傘マークが表示されていた。しかしそのことには触れずに声を励ます。

「きっと大丈夫だよ、てるてる坊主作ったし」

「そうだね。頑張る」

アリスが頷くのに続いて、胸元のポシェットが言葉を発した。

「降ってきたら、副店長のアパートで練習させてもらいなさい。日付が変わっても、月が西に沈むまでは『満月の夜』だ。けっしてあきらめないように」

片手で摑んで揺さぶり、太郎はポシェットを黙らせた。あたりには話し声が満ちているとはいえ、ただでさえ目を引くこれが好き勝手に喋るのはさすがにまずい。

「さて、どのあたりで見ようか」

何もなかったことにして、人波の向こうを見渡す。

「どこからだとよく見えるの？」

「去年は、あの橋の上で見た。ほら、この前来たとき渡った歩行者専用橋。座る場所がほとんどないから立って見るしかないけど、花火はきれいに見えた」

「じゃあ、橋の上にしよう」

決まった。立ち仕事のあとの五十分近い立ち見は厳しいが、通勤用のスーツではどのみち座れそうな場所もない。

橋に向かおうとすると、アリスに「ねえ、副店長」と呼び止められた。

「どうした?」

「ここも、何か事件があったの?」

街灯に照らされた顔に、怯えが見え隠れしている。

「なんで?」

「だって、警察官がたくさんいるから」

アリスの言うとおり、あたりには制服姿の警察官が多い。しかし、数万人が集まる大きなイベントでは特別なことではないだろう。去年も同じような光景を見た記憶がある。

「ただの警備だよ。スリとか喧嘩とかがないように見張ってくれているんだ。だいたい、ここで何か事件が起きてたら花火なんてとっくに中止になってるし、黄色いテープも張られてないだろ? ほら、この前、店でお巡りさんたちがバーッと張ってたやっ」

「そっか。そうだね」安心できたようで、アリスが肩のこわばりを解いた。「じゃあ、早く行こ。花火始まっちゃう」

人の流れに加わってスロープを下りると、公衆トイレから続く長い列が目に留まった。

「トイレ、行っとかなくて大丈夫か?」

「大丈夫。お店で済ませてきた」

「ならいいや」

ゆるめかけた歩調を戻して国道をくぐる歩道を進むと、人の流れから外れた暗がりにいる男と目が合った。生活安全課の奥村だ。先にこちらに気づいていたらしく、親友は驚いた様子もなく目礼をした。スーツを着ているところを見ると、プライベートで花火見物に来たわけではないようだ。

「おう。警備の応援?」

そばまで歩いていくと、逡巡するような間のあとで奥村は頷いた。

「応援というか、まあ、仕事。こういう場所には、顔見知りの悪ガキもたくさん来るし」

相手の反応はぎこちなく、言葉を返しながらも視線は絶えず人の流れに向けられている。出先で顔を合わせるめずらしさについ声をかけてしまったが、どうやら迷惑だったようだ。

「大変だな」などと呟いてばつの悪さをごまかしていると、アリスが袖を引いてきた。がっちりとした体つきの見知らぬ人物への興味よりも、今は花火の開始時刻が迫る焦りが勝るようだ。

奥村の表情を窺う少女を見て、太郎はようやく自分の軽率さに気づいた。店ではほとんど関係者といっても過言ではないほど従業員たちに馴染んでいたアリスだが、奥村とは爆発騒ぎのときにすれちがったかどうかという程度で、ほぼ初対面だ。生活安全課の刑事に関係を疑われたら、まずいことになるのは明白だ。

「邪魔しちゃったな。じゃあ、また今度」

アリスを促して踵を返し、目的の橋へと歩きだす。

「なあ、その子は？」

低い声が、太郎の首根っこを摑んだ。振り返ると、奥村の視線は人の流れではなくアリスを見据えていた。親友のものではない、生活安全課の刑事の目だ。

「ええと、姪！」声が大きくなってしまった。「俺の姪。連れて来た。花火見たがっていたから。詳しくはうちの嫁さんに聞いてくれ」

口裏合わせの共謀者を挙げ、作り話になけなしの説得力を加えようと試みたが、刑事は表情を崩さない。

「藤沢、姪なんていた？」

「いたんだよ。現に、こうして。なあ」

相槌を求めると、アリスはこわばった顔でこくこくと頷いた。

「うん、そう。副店長は私の叔父さん」

「副店長？」

姪から叔父への呼び名とするには似つかわしくない役職名を、奥村は聞き逃さなかった。

「照れだよ照れ。年頃だし、照れがあってそう呼んでるの。この子がうちの従業員に見える？」

笑いかけたが、奥村は応じずに「叔父」と「姪」を観察した。

「藤沢、まさかだよな？」

「え？」

「お前、この前飲んだとき『行き場のない子なら泊めてもいいんじゃないか』なんて話してたけど、まさかだよな？」

「姪だよ！　なんなら、いま嫁さんに電話するからお前が聞いてみてくれよ」

太郎の反論に動じる素振りも見せず、相手は観察を続ける。切羽詰まった大きな声は、疑いを晴らすどころか逆に深めてしまったようだ。

聞こえよがしに舌打ちし、太郎はポケットから携帯電話を取り出した。うまくやってくれよ、と祈りを込め、メモリーから妻の携帯電話の番号を呼び出す。

「待った」親指が通話ボタンに触れかけたところで、奥村が手のひらを突き出した。

「そこまでしなくていい。呼び止めて悪かった。行ってくれ」

とうてい納得した様子ではないが、追及はふいに打ち切られた。奥村は視線を人の流れに置き、それきりこちらには目もくれない。人々を注視する姿はまるで石像のようで、抗議も捨て台詞も受け付けそうにない様子だ。

「行こう」

アリスを促し、橋へと向かう。急に関心をなくした理由を知りたい気持ちはあるが、本人に尋ねれば終わった話を蒸し返すことになりかねない。

「あの人、こわいね」

アリスが、後ろを振り返ることなく漏らした。あの飯島店長とも友達になれる才能の持ち主も、刑事の眼光には萎縮させられたらしい。

「まあ、そう言うな。あれでも俺の友達だ。仕事が警察官だから、こわい顔をしなくちゃいけないときもあるんだよ」

自分を露骨に疑ったことへの憤懣を腹の底に押し込め、太郎は親友を弁護した。奥村とアリスの間に、悪感情は介在させたくない。今日が初対面ではあるが、二人には十二年前に接点があるのだ。

「まいったなー」

アリスが、深々とため息をついた。

「なんだ?」

「副店長の真似」

そう言って、ニヤリとする。

刑事との奇妙な縁を、この少女は知る由もない。説明するならばあまりに惨《むご》い出来事に触れなければならないが、そのつもりはない。自分の胸に留めておけばいいことだ。

スロープを上りきると、江の島まで繋がる橋の北詰に出た。日は完全に沈んだようで、頭上の雲は闇に溶けている。幸いにも風はおだやかで、海のそばでも過ごしやすい。

「ここは人が多いな。もうちょっと先まで行こう」

太郎がアリスをそう促したのは、混雑だけが理由ではない。このあたりにも警察官の姿があったからだ。橋の両側に、制服姿の若い巡査たちが立ち並んでいる。ざっと数えただけでも二十人は下らない。警察による警備は去年も行われたことだが、人数についてはアリスが指摘したとおりだ。あきらかに多い。ひょっとしたら、連続放火事件に感化された人間が市か警察に犯行予告の手紙でも送り付けたのかもしれない。

最後の夜なんだ。何も起こるなよ。

そう念じ、島まで渡された歩行者専用橋を進む。

等間隔に並ぶ照明の光の下、右手の欄干にはずらりと人が連なっている。人々の視線の先、海に隔てられたおよそ三百メートルの所には、オレンジ色の明かりに照らされた片瀬漁港の堤防があった。そこと海上の台船の二箇所が、花火の打ち上げ場所だ。欄干に沿って並ぶ人々の後ろからでも花火は充分見えそうだが、どうせならもう少し先まで歩いてゆっくり見物できる場所を見つけたい。

「あの」

横合いから、女の声がした。人を呼び止めるにしては小さく、自分たちとは別の誰かに向けられたものだろうと思い、そのまま進む。

「あの」

もう一度、今度はいくぶん大きな声が掛けられた。振り向くと、渡船乗り場に下りる段の途中に立花典子が立っていた。その傍らでは息子の麗舞が座っていて、体をひねってアリスに手を振っていた。

「あっ、麗舞君とお母さんだ！」

アリスが、奥村の前で発したものとはまるで別種の明るい声で言い、段のそばまで駆け寄った。射点を望む段には見物客が隙間なく座っていて、掻き分けて近づくのはさすがのアリスも控えたようだ。

「いらしてたんですか」

こちらを見上げる人々の頭越しに話しかけると、典子はおずおずと頷き、息子に視線を落とした。

「仕事も休みですし、『行きたい』って言ってたんで。あれから人が集まる場所は怖がってたんですけど、木曜からは学校にも一人で行けるようになったんで、はい」

「それはよかった」

スーパーの副店長としてではなく、一人の子を持つ親として太郎は頷いた。

「まるるんは？」

段の途中からこちらを見上げ、麗舞が尋ねる。花火大会の高揚感のせいか、それとも母と一緒にいるのがうれしいのか、声が元気だ。

「まるるんはね、そこ」

アリスがこちらの胸元を指さすと、ポシェットが「きい」と鳴いた。まるで人の言葉を理解しているようなタイミングのよさに、親子が揃って笑う。

ダダン、ダン、ダン

開始時刻の接近を告げる空砲が、島と砂浜に挟まれた夜の海に轟《とどろ》いた。心臓まで響くような大きさだが、麗舞に音を怖れる素振りは見られない。この様子なら大丈夫だ。

「始まっちゃう。副店長、早く行こ」

アリスに袖を引かれ、太郎はあわてて典子に会釈した。

麗舞が無邪気に手を振る。

「アリスちゃん、バイバイ」

終了後の混雑を考えれば、ここで再会できる見込みは薄い。しかしこれが別れの挨拶になるとは、少年は夢にも思っていないようだ。

「バイバイ、麗舞くん」

手を振り返すと、アリスは何食わぬ様子で段を離れた。後ろも振り返らず進む少女に、となりを歩きながらそっと話しかける。

「あんなに会いたがってたのに、あれだけでよかったのか？」

「いいの！」周囲がたじろぐほどの鋭い声で答え、自分に言い聞かせるように理由を挙げる。「あそこに立ってたらほかの人の邪魔になっちゃうし、よっかかる場所もないし、麗舞くんが元気なのもわかったし、それに——」

別れを告げるのはつらいのだろう。

「わかった。今度麗舞君が店に来たら、俺からきちんと話しておくよ。本当のことは言えないけど、あの子もわかってくれるだろう」

「うん」

アリスは頷き、まっすぐ前を見たまま唇を引き結んだ。

分離帯を挟んで併走していた車道と離れ、歩行者専用橋の中間あたりまで来ると、人の数もいくらか少なくなった。「ここにしよう」と頷き合い、二人並んで欄干に取りついて間もなく、堤防の照明がふわりと消えた。

「始まるの？」

アリスの声がうわずる。

堤防が闇に沈むと目印になるような光は海岸か島にしかなくなり、太郎は自分が海の上に立っていることを強く意識させられた。

「あっ」

アリスが海上を指さす。

金色の光が幾筋か、口笛のような風切り音を発しながら海から空へと昇って消えた。長くも短くも感じられる不思議な間のあと、視界いっぱいに色とりどりの大きな光の花々が咲く。橋のあらゆる場所から歓声が上がり、遅れて張りのある低音が太郎たちの全身を打った。

「うわーっ」

アリスが叫び、こちらの横顔を見上げ、また海上に視線を戻した。第二波の花火が連続して炸裂《さくれつ》すると再び「うわーっ」と叫び、こちらを見上げる。

「俺の顔なんか見てもつまんないから、花火をよく見てな」

「うん！」

無礼にも素直に頷き、アリスは海の上を見つめた。

障害物のない海上という条件を生かし、花火は垂直ばかりでなく斜め方向にも次々と打ち上げられる。光は海面に反射し、まるで万華鏡のように闇を彩った。

太郎は首をめぐらせ、あたりの様子を窺った。二人の左右にずらりと並ぶ人々も、狭い橋の反対側の欄干に寄りかかっている人々も、いい場所を求めて歩いている人々も、視線は残らず花火に向けられている。この様子なら、まるるんをポシェットから出しても誰にも気づかれないかもしれない。しかし、見つかって人だかりでもできてしまったら、あれだけ楽しみにしていたアリスが花火どころではなくなってしまう。ならば、中年男の声を持つ小動物には我慢してもらうしかない。

「きれいだね！　すごくきれいだね！」

海の上に咲いては消える光と色の花々に目を奪われたまま、アリスがしきりに繰り返す。

「ああ、きれいだな」

答えると、見習い魔法使いは花火を見上げたまましっかりと頷き返した。

連れてきてよかった。

太郎は胸の内でそう呟いた。

おそらくこの花火が、アリスがこの世で最後に見た美しいものになるのだろう。

月の入りまではまだ十二時間ちかくはあるだろうが、それまでに姿を消す魔法を体得できる見込みは薄い。なにしろ成功する兆しさえないのだ。それはつまり、魔法使いになるという彼女の希望が叶えられぬことを意味する。まるるんによると魔法使いは「魔法界とこの世を往復しながら成長し、働き、暮らし、老いていく」そうだが、なれなかった場合は「望みはあきらめて」「あの世で暮らすことになる」。気の毒だが、それがアリスのためでもあるのだろう。条件を満たせぬ見習い魔法使いが生き抜いていくには、この世はあまりに厳しい。

だから、もう戻って来られないのならば、せめてこの花火を目に焼きつけてほしい。醜く惨いこの世界にも、美しいものはたくさんあるのだ。

祈りにも似た思いで太郎が見上げる先で、火薬の花は続々と開いては消えた。大きな物。小さな物。二段構えで花開く物。アニメのキャラクターをかたどった物。キラキラと瞬きながら夜の中に落ちる物。大きな輪が散ったあとに、まるで子供のような小ぶりの花火が無数に咲き乱れる物。開始時刻からもうそれなりの時間が経過したはずだが、種類が豊富なためかまったく飽きない。

となりではアリスが欄干に両手を置き、夜空に明滅する光の群れを食い入るように見つめている。丸い瞳に、赤や緑や金色の花火が映る。

視線に気づいたアリスが、怪訝そうに小首をかしげた。

「副店長、花火見なよ」

「ああ、そうだな」

苦笑し、夜空に目を戻す。

海面を震わせるような大きな炸裂音の合間に、アリスが呼びかけてきた。

「あのね、お――」

何か言いかけ、口ごもる。

「ん？」

アリスはちらりとこちらを窺い、「あのね、考えたんだけど」と切り出した。「最後の花火が上がる前に、駅の方に戻ろ？」

「最後まで見なくていいのか？　たしか、フィナーレに二尺玉が上がるはずだけど。でっかいぞ」

「見たいけど、ここに最後までいたら大混雑で電車乗るのにすごく時間がかかるんでしょ？　だったら、早く出てアパートに帰って練習したい」

この少女に、「一人前の魔法使いになる」という目標をあきらめる気はまったくないようだ。光の花々を見つめたまま、太郎は力を込めて頷いた。

「うん。そうだな。そうしよう」

魔法のことなど何もわからないくせに、勝手に見切りをつけていた自分が恥ずかしい。満月の夜はまだまだこれからなのだ。本人が望むのなら朝までも付き合おう。

「いま、何時？」

「ええと」腕時計に目を落とす。「六時三十二分」

「えっ、もう三十分以上過ぎたの？」

「予定どおりなら、終了まであと十分ちょっとだな」

「じゃあ、あと三分。三分だけ見てから行こ」

自ら時間を区切ると、アリスは大まじめな面持ちで夜空を見つめた。一つたりとも見逃すまいと意気込んでいるようだ。

花火は、少女の期待に応えるかのように勢いを増した。予定時刻を待たずに打ち尽くされてしまうのではないかと心配になるほどの数が、ためらいもなく夜空に打ち上げられる。

約束の三分は、とめどない光と音の中で足早に過ぎていった。

「よし、行こうか」

声をかけると、アリスは「うん」と頷いた。欄干から離れ、空を見上げる人々の間を海岸の方へ向かう。

「足元暗いから、気をつけてな」

太郎の声に、アリスは左手の空を彩る花火を見上げたまま「あ、うん」と生返事をした。やはり、未練はあるらしい。

「やっぱり、最後まで見てくか？」

「いいの。帰ろう」

「そうか」

自分たちと同じことを考える観客はほかにもいるようで、橋には島の方から海岸へと向かうゆるやかな人の流れができつつあった。しかし、足止めされるほどの混雑は始まっていない。この様子なら、最後の二尺玉が上がる頃には海岸までは戻れるだろう。途中で麗舞たちに挨拶をできるかもしれないし、暗さと人ごみにまぎれて奥村の監視の目もかわせるかもしれない。

家路につく人々の前方で、誰かが大きな声を発した。夜空に響く花火の炸裂音にまぎれ、言葉の中身までは聞き取れない。つま先立ちをして様子を窺っていると、はるか先の方から人々が左右に分かれるのが見えた。何があったのだろうといぶかしんでいると、割れた人波の奥から男が駆けてきた。目尻が切れそうなほど、両の目を大きく見開いている。

「あっ」

喉の奥から声が漏れた。エントランスで腕時計を見つめていた、あのブルゾンの男だ。長袖のTシャツを着ているが、やや肉のついた体型といくらか長めの頭髪はまちがいない。男の頭の後ろで何かが揺れている。麗舞に背負わせた物とは別の、大きなリュックを背負っているらしい。

「止まれコラーッ！」

獅子《しし》のような咆哮《ほうこう》を上げ、警察官を引き連れた奥村が男を追ってきた。しかし、人ごみに邪魔されて距離を縮められない。

男と目が合った。厚みのある胸に、リュックのチェストストラップが食い込んでいる。相手も、こちらを見て驚きの表情を浮かべる。

どうする？　どうする？

息づかいが聞こえるほどの距離に男がやって来るまでに、かかった時間はほんの数秒だろう。その間に太郎は、かたわらで立ちすくむアリスの肩を両手で押しやった。尻餅をつくのが目の端に映ったが、気遣う余裕はなかった。

足を掛けて男を転ばせるつもりだった。片脚をその場に残し、体は横に逃がす。しかし男の目は走る先でもアリスでもなく、太郎を見据えていた。まなざしに込められた強い敵意に、体の自由を奪われる。

肩に受けた強い衝撃は、瞬時に背中や首、腰にまで伝わった。男の腕や脚が体にからみつき、太郎は受け身を取る間もなく転倒した。部下の伊東のタックルとは別種の、相手を傷つけることも厭《いと》わぬ体当たりだった。

橋に敷き詰められたタイルが頭や肩、膝にガツンガツンと当たる。動転しているのか、不思議と痛みはなかった。首から外れたポシェットが宙を舞うのが一瞬だけ見えたが、男ともつれ合って路面を転がる間に見失ってしまった。五感のほとんどが麻痺《まひ》した中で唯一はっきりと感じ取れたのは、鼻をつく油の刺激臭。

動きが止まってからほんのひととき、放心していたらしい。鮮やかな花火を呆然と眺めている太郎を、男の叫び声が現実に引き戻した。

「来るなーっ！」

耳元で発せられた怒声に、鼓膜をいやというほど痛めつけられる。耳鳴りに妨げられ、花火の炸裂音が遠い。見物客たちから悲鳴が上がったようだが、その声もくぐもって聞こえる。

幅の狭い歩行者専用橋に足音を響かせて駆けてきた警察官たちが、四、五歩の距離で立ち止まった。

周囲の光景から、太郎は自分が置かれた状況を推し量った。金属製の欄干を背にして路面に座った男に、後ろから羽交い絞めにされているようだ。チェストストラップの留め具が背中に擦れ、互いが呼吸をするたびに背骨が圧迫された。

「立て。立てっ。立ってよ！」

荒い呼気に囁きかけられ、立ち上がろうと足掻《あが》く。革靴の底がタイルで何度も滑ったが、膝に力を入れるとどうにか足の裏が路面をとらえた。

目の高さが、ゆっくりと警察官たちに並ぶ。取り囲んでいるのは五人か、六人か。動揺が治まらず、一桁の人数もまともに数えられない。左右の警察官が、居合わせた見物客たちを遠ざけている。

男の力はすさまじく、こちらのみぞおちのあたりで組まれた手は容易には引き剝がせそうにない。

死ぬ気だ、と、太郎は直感した。自分も警察官たちも、そして周囲の見物客も、この男はすべて巻き添えにして死ぬつもりだ。

警察官たちを掻き分け、奥村が半歩進み出た。両の手のひらをこちらに向ける。

「落ち着いて、リュックを下ろしなさい。大丈夫。指示に従ってくれるかぎり、こっちから飛び掛かったりはしないから」

「いや、いいからそういうの。どうせ死ぬし」疲労に恐怖が重なり、男の声は激しく震えている。「時間をかけて少しずつ気化する仕組みだけど、いまコケたときいっぱい漏れたみたい。感触があったから。ちょっとの静電気でもドーンと行くよ。この前とは量がちがう。ここにいる全員、よくても全身火傷で集中治療室行きだよ」

興奮した男の説明は要領を得ないものだったが、太郎の脳裏には一週間あまり前に見た発火装置の無骨な姿がありありと浮かんだ。リュックに収められた装置が前回と同じ時限式なのか、それとも任意に着火できるものなのか、話からは判断がつかない。であれば、暴れて腕を振りほどくのは危険だ。

奥村が、低くよく通る声で男を諭す。

「言いたいことがあるなら聞いてやる。だから、その人を巻き込むのはやめろ。どうしてもと言うんなら、俺と交替させろ」

「やだよそんな。あんた、こいつより強そうだもん」

取りつく島もなく断られた奥村は、それでも落ち着いた調子を崩さずに説得を続ける。

「今なら未遂で済む。リュックを下ろして、後ろの海に捨てなさい」

「ねえ、何時？」

「は？」

奥村が、花火を背に首をかしげた。

「何時か聞いてんの。何時何分何秒？　秒まで教えて」

男の真意をたしかめようと睨んでいた奥村が、スーツの袖を捲《まく》って腕時計の数字を読み上げた。

「六時四十分十六秒。いま十七秒」

男が、冷たい声で笑う。

「おかしいな。またずれちゃった。ジャストでドンだったのに。こんな簡単な調整もできないダメ人間だから、副店長さんも採用してくれなかったのかなあ」

「えっ？」

おもわず振り向きかけた太郎は、潮風に入り混じる刺激臭に「ちょっとの静電気でも」という相手の言葉を思い出し、身じろぎを堪えた。

「やっぱり、顔も覚えてないか。そうだよね、最初から相手にしてない感じだったもんね。恥を忍んで『ホリデー』のバイトの面接受けたんだけど、空回りだったか」

「待て。いや、覚えてる。覚えてるぞ」

「じゃあ、俺の名前言ってみろよ！」

時間を稼ごうとついた嘘は、即座に見抜かれた。

　突然激昂《げっこう》した男は、太郎が答えられずにいると元の子供じみた口調に戻った。

「ほら、覚えてないじゃん。なにが副店長だよ。えらそうに。仕事中に娘と楽しく追いかけっこしてたくせに。そんな奴が大手の正社員で高い給料貰ってて、なんで俺はバイトの口もないの？　お前と俺にそこまでの差があるの？」

　面接をした記憶はよみがえってこないが、それとは別に思い出したことがある。この男とは先週の事件のほかに少なくとも一度、顔を合わせている。あれも土曜日。言いつけを守らず店にやってきたアリスを追いかけ、ＡＴＭコーナーの前で捕まえたときのことだ。自分がアリスを問いただすのを、この男は不愉快そうに眺めていた。思えば、あれはこの男なりの下見だったのかもしれない。

　花火の炸裂音と胸の悪くなるような臭いの中、男は怒気を強めた。

「人をさあ！　安い給料でこき使ってさあ！　もう歳だからって寄ってたかっていじめて辞めさせて、ほかの働き口探しても正規なんかぜんぜんなくてさあ！　バイトでもしょうがないって思っていくつか面接受けたのに、こーんな奴に門前払いにされてさあ！」

「おいっ、悪者！」

　少女の声が、男の一人語りを遮った。目だけを動かしてあたりを窺うが、姿はない。

「こっちだ悪者!」

後ろだ。しかし振り仰いだ太郎の目には、雲に覆われた夜空しか映らない。

「え? なに?」

間の抜けた声を発し、男が首を左右させる。

「走れ藤沢!」

奥村の声に弾かれ、太郎は向かいの欄干にぶつかるほどの勢いで飛び退いた。胴回りに巻き付いた男の腕がほどけていたのに気づいたのは、警察官たちに受け止められてからのことだった。

「なんか、声がしない——?」

狐につままれたような顔で男がまばたきをすると、背中のリュックが音もなく虚空へと昇り始めた。左右のショルダーストラップを繋ぐチェストストラップが、厚い胸に深く食い込む。続いて、路面を掻いたつま先がふわりと浮いた。

アリスだ。

「だめだ、アリス!」

太郎の叫びを合図にしたかのように、警察官たちが男に殺到した。しかし指先が届くよりも一瞬早く、男は空高く舞い上がった。言葉にならない悲鳴を発する男の体は自動車専用橋の上空を横切り、加速しながら島と海岸に挟まれた海の上を飛んだ。

「アリス！　放せ！　そいつを放せ！　爆発する！」

取りすがった欄干から身を乗り出し、太郎は声を張り上げた。

夜空の一点に留まった男の体が、クライマックスを迎えた花火の光を浴びて明滅する。手足をばたつかせているのがかろうじて判別できるほどの距離だ。

姿は見えなくとも、太郎にはアリスの意図が理解できた。リュックを外し、男を救うつもりなのだろう。しかし、男はじたばたするばかりだ。体に食い込んだチェストストラップが外せないのかもしれない。目の奥に、店のエントランスを焦がした火炎がよみがえる。

子供を、子供のまま二度も死なせるわけにはいかない。

「もういいから、そいつのことはあきらめて逃げろ！『一人前の魔法使い』になるんだろ！」

叫んだ太郎は、海に飛び込もうと路面を蹴った。しかし、体の自由が利かない。奥村に羽交い絞めにされたらしい。

「アリス！　アリス！」

声が届く距離ではないが、叫ばずにはいられない。

男の体が、ふいに思い出したような唐突さで重力に囚われた。万歳をするように両腕を挙げ、垂直に落下する。男がなすすべもなく黒い波間に突入すると、体の倍もの高さの水飛沫《みずしぶき》が上がった。

直後、落下点の上空で巨大な火球が爆発した。花火ほどにも大きなそれは禍々《まがまが》しいまでに赤く、島の木々と波の一つひとつを朝焼けのように照らすとたちまち消滅した。遅れて、欄干が震えるほどの轟音が橋を襲う。

異変を知らずに打ち上げられる花火の音の中、奥村が周囲の警察官たちに向かって大音声を上げた。「船！ 警戒艇が待機してるはずだ。無線で要請しろ！ 男が海に落ちた！ 位置は、江の島大橋の東およそ二百メートル！」

「アリス、だめだろ、こんなの。なあ、アリス」

少女の名前を力なく繰り返し、太郎は欄干を支えにすくみ切った足を懸命に動かした。陸の方へと向かう歩みはしだいに力を取り戻し、歩行者用と自動車専用の橋が合流するあたりでようやくまともに走れるようになった。分離帯に設置されたフェンスの切れ目をすり抜け、車道の向こうに広がる砂浜を目指して駆ける。右から、続いて左から、けたたましいクラクションが耳に突き刺さる。あやうく轢《ひ》かれるところだったらしい。しかし、足は止まらない。

「おいっ、藤沢っ」

奥村の呼ぶ声を背中に聞きながらチェーンを飛び越え、砂浜に続くコンクリートの段を駆け下りる。深い砂に革靴をとられ、胸から派手に転ぶ。太郎はすぐさま立ち上がると、爆発のあったあたりの空を見据えてまた駆けだした。息が上がり、足がもつれる。

「アリスーッ」

海に向かって叫んだ声が、潮風に吹き流される。右手の空に、ひときわ大きな花火が上がった。フィナーレの二尺玉らしいが、視線はあの火球が発生した位置から動かない。落雷にも似た大きな炸裂音に続く歓声が、太郎の耳にはひどく残酷なものとして響いた。

「藤沢っ、こっち見ろ藤沢！」大きな手に肩を摑まれ、太郎はようやく足を止めた。

「なんだよ、何があったんだよ」

「姪だよ！　俺の！　花火の前に挨拶しただろ！」息をあえがせながら、親友に言葉をぶつける。「あの子が、男を捕まえて飛んでったんだよ。お前たちを巻き込まないように」

「ちょっと待ってお前、何言ってんの？　姪っ子が、飛んでった？」

「そうだよ！」

話したところで理解されないことはわかっている。しかし、黙っていればアリスが初めからいなかったことになってしまいそうで、話さずにはいられない。

「あの、目のくりっとした子が？　飛んだのは男だろ？　いや、あー、飛んだように見えたのは、だけど」警察官という立場を思い出したのか、奥村は表現を改めた。

「ただ、あれは、飛んだというか、たぶん、ドローンか何かで吊り上げられて――」

「飛んだんだよ！　魔法で姿を消して。やっとマスターできたのに……」

「魔法……？」

奥村は絶句し、こちらの横顔と橋のあたりを何度も見比べた。

夜の黒い海を、いくつかの探照灯の光が這っている。警戒艇が駆けつけたらしい。

光の輪の中にアリスがいるのではないかと目を凝らした太郎は、視界の隅に異物を捉えた。すぐ手前、暗い波打ち際に、何か厚みのある物が漂っている。海藻にしては色が明るく、貝殻にしては大きい。数歩近づいたところで、正体がわかった。アリスのポシェットだ。

「おい」

引き留めようとした奥村の腕を振り払い、波打ち際に向かう。波に足をとられかけながら腰を屈め、太郎はストラップを摑んだ。くくり付けられた合皮のパスケースに、買い与えたＩＣ乗車券が収まっている。

　小さなバッグの蓋は開いていて、逆さに振っても出てくるのは海水ばかりだ。アパートの合鍵こそファスナー付きの内ポケットに収まっていたが、ハンカチやポケットティッシュなどは流されたらしい。

「そうだ、まるるんは――」

「……ここだ」

　波音にまぎれ、中年男の声がした。薄闇に目をこらすと、五歩ばかり離れた汀《みぎわ》で小動物が力なく波に転がされているのが見えた。駆け寄り、ずぶ濡れの体を手に包む。温かい。ぐったりと横たわりながらも、顔はこちらに向ける。意識はしっかりしているようだ。

「おい、まるるん」

「アリスは？」

　尋ねようとしたことを、先に問われた。

「……わからない」

　暗闇に目ばかりを光らせて答えを待っていたまるるんは、瞼を閉じると頭を太郎の指に預けた。白い体毛の張りついた腹を上下させ、言葉を絞り出す。

「そうか。どうも私は、海に落ちたらしいな。わけもわからぬままポシェットの中でもがいていると、一つ、花火とは質のちがう音が聞こえた。そうか、あの爆発音か。……そうか」

「嘘だろまるるん。お前、お地蔵さんだろ？　子供の味方だろ？　すごい力持ってんだろ？　なんとかしてくれよ。かわいそうじゃないか」

「やめてくれ。揺らさないでくれ。私だって泣きそうなんだ」

弱々しい声に指摘され、太郎は自分の頰が濡れていることに初めて気づいた。

「ちょっと、誰と話してるんだよ」いぶかしみながら歩み寄ってきた奥村が、手のひらの小動物に目を留めた。「なんだ？　ネズミ？」

目を開けたまるるんが、こちらの表情を窺ってから奥村に顔を向けた。

「あんたが、奥村だな」

「えっ？」

小動物に話しかけられ、刑事が後ずさる。

「説明はあとでする。どうか、私の言葉を聞いてほしい」

「藤沢、これ、ネズミが喋ってんの？」

「説明はあとだ。私を見ろ。大事な話があるんだ」手のひらの上でようよう立ち上がり、まるるんが奥村に懇願する。「海で捜索している船に、女の子向けのパーカーかジーンズを見つけたら拾い上げるように要請してもらえないか。わずかな切れ端でも、焼け焦げた物でもかまわない。持ち帰りたいんだ」

「持ち帰るって、ええと、ちょっと、やっぱり先に説明を――」

「まるるん、なに言ってんだよ。こんなに簡単にあきらめるのかよ」

「あきらめる？　それはちがう。受け容《い》れるんだ。どれほど悲しくても、受け容れなければならないんだ」

「お前、ふっざけんなよクソネズミ！　俺はあきらめも受け容れもしねえぞ！」

「ちょっと、どうなってんだよ。先に説明してくれよ。空飛ぶ姫だ魔法だ喋るネズミだって。これ、夢か？」

「夢ではない。本来ならあんたの前では黙っているべきだが、今はそういうときではない」

「さっきの悪者ね、助かったみたいだよ」

「話を聞けよまるるん！　ハイそうですかって納得できるわけねえだろ！」

「いいから、藤沢は黙ってろよ。俺いま頭混乱してんだよ」

「あんた、刑事なんだろう？　騙されたと思って、要請だけでもしてくれ。遅れれば遅れるほど、形見が見つかる目は小さくなっていく」

「聞いてる？　海に落っこちたあの悪者、船が投げた浮き輪に摑まってたよ」

「形見とか言うんじゃねえよ！　パーカーよりも浮き輪よりも、先に探すのはアリス本人の――、ん？」

「どうした？」

「いや、ちょっと、奥村静かにして。まるるんも」ふたりを制止してから、太郎はどこへともなく呼びかけた。「アリスか？」

「そうだよ」

あっけらかんとした返事が、右手から聞こえてきた。

「アリス！」

虚空に伸ばした手が、何か硬い物にぶつかった。コン、カン、と、音が続けて鳴る。

「いったーい」

どうやら、手に当たった箒の柄が頭にぶつかったらしい。

「あ、ごめん」

「私も痛い」

足元でまるるんがこぼす。手を伸ばした際に取り落としてしまったようだ。

「なあ藤沢。俺、耳がどうかなっちゃったの？」

心細げな奥村の声を無視し、手が触れたあたりに視線をさまよわせていると、幼い声が呑気に言った。

「ああ、そうか。私、消えたままなんだっけ。ここ、誰も見てないかな」

あたりを窺う声につられ、太郎は周囲をぐるりと見回した。海岸の背後のコンクリート段に、警戒艇の光に吸い寄せられるようにして野次馬が集まりだしていた。

「奥村」

腰をぶつけるようにして体を寄せ、太郎は戸惑う親友と強引に肩を組んだ。

「待って。待って。今度は何が始まるの？」

うろたえる刑事の問いには答えず、「シーッ」と唇に指を当てる。

大人たちが作った壁の先で、半信半疑の声がした。

「クルッと回りながら呪文、だよね？　できるかな」

「ああ、できるさ」

太郎の足元で、まるるんが声を震わせる。

「じゃあ、やってみる」短い間のあとで、砂塵《さじん》が舞い上がった。「元にー、戻れっ」

巻き上げられた砂が晴れると、そこにははにかみ顔のアリスが立っていた。体の回転につられて舞い上がった髪が、ふわりと肩に落ちる。

「アリスッ」

猛烈な勢いで砂を蹴ったまるるんが、アリスの体を駆け上ると首筋に頬ずりした。

「くすぐったいよ、まるるん」

相手が身じろぎするのもかまわず、小動物が涙声で尋ねる。

「アリス、怪我はしてないか？　痛い所はないか？」

「大丈夫。悪者からリュックを外してすぐ、全速力で逃げたから。ものすごい音がしたからびっくりして海に落っこちそうになったけど、ギリギリで箒の先を持ち上げて踏んばった」

アリスの言葉を聞き、なんとか持ちこたえていた太郎の膝から力が抜けた。スーッのまま砂の上にへたり込み、気の抜けた笑い声を漏らす。

「おい、藤沢。座るな。いいかげん説明しろ。何がどうなってんだ」

奥村に肩を叩かれ、太郎は笑い声のまま答えた。

「じゃあ、ちょっと腕引っぱって。自力じゃ立てそうにない」

親友の力を借りて立ち上がると、太郎はまるるんに目で尋ねた。地蔵菩薩の化身が頷く。太郎は奥村に向き直り、声を改めた。

「さっき、『姪』って紹介したろ？　あれは嘘だ」

奥村が、鼻からたっぷりと息を抜く。

「やっぱりそうかよ。あの説明は不自然すぎた」

「まあ、とりあえず謝っとく。ごめん。で、ここからは本当の話。彼女はアリスっていう名前で、この一ヵ月、俺のアパートにホームステイしていた。肩に乗ってる濡れネズミはまるるん。言ってみればお目付け役だ」

「やあ、よろしく」

片手を挙げたまるるんに呑まれたようで、生活安全課の刑事は同じポーズで片手を挙げた。それから、こちらに目を戻す。

「お前、『ホームステイ』って、やましいことを横文字に言い換えてんじゃないだろうな」

「ないない。それはない。この子のことは、うちの奥さんとチビにも紹介済みだよ」

両手を振ったあとで、太郎は声を落ち着かせた。「アリスは十四歳で、魔法学校の生徒なんだ。つまり、見習い魔法使い」

「もう、見習いではないぞ。一人前の魔法使いだ」

まるるんの声に、アリスが「やった！」と快哉を叫んだ。

親友に目を戻し、言葉を選びながら続ける。

「そういうことだ。この十二年間、アリスはこの世界からは遠く離れた魔法界で勉強を続けて、最後の仕上げとしてこっちに留学に来た。そして今夜、晴れて免許皆伝と相成ったわけだ」

奥村が、声をひそめた。

「十二年……？」

「ああ。お前がまだ、交番勤務だった頃からだよ」

太郎とアリスの間をしきりに往復していた目が、アリスに留まった。厚い唇が震えているのが、暗がりの中でもはっきり見てとれた。唇ばかりか、肩までもがわななないている。からかわれたと受け取ったのだろうか。

「いや、奥村。簡単には信じてもらえないかもしれないけど――」

「俺は」刑事が、太郎の言葉を遮った。「十二年前、俺は、取り返しのつかない失敗をした。それは、見聞きしたものを馬鹿正直に真に受けていれば防げた失敗だった。そして今夜、俺が見聞きしたものといえば、なんだ？　空飛ぶ放火魔に、おしゃべりネズミに、自在に姿を消せる魔法使い？　どれも、報告書にどう書いたらいいかさっぱりわからない代物じゃないか。でも、たしかにこの目と耳で見聞きした。だったら俺は、まあ、報告書はうまい具合にごまかすとしてだ、一人の人間としては、魔法のことも、藤沢の説明も、馬鹿正直に真に受けることにする」

奥村はそう宣言すると、自らを励ますように深く頷いた。

親友が相手となると妙に照れくさいが、こういうときに掛ける言葉は一つしかない。

「ありがとう」

奥村はこちらに頷き返し、それからアリスに歩み寄った。「こわい」人の接近に身構えた少女の両腕を、大きな手がそっと包む。

「君が、亜璃澄か。こんなに素敵な女の子になっていたんだな。あ、そうだ。さっきは、じーっと見ちゃってごめんな」

「今もじーっと見てるよ」

当惑まじりのアリスの指摘に笑っていると、砂浜が銀色に輝きだした。薄闇の中に立つそれぞれの足元から、長い影が伸びる。

「ああ、ほら。みんな、あそこ」太郎は、東の海の上を指さした。「満月だ」

雲の切れ間に、丸く輝く月が浮かんでいた。

「アリスー。準備できたかー」

湿り気の残るポシェットにドライヤーを当てながら、引き戸の奥に声をかける。

「もうちょっとー」

いつもの呑気な声が返ってきた。

ダイニングテーブルで毛づくろいをしているまるるんに、太郎は小声でこぼした。

「あのデコレーションケーキ、着るのにずいぶん時間がかかるんだな」

「魔法使いの正装だ。普段着のようにはいかないさ。もっとも、魔法が上達すれば一瞬のうちに身に着けられるようになるんだがな」

「魔法使いになるにはなったけど、応用はまだまだということか」

「なに、あの土壇場で消える魔法を体得して、おまけに大仕事をやってのけたんだ。すぐにできるようになるさ」

そう答え、毛づくろいに戻る。アパートに戻るなりアリスがシャンプーで洗った体は、ふわふわと膨らんだ体毛のせいかだいぶ太ったように見える。

「何がおかしい」

こちらの含み笑いを聞き咎め、黒く大きな瞳で睨みつける。「いや」とだけ答え、ポシェットを乾かす作業に戻る。

背後の寝室から衣擦れの音が聞こえ、続いて引き戸が開けられた。

「じゃーん」

ピンクのドレスをまとったアリスが、照れ笑いを浮かべながら寝室から出てきた。ひと月前の満月の夜に見た、魔法使いの正装だ。ローティーン向けのシンプルなファストファッションを見慣れていたせいか、テレビアニメの世界から抜け出てきたようなドレスはずいぶんと目に眩しい。

「どう？」

魔法使いはその場で一回転してみせ、講評を求めてきた。

「まあ、似合う似合う」

「『まあ』って？」

聞き返された。

「さて、準備が整ったなら、そろそろ行くか」

まるるんの言葉に、胸の鼓動が強まる。

「副店長、ちょっとポシェット貸して」

「まだ生乾きだぞ」

「いいの。向こうに戻ったらちゃんと干すから」

太郎には想像もつかない世界も、魔法使いにとっては「向こう」だ。アリスはいったん「向こう」に戻り、これまで世話になった人々に留学の成果を報告するらしい。その人々が魔法界で暮らすことになったいきさつを思うと、いまだ冷めぬ興奮と喜びに満たされた太郎の心にも、少しばかりの、しかし濃い影が差した。

ポシェットを手に、アリスが寝室に戻る。続いてクローゼットが開けられる音がした。

「何してるんだ」

小声でお目付け役に尋ねる。

「下着だろう」

「ああ」

置いて行くのは抵抗があるだろうし、置いて行かれても困る物だ。

ポシェットがきれいに乾くまで、ここにいたらどうだ。

アパートに戻ってきてから何度か、太郎はそう言いかけては口をつぐんだ。こちらの感傷でアリスの足を引っぱるわけにはいかない。

ほどなく、膨らんだポシェットを提げた魔法使いが寝室から出てきた。

「お待たせ」

まるでひと足早く朝を迎えたような、晴れ晴れとした顔をしている。

「それじゃあ、行くか」

太郎はふたりに声をかけ、部屋の鍵を手に取った。アリスに預けていた合鍵は、すでに戸棚の抽斗《ひきだし》の中だ。

ようやくのことで足をブーツに収めたアリスに続いて靴を履き、部屋の電気を消す。ここに帰ってくるときにはもうアリスはいないという当たり前のことが、まだうまく受け止められない。わずかひと月だが、楽しいひと月だった。

外階段を下りたアリスが、水嶋夫人の部屋を見つめた。ダイニングキッチンの小窓の向こうには、まだ明かりが灯っている。

「ほんとにいいのか？　挨拶して行かなくて」

小声で尋ねると、小さくも決意に満ちた声が返ってきた。

「いいの。戻りたくなくなっちゃうから」

「わかった」

姪との奇妙な二人暮らしを静かに見守ってくれたあの人がいなかったら、アリスの留学は早くに頓挫していたかもしれない。

柔和な笑顔を思い浮かべ、太郎は小窓に目礼してから敷地を出た。

最初の角を駅とは反対方向に曲がると、ひんやりとした空気に顔を撫でられた。

「アリス、半袖じゃ寒くないか？」

「平気。このアームカバーとタイツ、薄いけどけっこうあったかいんだよ」

そう答え、白いアームカバーを擦ってみせる。

慣れぬブーツでトコトコと住宅街を歩いているのは、一つには電線のない場所に移動する必要があるからだ。まるるんが言うには、住宅街から飛び立つにはアリスの練度では電線に接触してしまうおそれがあるらしい。そこで選ばれたのが、「飛ぶ練習」をした小山の麓《ふもと》にある児童公園だった。広々としたそこなら、飛びやすい上にこの時間なら人目もない。

人目を忍ぶのであれば公園まで姿を消して歩いたほうがいいのではないかという提案は、まるるんにあっさり却下されてしまった。飛ぶ力を少しでも温存させたいのだそうだ。そういうやりとりの末、太郎は何食わぬ顔を取り繕いつつ十四の少女と並んで夜道を歩いている。

「それにしても、なんというか、夜でも目を引く恰好だな。職質受けたらどうしよう」

不安を口にすると、アリスの頭の上からまるるんになだめられた。

「なに、呼び止められたらあの刑事に電話すればいいさ。しかも都合のいいことに、ハロウィンが近い。いくらでもごまかしは利くだろう」

「虚偽の供述の指南をするとは、ろくでもないお目付け役だ」

妙な間のあとで、地蔵菩薩の化身は低く答えた。

「ああ、そのとおりだ。ろくでもない」

軽口をまともに受け止められてしまったらしい。

「どうした？」

「あのとき、私はアリスを助けるどころか海の底でもがくことしかできなかった。ずっと守っていたつもりが、肝心なときに守ってやれなかった。まったく、ろくでもないお目付け役だよ」

「いや、あれは、俺がポシェットを預かってたのがそもそもの原因だ。俺が余計なことをしたせいだ」

暗い声にたまらず口を挟むと、まるるんはどこかうれしそうに八つ当たりをしてきた。

「そうだな。あんたが悪い。余計なことをたくさんしてくれた」

「はあ？」

「あんたの軽率さのせいで、何人にアリスの正体を知られてしまったと思っているんだ。妻と息子に、あの刑事か。三人もだぞ。おまけに、一階の水嶋冨美子にも姪ではないことを見破られた。不介入の原則があるとはいえ、こんなことは数百年ぶりだ」

「それについては、俺をホームステイ先に選んだお前が悪い」

「まったくだ。世話になった」

「なんだよお前、急にしおらしいこと言う癖やめろよ」

「まあそれはともかく」一方的に話を打ち切り、まるるんがアリスを諭す。「この私だって、今日のような間の抜けた失敗を犯すことがあるんだ。アリスの働きぶりは見事だったが、自分の命を危険にさらすようなことはしてくれるな」

「はーい」

わかっているのかいないのか、アリスは極めて簡単に返事をした。

「俺からも頼む。あれは、生きた心地がしなかった」

「副店長も？」

「そうだよ」

くすぐったそうに首をすくめる。

「えへへ」

「笑いごとじゃない」

「わかった。気をつけまーす」

「『気をつけまーす』じゃない。『気をつけます』だ」

「気をつけーますっ」

とりあえず、理解してくれたものと受け取ろう。

オレンジ色の照明に照らされた街道を横切り、幅の広い坂を上る。公園に向かう道だ。一週間あまり前にここを通ったときはもっと傾斜があったように感じたが、今日はだいぶゆるやかだ。昼と夜とでは見え方に相違があるのかもしれないが、心理的な理由も大きいのだろう。

「消える魔法だけはずっとできなかったのに、あの土壇場で成功するなんてなあ。何か、コツでも摑んだのか？」

尋ねると、アリスは小首をかしげた。

「わかんない。どうにかしなくちゃって思って、クルッて回りながら『消えー、ろっ』て唱えただけ。こっちを振り返った人たちが『あれー？』って顔してたから、消えたのがわかった」

「そうか。なんというか、ずいぶんと大胆な手法だな」

「魔法使用時の状況判断については、追々教えていくさ」

まるるんが弁解する。

「まあ、アリスは本番に強いタイプなんだということにしておこう。そういえば、傷を治す魔法が初めてできたのも江の島だったっけ。相性がいいのかも」

「お参りしたから、神様たちが助けてくれたのかな」

「案外、そうかもな」

魔法使いが存在するくらいだから、そういうことがあってもおかしくはないだろう。

当の魔法使いが、よく晴れた初秋の日を振り返る。

「江の島で、ご飯食べたあと魚見たね」

「たくさんいたな。猫もいた」

「うん。お――」何か言いかけ、声を詰まらせる。「猫、かわいかった」

「うん？　ああ。元気でやってるといいな」

「あの猫、花火の音にびっくりしなかったかな」

「たぶんゼロ歳だから花火は初体験のはずだし、今年は二尺玉のほかにもう一発ものすごいのが鳴ったから、あの仔猫には災難だっただろうな」

太郎の言葉に、アリスが笑う。

「見たかったなー、二尺玉」

「そうだな」

「おとお父さんも？」

え？　と聞き返しそうになったのをどうにか堪え、つとめて普段どおりの声を発する。

「ああ。うちの無鉄砲な娘のおかげで、二尺玉どころじゃなかったし」

「えへへへへ」

どうやら花火大会のときからこの機会を窺っていた様子の「娘」が、歩きながらくねくねと身じろぎした。こちらもくすぐったくなってしまい、しばらく会話が途切れたまま歩く。

坂の傾斜が緩み、小さな交差点を折れたところでアリスが口を開いた。

「見に来るよ」

「うん？」

「花火。姿は消しちゃうからお父さんには私は見えないと思うけど、来年また見に来る。空の上の特等席から二尺玉を見下ろすの。いいでしょ」

「そうか。そしたら俺は、もうそのときは栗橋に戻ってるはずだけど、休みが取れたら来ようかな。奥さんとたっくんも連れて」

「じゃあ、探してみるね」

腕に触れた手を取ると、きゅっと握り返してきた。こんなに小さな手で箒を握り、「悪者」に立ち向かったのかと、あらためて驚かされる。

背後に真っ暗な小山を従えた公園が、道の先に見えてきた。電灯に照らされた広場に、幸いなことに人影はない。芝生を踏みしめ、なだらかな斜面を歩く。

「どうだ、このあたりで。具合のいいことに人目もない」

まるるんの声に、二人が立ち止まる。ちょうど、広々とした公園の真ん中あたりだった。

「晴れたね」

繋いでいた手をそっと離し、アリスが南東の空を指さす。空を覆っていた雲は切れ切れになり、眩しいほどの満月がこちらを見下ろしていた。

「予報は小雨まじりだったのに。まさか、これも魔法？」

「それは、私じゃなくててるてる坊主の力」アリスは愉快そうに笑い、ブレスレットを嵌めた右腕を伸ばした。「しっかり飛んでね」

囁きかけられたブレスレットが、一瞬で長い箒に変化した。沸き立った煙が夜風に吹き流される。

アリスの頭の上で、まるるんがこちらに向き直った。

「達者でな。名残りは尽きないだろうが、あまり出発が遅くなると途中で居眠り運転されそうでな」

「わかってるよ」頷いてから、太郎は言葉を付け加えた。「ああそうだ、まるるん」

「なんだ？」

「大好きだ」

「はあっ!?」

小動物は大きくのけぞり、あやうく少女の頭から転げ落ちかけた。指をさして笑ってやる。

「口説き文句だよ、俺が奥さんに言った。知りたがってたろ？」

「そうか。じつにあんたらしい、工夫の感じられない言葉だな」

地蔵菩薩の化身が、表情筋のない齧歯類の顔に笑みらしきものを浮かべた。そして
「ほら、挨拶。練習しただろう」と耳打ちし、首元からアリスのドレスの中に潜り込む。

くすぐったそうに身じろぎした魔法使いが、姿勢を正すとこちらにお辞儀をした。

「えーと、長々とお世話になりました。おかげさまで一人前の魔法使いになれまし

た」

「どういたしまして」

短く返す。掛けたい言葉はほかにいくつもあるが、長くなれば声の震えを悟られてしまいそうだ。

太郎に背中を見せて箒に跨ると、アリスはこちらを振り向いて小さく手を振った。

「じゃあ、お父さん。元気でね」

「アリスもな」

どうにか答えた太郎の目にはにかみ笑いを焼きつけ、魔法使いは地面を蹴った。

ほんの短い間地表近くをふわふわと漂った小さな体は、音もなく舞い上がると太郎の頭のはるか上で美しい円を描き、それから満月に向かってまっすぐ飛んで行った。

*

その短いローカルニュースが終わり、気象情報に移ってほどなく、ダイニングキッチンで携帯電話が鳴った。久美子だ。

「おはよう」

『今日遅番だよね？　ニュース見た？』

妻は挨拶を飛ばし、打ち明け話をするような声で切り出してきた。首を伸ばして寝室を窺い、天気図を映したテレビ画面を眺める。

「ああ、さっきの、ショッピングモールのクリスマスツリーの話？　どこだっけ、栗橋のけっこう近くだったよな。古河《こが》？」

『そう。設置中に倒れたところにたまたまあった脚立がつっかえ棒になって、子供が下敷きにならないで済んだって話。ちょっと、出来過ぎじゃない？』

「つまり、あの子が一枚嚙んでいると？」

水を向けると、電話の向こうの声が大きくなった。

『だって、あんな大きな樅《もみ》の木が倒れ掛かってきたら、普通は脚立も一緒に倒れるでしょ。アルミ製の道具が自力でぐっと踏んばるわけもないし』

「たしかに。でもさ、こう、力が垂直方向に掛かるようなちょうどいい角度でツリーが倒れてきて、結果的に踏んばるような形になったってことは？」

『うーん。その確率と、あの場にあの子がいた確率だったら、私は後者のほうがずっと高いと思う』

「そうかなあ」

『だって、知ってる?』紙をめくる音がする。『きのうの新聞に広告が挟まってたんだけど、事故があった時間、モールの中のドーナツ屋さんでオープン記念の一個無料プレゼント企画があったみたいなの』

「あ、それはアリスだ」

『でしょ?』

笑い合ったあとで、太郎は電話の向こうの相手に頷きかけた。

「こういうことって、昔からたくさんあったんだろうな」

『うん。そうなんだと思う』

携帯電話を耳に当てながら、窓から降りそそぐ晩秋の淡い陽射しに目を細める。

「あれからもう一ヵ月になるけど、元気でやってるんだな」

『寂しい?』

からかい混じりに尋ねてきた。

「寂しがる余裕もなかったよ。十月中は、仕事してるか警察関係者と顔を突き合わせてるかのどっちかといってもいいくらいだったから」

奥村が漏らしたところによると、花火大会の会場で警察官の姿が多く見られたのはこちらの思い過ごしではなかったらしい。警察の捜査が自らに迫りつつあるのを悟った犯人が大きなイベントの場で「最後に派手なこと」を仕掛けることが懸念され、人員をかき集めて警備を強化したのだという。奥村があの場にいたのも応援のためであり、見知らぬ少女を連れた太郎を見咎《みとが》めたかと思えば急に関心を失ったように見えたのは、「放火犯とお前を天秤《てんびん》に掛けた」結果であり、「お前の家庭を壊す覚悟は俺にはなかった」のが理由だったそうだ。

刑事に壊されずに済んだ家庭の一員が、電話の向こうで呑気な声を発した。

『二度も爆発に巻き込まれかけるなんて、パパも貴重な経験したね』

あっけらかんと笑われてしまうと、かえって腹も立たない。

「貴重といえば貴重だけど、あの連続放火魔にはとんでもない迷惑をかけられた。って言いたいけど、元はといえば俺が面接で落としたせいなんだよな」

事務所のファイルラックの中に見つけた犯人の履歴書には、〈不採用〉のスタンプと並んで〈藤沢〉の印鑑が捺《お》してあった。しかし、アルバイトの希望者とは年に何人も顔を合わせており、貼付《ちょうふ》された証明写真をいくら見つめてみても面接した記憶は蘇ってこなかった。

『あのね、言っておくけど、事件はパパのせいじゃありません』きっぱりとした声が返ってきた。『その犯人、よそのお店も採用しなかったんでしょ？　だったらもともとと適性がないんだろうし、逆恨みするくらいならスパッと切り替えて別の業界目指せばよかったのに』

履歴書には、男の年齢は三十九とあった。若い頃ほどには動けず、物覚えも悪くなる年代だ。妻が言うほど簡単には「スパッと切り替え」られなかったのだろう。

『聞いてる?』

「ああ」

『嫌なこと、思い出させちゃった?』

「いや」首を振ってから、答えを改める。「ただ、あいつに言われたんだよ。『お前と俺にそこまでの差があるの?』って。あれからいろいろ考えたんだけど、どうも、思ったほどの差はないんだよな。俺だって会社辞めちゃおうかと本気で考えたことは何度かあったし、だからといって再就職に有利な資格を持ってるわけじゃないし。つまり一つまちがえれば、アリスの魔法で海に落とされたのは俺だったのかもしれない」

わだかまりを吐き出した夫に、妻は明るくため息をついてみせた。

『まあね、能力だけを切り取れば、ひょっとしたら働きぶりは似たり寄ったりだったのかもしれない。でも、それでも差はあるよ』

「そうかな」

『だって、「バイトでもしょうがないと思った」とか、「恥を忍んで応募した」とか、そういう考え方をする人と、休日に魔法使いの飛ぶ練習に付き合える人とは、やっぱり埋めがたい差があるとしか思えない』

俺が帰りたいのは新築の住居ではなくてこの妻がいる家庭なんだなと、太郎は相手の歯切れのいい言葉を聞きながら笑みを浮かべた。

「ありがとうございます。今日も仕事頑張れそうです」

『それはなによりです』

「ところで、人身事故を防いだうちの魔法使いは、その後無料ドーナツにありつけたんだろうか」

『どうだろうね。そういえばあのときも、お店の人たちに挨拶を済ませて、さあみんなでドーナツ屋さんに行こう、っていうタイミングで事件が起きちゃったし。ひょっとしたら、ドーナツとは縁のない星の下に生まれちゃったのかも』

「気の毒に。まあ、その程度の不幸だったらあの子も笑って受け入れられるだろう」

『そういえば、気になっていたことがあったんだけど』

「うん？」

『時間、まだ大丈夫？』

テレビ画面の時刻表示をたしかめる。拓弥の小学校では二時間目が終わる頃だろう。

「大丈夫」

『お店の上の階まで迎えに行ったとき、あの子急に涙をポロポロ流したでしょ？　びっくりするほど大粒の』

「ああ、そうだった。久美子、『けっこういい人』って本人にフォローされてたな」

『うん、まあ、「けっこういい人」で充分なんですけどね』おどけてみせてから、話を続ける。『あのとき、泣いた本人も意外そうな顔してたよね。それがずっと引っかかってたんだけど、もしかしたら私たち、けっこういいことしてあげられたんじゃないかと思って』

「いいことって？」

『「ごめん」って謝ったでしょ、二人とも。もう細かいニュアンスは忘れちゃったけど、あの子に向かって「ごめんなさい」って。たぶん本人は自覚してなかったと思うけど、あの言葉って、アリスちゃんが両親に言ってもらいたかった言葉だったんじゃない？』

返事を後回しにし、太郎は目を閉じた。拭った涙を不思議そうに見つめる少女が、瞼の裏で像を結ぶ。

『……聞いてる？』

「ああ、うん。そうだったのかもな」握った手の小ささを思い出しながら、太郎は妻に告げた。「あのー、ちょっと一つ、リクエスト聞いてくれる？」

『なに？』

「拓弥が学校から帰ってきたら、問答無用でとっ捕まえて一発むぎゅーってしてやってくれ」

んふふ、と、久美子が喉の奥で笑う。

『了解』

「じゃあ、よろしく」

『はーい。行ってらっしゃい』

通話を切った太郎は、手早く着替えを済ませると部屋をぐるりと見回した。

お尻からベッドに飛び込み、半分眠ったような顔でトイレのドアを閉め、手をいっぱいに伸ばしながらピンチハンガーから洗濯物を外し、さかんに息を吹きかけながら「たまごのパン」に齧りつく姿を、今も部屋のあちこちにありありと思い浮かべられる。

「ああそうだ、アリス」

この場にはいない少女に、太郎は呼びかけた。

「残念なニュースがあるんだよ。正確には、残念だけどいいニュース、だな。麗舞君な、来月いっぱいで引っ越すらしい。千葉にあるお母さんの実家だってさ。きのう売り場でお母さんに聞かされて、しばらく話し込んじゃったよ。どうも、役所から実家に生活支援の照会の手紙か何かがあったみたいで、『困ってるならどうしてもっと早く言わないんだ』って親に叱られたって。お母さん、『私は運がよかったんです。頼る相手がいるんだから』って言ってたけど、そうかもしれないな。誰にも頼れなくて袋小路から抜け出せなくなってる人が、きっとたくさんいるんだよな。で、十年ぶりくらいに里帰りしたら、まあ、おもしろいもんだよな。おじいちゃんおばあちゃん、初孫にメロメロになっちゃったらしいんだわ。麗舞君もすぐになついたそうなんだけど、たぶんそれ、アリスのおかげだぞ。あの子もお前に感化されてずいぶん明るくなったしな。『高校生になったらホリデーでアルバイトしたい』なんて言ってたよ。バイト代でお母さんに玉子と食パンを買ってあげるんだってさ。お前、あの子に何を吹き込んだんだ?」

また一人に戻った部屋の中で、耳を澄ます。もちろん返事があるはずもない。それでも、えへへ、とはにかむアリスの声が聞こえた気がした。

部屋を出て鍵を閉めると、太郎は小さく身を震わせた。そろそろコートが必要になる季節だが、空は晴れ渡っていて気分がいい。

外階段を下りた先で、水嶋夫人が落ち葉を掃き集めていた。

「おはようございます」

声に気づいた相手が顔を上げる。

「あら、おはようございます。今日は遅番？」

「はい。いつもすいません、共用スペースまで掃除してもらっちゃって」

「いいのいいの。ほかにやることもないし、アリスちゃんはまた外国に行っちゃったし」

太郎の嘘を嘘と知りつつ、老婦人はその嘘の背後にあるものを信じてくれている。

「いたらたぶん、『お手伝いする』って言い張ってさんざん引っかき回しますよ」

笑い合い、「それじゃあ」と会釈して道に出る。

晩秋の陽射しはこの時間になってもなお低く、道の先から顔をまともに照らされた。眩しさに目を細め、角を曲がって柳小路駅に向かう。通勤や通学の時間帯が過ぎた住宅街に人気はなく、道の上では落ち葉がつむじを描いているばかりだ。

とん

と、背後で靴音がした。

振り返ると、中年の女性が立っていた。風をはらんで膨らんだ長いスカートを両手で押さえ、こちらに会釈する。

「こんにちは」

見覚えのない顔だが、女性は無防備なほど親しげな笑顔で挨拶をしてきた。学生時代の知り合いだろうか。

「……どうも」

用心しながら会釈を返す。

「あの、このあたりと聞いたんですけど、水嶋冨美子の住まいはご存知でしょうか」

何かの勧誘やセールスだろうかといぶかしんだが、女性の手に鞄はない。

返答に迷っていると、暖かそうなセーターの下で何かが動いた。

「ちょっと、しろりんダメ」

手のひら大のそれは女性の制止も聞かずに毛糸の下を伝い、セーターの首元から顔を覗かせた。まっ白な体毛に覆われた、愛らしいが今にも中年男の声で喋りだしそうな顔つきの齧歯類だった。

しろりんと呼ばれたその小動物と女性の顔を見比べてから、太郎は口を開いた。

「ひょっとして、ガラスサッシの『尋ね人のおしらせ』を？」

どうしてそれを知っているのだろう、というような顔をしてから「はい。仲間が教えてくれて」と頷く。

おい、アリス！　お前が書いたあの伝言、かおりちゃん本人に届いたぞ！

心の中で小躍りしながら魔法使いに告げ、何食わぬ顔で道を指さす。

「水嶋さんなら、そこの角を曲がって右手にあるアパートの一階です。今なら玄関先で掃き掃除してますよ」

「そうですか。ありがとうございます」

つい今しがた空から降りてきたようなその女性は、こちらに深々と頭を下げると淡い陽光に照らされた道を軽快に歩きだした。

教えたとおりの角を女性が曲がるのを見届けてから、太郎は革靴を鳴らして駅の方向に向き直った。

レールの継ぎ目を踏みしめながら走る江ノ電の音が、光に溢れた道の先から聞こえてきた。

この作品は2016年11月徳間書店より刊行されました。
なお、本作品はフィクションであり実在の個人・団体などとは一切関係がありません。

徳間文庫

魔《ま》法《ほう》使《つか》いと副《ふく》店《てん》長《ちょう》

2020年5月15日　初刷

著者　越《こし》谷《がや》オサム

発行者　小宮英行

発行所　株式会社　徳間書店

東京都品川区上大崎三―一―一
目黒セントラルスクエア　〒141―8202

電話　編集〇三(五四〇三)四三四九
販売〇四九(二九三)五五二一

振替　〇〇一四〇―〇―四四三九二

印刷
製本　大日本印刷株式会社

ISBN978-4-19-894559-6　(乱丁、落丁本はお取りかえいたします)

徳間文庫の好評既刊

梶尾真治

つばき、時跳び

肥後《ひご》椿《つばき》が咲き乱れる「百椿庵《ひゃくちんあん》」と呼ばれる江戸時代からある屋敷には、若い女性の幽霊が出ると噂があった。その家で独り暮らすことになった新進小説家の青年井納惇《いのうじゅん》は、ある日、突然出現した着物姿の美少女に魅せられる。「つばき」と名乗る娘は、なんと江戸時代から来たらしい…。熊本を舞台に百四十年という時間を超えて、惹《ひ》かれあう二人の未来は？

［解説：脚本家・演出家　成井豊］

徳間文庫の好評既刊

西條奈加

刑罰0号

　被害者の記憶を加害者に追体験させることができる機械〈0号《ぜろごう》〉。死刑に代わる贖罪《しょくざい》システムとして開発されるが、被験者たち自身の精神状態が影響して、成果が上がらない。その最中、開発者の佐田《さだ》博士が私的に〈0号〉を使用したことが発覚し、研究所を放逐《ほうちく》された。開発は中止されたと思われたが、密かに部下の江波《えなみ》はるかが引き継いでいた。〈0号〉の行方は!?

徳間文庫の好評既刊

小路幸也

恭一郎と七人の叔母

　更屋《さらや》恭一郎《きょういちろう》は、造園業を営む祖父の家で生まれた。夫を亡くした母が実家に戻ったからだ。この家には、祖母と母の妹たち――歯科医と結婚した次女、骨董《こっとう》屋を営み、双子兄弟と結婚した双子の三女四女、数学教師になった五女、電機メーカーの御曹司《おんぞうし》と結婚した六女、水商売をしていた七女、画家になった八女――と、住み込みで働く男たちもいる。恭一郎が見た、この大家族の悲喜交々《ひきこもごも》とは？